DER LETZTE PFEIL

Frank Schlößer, Jahrgang 1966, studierte in Leipzig Journalistik und Afrikanistik. Nach dem Diplom zog er nach Rostock, wo er heute mit Kollegen die lokale Online-Zeitung das-ist-rostock.de betreibt. Er ist verheiratet und Vater von zwei Töchtern.

Dieses Buch ist ein Roman. Handlungen und Personen sind frei erfunden. Ähnlichkeiten mit lebenden oder toten Personen sind nicht gewollt und rein zufällig.

FRANK SCHLÖSSER

DER LETZTE PFEIL

EIN ROMAN AUS DER FRÜHZEIT

emons:

Bibliografische Information der Deutschen Nationalbibliothek
Die Deutsche Nationalbibliothek verzeichnet diese Publikation in der Deutschen Nationalbibliografie; detaillierte bibliografische Daten sind im Internet über http://dnb.d-nb.de abrufbar.

FSC www.fsc.org
MIX
Papier aus verantwortungsvollen Quellen
FSC® C083411

Umschlagmotiv: shutterstock.com/yogo, shutterstock.com/Archiwiz
Umschlaggestaltung: Franziska Emons, Nina Schäfer
Gestaltung Innenteil: César Satz & Grafik GmbH, Köln
Lektorat: Lothar Strüh
Druck und Bindung: CPI – Clausen & Bosse, Leck
Printed in Germany 2016
ISBN 978-3-95451-775-6
Ein Roman aus der Frühzeit
Originalausgabe

Für
Benjamin und Jeremias

Prolog

Ich hab meine beste Pfeilspitze verloren. Sie war scharf, sie war gerade und schwer. Drei große Töpfe musste Lona mir geben, damit ich sie beim Steinschneider eintauschen konnte. Ein halbes Reh gab ich der Zauberin, damit sie den Jagdzauber auf die Pfeilspitze legt. Jetzt steckt sie in diesem Mann, oben am Pass. Ich hatte Angst zu schießen. Meine Hände zitterten. So traf ich zu hoch, durch das Schulterblatt. Besser wäre weiter unten gewesen, durch die Rippen ins Herz. Die Spitze blieb drin, als ich den Pfeil herauszog. Der Schmied lebte noch. Er sah mich an, seine Lippen formten Worte. Ich sah ihm stumm in die Augen. Eigentlich wollte ich ihm nicht mehr wehtun. Doch ich hatte Angst, dass er mich verfluchen würde. So habe ich ihm den Stein an den Kopf geschlagen. Da war er still und starb. Ich hatte Angst davor, den Schmied aufzumachen und die Spitze rauszuholen. Ich habe alles dort gelassen, was er bei sich hatte: seine schöne Axt, die Schuhe, sogar die Feuersteine.

Der Winter ist zurückgekommen. Es schneit. Niemand wird ihn finden. Auch die Wölfe nicht. Die kommen selbst im Sommer nur selten bis dort hinauf an den Pass.

Ich will dort nie wieder hin, ich will auch nie wieder ins Warmland. Der Weg dorthin ist zu weit oben in den Bergen. Dort lebt nur der Tod.

Ich will dir erzählen, warum ich ihn getötet habe – den Schmied. Häng die Decke vor den Eingang und setz dich mit mir ans Feuer. Nimm dir eins von den Fellen, sonst frierst du bald am Rücken.

1

Wir hätten ihn liegen lassen sollen. Er war umgefallen und liegen geblieben, gekrümmt unter einem Busch und fast verdorrt. Dort wäre er in der Nacht verreckt, und die Wölfe hätten bis zum Morgen nichts von ihm übrig gelassen. Die große Wölfin lag ruhig auf einem Felsen und überließ es ihrem Rudel, den Mann immer wieder anzugreifen. Er roch schon nach Tod, die Jagd war zu Ende. Nur mit verzweifelten Tritten hielt er sich die jungen Tiere vom Leib, die hier lernen sollten, wie man tötet.

Als wir um das Rudel herumgingen, wussten wir noch nicht, was da unter dem Busch lag. Es hätte eins von den Kitzen sein können, die im Frühling geboren worden waren. Für sie war dieser reiche, sonnige Sommer ein Fest. Sie fanden überall Futter und gediehen prächtig. Aber der Sommer war auch ihre erste Überlebensprobe. Viele bestanden sie nicht. Denn auch die Wölfe fraßen sich satt. Und wir. So ein Kitz wäre auch für uns eine Beute gewesen: zartes Fleisch, straffe Sehnen und eine gute Leber.

Ob wir Angst vor den Wölfen haben? Nein. Wir kennen die schöne Wölfin gut. Sie hatte vor drei Jahren Nub, den alten Wolf, aus dem Rudel getrieben. Er war schon im nächsten Winter gestorben. Wir hatten seine Spuren im Schnee gesehen, mitten in der Siedlung. Im Frühjahr hatten ihn unsere Hunde gefunden, tot unter einem Baum. Wir mussten ihn nur noch mit Erde bedecken.

Die Wölfin würde uns töten, wenn sie könnte. Aber wir achten ihr Rudel und gehen niemals allein jagen. Unser Denken und unsere Waffen machen den Wölfen Angst. Sie wissen, dass wir nie allein unterwegs sind und dass wir sie töten können, auch wenn wir noch weit entfernt sind. Unsere Rudel gehen sich aus dem Weg. Nur im Herbst jagen wir manchmal zusammen: Die Wölfe stellen die Rehe, treiben sie uns vor die Bogen, und die fliehenden Tiere sind so leichte Ziele, dass wir dem Wolfsrudel einen Teil unserer Beute überlassen können. Die Wölfe wissen das. Sie warten mit wedelnden Schwänzen, bis wir unsere Pfeile aus den Tieren gezogen haben.

Doch diese Zeit war noch nicht gekommen. Der Wald schwitzte sogar hier, auf der Schattenseite des Tales. Um die Wölfe zu vertreiben, mussten wir uns nur gegen den Wind bewegen. Wir riechen immer nach unserer Siedlung, nach Rauch und Feuer, deshalb verschwinden sie, wenn sie uns wittern. Aber nicht heute: Als die Wölfin unser Rudel und unsere Hunde roch, hob sie nur den Kopf, stellte die Ohren auf und sah ohne Angst in unsere Richtung. Sie warnte ihre Wölfe nicht. Wir traten aus dem Unterholz hervor. Die Wölfin hob die Lefzen, sie mochte uns ihre sichere Beute nicht überlassen. Wir wollten schon weitergehen, doch dann hörten wir ein Wimmern unter dem Busch. Mit ein paar Steinwürfen vertrieben wir das Rudel.

Der Mann war nackt, seine Hände und Füße blutig und zerrissen. Seine Haut war von Mückenstichen übersät, das Gesicht unförmig und die Augen zugeschwollen. Er hatte noch nicht lange gehungert, seine Rippen waren noch nicht hervorgetreten. Zwei Tage musste das Rudel ihn schon verfolgt haben. Es gibt viele Quellen in den Bergen, doch ein Mann, der von einem Rudel gehetzt wird, der kann nicht trinken. Die Wölfe sind nicht schnell, aber derjenige, den sie verfolgen, der hat keinen Augenblick Ruhe. Stehen bleiben bedeutet den Tod, sie verfolgen ihre Beute überallhin. Zwei Männer können sich gegen ein ganzes Rudel Wölfe wehren, sie können sich etwas ausdenken, sich gegenseitig helfen. Aber ein einzelner nackter Mann ist eine leichte Beute. Wie ein Kitz. Einem Wolf kann man sich stellen, man kann ihn mit einem Stock schlagen, ihm in die Augen greifen, ihn an den Hinterbeinen packen und auf die Steine schleudern. Das weiß der Wolf. Deshalb greift er nicht an, wenn er allein ist. Aber schon gegen zwei Wölfe ist ein Mann ohne Waffen machtlos. Er kann nicht auf Bäume fliehen, er kann nicht trinken, er kann nicht stehen bleiben, und er kann sich nicht einmal leeren vor lauter Angst. Er ist tot. Sein Denken nützt ihm nichts, wenn er nicht weiß, wo eine Siedlung ist. Das ist seine einzige Rettung: zurück in sein Rudel, zum Rauch und zum Feuer. Doch dieser Mann wusste nicht, wohin er laufen sollte.

Die Wölfe wissen, wo wir siedeln. Sie hatten den Mann in die andere Richtung getrieben, weg von unserer Siedlung. Sie waren sich ihrer Beute sicher gewesen, sie hatten ihn klug gehetzt, und die jungen Wölfe hatten viel gelernt. Als sie ihn nur noch töten mussten, hatten wir das Rudel vertrieben.

Wir trugen den Mann zum Fluss und legten ihn ins Wasser. Er trank gierig und spie es wieder aus. Schnell kam das Leben zurück in seine Glieder. Er kühlte seine Wunden und seine geschundene Haut. Aber unter den geschwollenen Lidern bewegten sich seine Augen wach und flink. Er beobachtete uns: Gehörten wir zu seinen Feinden? Konnte er fliehen? Verstand er etwas von dem, was wir sagten? Ich lächelte ihm zu und legte ihm meine Hand auf die Brust. Er zuckte zusammen, und ich konnte sehen, dass auch sein Körper schon wieder viel Kraft zurückgewonnen hatte. »Ruhig. Wir sind Jäger aus diesem Tal. Die Wölfe sind fort.«

Damals glaubte ich, dass er meine Worte nicht verstand. Deshalb sprach ich ruhig zu ihm und lächelte. Damit er begriff, dass er in Sicherheit war, gerettet. Er lächelte zurück und gab sich seinem Bad hin. Mit dem Sand aus dem Fluss wusch er sich die Kruste von der Haut und den Dreck aus dem Haar. Was er sprach, klang hell und freundlich. Er musste aus dem Süden stammen, von jenseits der kalten Berge. Dieser Mann war stark. Doch er zeigte sich schwach. Ich verstand das nicht, damals.

2

Wir legten den Mann unter unseren großen Baum. Hier in der Mitte des Dorfes vertrieb der Rauch unseres Feuers die Mücken, die Frauen hatten grüne Zweige nachgelegt, als sich alle um den Mann versammelten. Unsere Zauberin hockte sich über ihn, ihre riesigen Brüste berührten seinen Nabel. Er hatte sein Erschrecken gut verborgen, als sie aus dem langen Haus zu ihm getreten war. Die Zauberin hatte sich mit weißer Asche gefärbt, und der Schweiß, der ihr von der Stirn und aus den Achseln lief, hatte dunkle Spuren auf ihrer Haut hinterlassen. Sie hatte nur ihr Fell um die Hüften geschlungen, die Kette aus Vogelschnäbeln rasselte, ihre Keule schleppte sie hinter sich her. Ihr Kopf sah aus wie der bleiche Schädel eines toten Bären, die roten Augen und die Knochen, die sie in ihrem Haar trug, jagten dem Mann Furcht ein. Sie roch nach Erde und trockenem Blut.

Als sie so nah über ihm war und ihn mit grimmigen Zauberworten beschimpfte, atmete er schwer, machte sich steif und wandte sein Gesicht ab. Sie bohrte ihre Fingernägel in sein Fleisch, kratzte ihm langsam über Brust und Bauch bis zu den Lenden und griff nach seinem Schwanz, als wollte sie ihn abreißen. Als wir lachten, blickte sie uns böse an. Dann betrachtete sie genau die Innenseite seiner Oberarme und rieb auch die kleinen schwarzen Zeichnungen, die er an seinen Gelenken trug. Doch die Striche verschwanden nicht, jemand musste sie ihm unter seine Haut geritzt haben.

Dann blickte sie mir ins Gesicht. »Versteht er uns?«

»Nein.«

»Gut.« Sie lachte auf und fuhr fort, ihn zu quälen. Sie wühlte in seinem Haar, rückte ganz nah an sein Gesicht heran und bespuckte ihn. Ich erzählte, wie wir ihn gefunden hatten – laut, sodass alle es hören konnten. Die Zauberin schaute sich den Mann lange genau an. Sie prüfte ihn. Denn sie hatte zu entscheiden: Sollten wir ihn töten? Sollten wir ihn zurück in den Wald jagen? Schließlich hatten die Wölfe ihn lange gehetzt und waren von uns um ihre Beute betrogen worden. Er wich ihrem Blick aus. Die Zauberin zog seinen Kopf an den Haaren nach hinten und schrie ihm ins Gesicht. Dem Mann stockte der Atem, er stöhnte vor Schmerzen und riss die Augen weit auf. Sie waren braun, und trotz seiner Angst blieb sein Blick stechend und klar. Die Zauberin schien das nicht zu bemerken. Sie lachte ihm schließlich dröhnend ins Gesicht.

»Du bist ein Wurm in meiner Scheiße! Du bist ein Schwächling! Hör auf zu weinen!« Der Mann sagte nichts. Er schützte sein Gesicht mit den Händen, drehte sich zur Seite und wimmerte. Die Zauberin hätte ihm jetzt den Schädel einschlagen können. Wir wussten, wie stark sie sein konnte. Sie tötete so sicher wie ein Jäger. Sie hatte auch schon unsere Männer und Frauen getötet, wenn sie im Winter zu krank und zu alt waren. Dann hatte sie ruhig mit ihnen geredet, ihnen einen Schlaftrunk gegeben und sie dann schnell und sicher erschlagen. Kinder, die nicht leben konnten, tötete sie mit einem leisen Gift. Sie tat diese Arbeit für uns und sprach niemals darüber. Jeder wusste, dass sie nur dann tötete, wenn es nötig war. Wenn sie uns vor Flüchen beschützen musste. Oder wenn sie helfen konnte. Ihre Keule gab die Zauberin nie aus der Hand. Jetzt stieß sie die Keule dem Mann in die Seite und spuckte aus. »Du kannst bleiben. Bringt ihn zu mir ins lange Haus.«

Die Frauen nahmen uns die Jagdbeute ab. Ich packte den Mann unter den Armen, riss ihn hoch und schleppte ihn ins lange Haus. Er stöhnte. Doch ich sah wieder seine wachen Augen. Durch seine fast geschlossenen Lider sah er sich aufmerksam und ohne Angst alles genau an, das Dorf, den Baum, die Zauberin, unsere Waffen, auch die jungen Frauen. Ich hätte darüber lächeln können. Doch dieser Mann beunruhigte mich. Ich legte ihn auf die Felle, die Zauberin sah ihn noch einmal angewidert und neugierig an. Dann wandte sie sich ab. Ich trat aus dem langen Haus. Für das Jagdessen am Abend gab es viel zu tun.

Schneid dir auch ein Stück Steinbock ab und nimm dir einen Fladen. Wenn dir kalt ist, dann nimm den Blasebalg. Gut so. Ich leg noch Holzkohle auf und etwas Holz vom weißen Baum. Dann wird die Flamme heller, und ich kann dich besser sehen. Du siehst nicht so aus wie wir. Morgen werden wir uns trennen und uns nie wiedersehen. Heute bin ich froh, dass du da bist und mir zuhörst. Ich kann heute nicht schlafen, weißt du? Ich bin erst gestern hierher zurückgekehrt und habe alles so gefunden, wie sie es mir erzählt haben. Sie sind alle tot.

Den Mann sahen wir viele Tage nicht wieder. Die Zauberin empfing niemanden, sie ließ sich Grütze, Fladen und Fleisch bringen und verbarg den Mann in ihrem Verschlag im langen Haus, wo sie ihn vor den Blicken der Besucher schützte. Wenn sie uns auf ihren Wegen begegnete, dann grummelte sie etwas über diesen Schwächling und ließ uns stehen. Dieser Fremde leerte sich schon im Morgengrauen, und er achtete darauf, dass ihm niemand begegnete.

So kam es, dass wir ihn fast vergaßen. Wir gaben uns dem Sommer hin. Die Beeren im Wald und die Schoten auf den Feldern wurden reif, die Steinböcke waren so sorglos, dass wir uns ihnen leicht bis auf einen sicheren Schuss nähern konnten. Die Kinder aßen dicke Käfer und erlegten mit der Schleuder die Hälfte der Lämmer, die im Frühjahr geboren worden waren. Wir hatten viel Fleisch, das Getreide stand gut. Die Rippen meiner beiden Jungen verschwanden unter einer Fettschicht, ihre Gesichter wurden rund.

Meine große Tochter begann nach Frau zu riechen, obwohl ihre Brüste noch klein waren und ihr Becken knochig blieb. Meine Lona hatte im Winter wieder ein Kind verloren und war stiller geworden. Wir wärmten uns immer noch gegenseitig die Füße. Erst steckte ich meine Füße zwischen ihre Schenkel, dann sie ihre zwischen meine. Lona war freundlich zu mir und den Kindern, ich sah sie auch einmal fröhlich mit den anderen Frauen im Fluss baden. Doch sie wollte nicht mehr geklatscht werden. Deshalb schickte sie mich manchmal mit einem guten Stück Ziege zur Zauberin. So machten es viele Frauen im Dorf. Wir Männer schätzten die geübten Hände der Zauberin und den Rauch des Rauschgrases, das sie für uns an solchen Abenden verbrannte.

Die Zauberin war zu alt für Kinder. Aber sie hatte auch früher keine bekommen. Früher, als junge Frau, war sie im Unterbauch sehr krank gewesen. Sie wäre gestorben, und fast hätte ihr die alte Zauberin mit dem Gift helfen müssen zu sterben. Doch dann hatte die alte Zauberin die kranke junge Frau für sich gewollt: Sie hatte ihren alten Körper verlassen und war in diesen jungen Körper geflogen. Die Greise im Dorf erzählen, dass die Alte starb und in diesem Augenblick das Fieber aus der jungen Frau verschwand. Sie sei dann ganz ruhig neben der Toten eingeschlafen, und als sie aufwachte, hatte sie die Stimme der alten Zauberin und deren Blick, ihr Wissen um die Pflanzen, um die Farben und um den geheimnisvollen Kreis des Mondes, der die Frauen bluten lässt. Sie kannte die Zauberworte der alten Zauberin und wusste, wo der große Feuerstein versteckt war.

Sie konnte abends im langen Haus am Feuer unsere alte Geschichte erzählen: Wie der hölzerne Mann Heo und die hölzerne Frau Ala auf der Flucht vor den Eisriesen in dieses Tal geflohen waren und hinter ihnen die Berge zusammenstürzten, sodass die Eisriesen unter den Felsen begraben wurden. Aber sie sind nicht tot: Im Winter frieren sie und zittern so sehr, dass der Schnee von den Bergen stürzt. Heo lebte auf der kalten Schattenseite, auf der Mondseite des Tales, auf der verfluchten Seite, wo der Schnee erst im Sommer taut. Ala lebte auf der warmen Sonnenseite, auf der verzauberten Seite, wo das Grün nicht mal im Winter ganz verschwindet. Wenn sie klatschen wollten, dann legten sie sich in die Mitte des Tales. Dort, wo sie sich wälzten, schob sich erst das Gras beiseite und dann auch die Erde. Heute ist dort der Fluss.

Ala bekam keine Holzkinder, sondern Menschenkinder aus Fleisch und Blut. Als Heo und Ala starben, warfen ihre Kinder sie an den Himmel. Dort kann man sie in wolkenlosen Nächten sehen – sie halten dort gemeinsam den festen Stern und tanzen langsam in einem Jahr einmal um ihn herum. Wer den Stern kennt, der findet immer zurück zum Feuer. Die Kinder von Heo und Ala besiedelten das Tal – und niemand kann sagen, wie viele Honigfeste seitdem gefeiert wurden. Ich weiß nicht, wer das Bild von Ala und Heo in unseren Baum geschnitzt hat. Es war schon immer da, auch als die Mutter meiner Mutter noch lebte.

Wenn der Schnee taut und die Sonnenstrahlen zum ersten Mal das Flussbett erreichen, dann geht die Zauberin ganz ohne Furcht auf die Schattenseite des Tales, zu Stellen, die nur sie kennt, und kommt mit Farben zurück: Das Blau und das Grün wachsen zusammen in einem besonderen Stein. Heo wirft ihn im Frühling zu ihr hinab, er belohnt sie dafür, dass sie die Sippe im langen Haus gut über den Winter gebracht hat.

Für den Farbzauber nimmt sie Milch, den Magen des ersten Kalbes nach dem Winter und die Farben, die mit dem Mahlstein lange zu feinem Staub gemahlen werden müssen. Das Kalb wird über dem Feuer geröstet, die Stücke mit Salz gewürzt, und wenn wir nach dem Winter endlich zum ersten Mal abends satt um das Feuer sitzen und die Zauberin zur Trommel das Lied von Ala und Heo singt, dann kommt die gute Zeit des Jahres. Die Zauberin geht zum Baum und macht das Bild von Ala und Heo wieder schön: Ala wird grün, Heo wird blau. Unser Baum bekommt Knospen, der Fluss schwillt an, und das Wasser spült den Schnee von der Wiese. Dann steigt die Sonne so hoch, dass sie ins ganze Tal scheint. Die Wiese wird warm und blüht, die Lämmer werden geboren und unsere Honigfest-Kinder.

Ja, du hast recht: Ala und Heo hatten einen guten Ort für uns gefunden. Wir lebten vom Wald, er gab uns Nahrung und Holz für die Häuser und das Feuer. Wir hatten Platz für Getreide und konnten unsere Speicher füllen. Wir hatten immer gutes Wasser.

Trink etwas und leg noch einen Scheit auf die Glut. Nein, ich will nicht wissen, wer du bist und woher du kommst. Ich weiß, dass ich das nicht verstehen kann. Hör mir zu.

Unser Baum wächst an einem guten Platz. Das lange Haus unserer Talsippe steht auf einer Ebene, hoch über der Flusswiese. Dort beraten wir uns, dort erhalten wir den Jagdzauber, dort werden die Kinder geboren, dort feiern wir das Honigfest, und deshalb stehen dort auch die größten Töpfe in einer Ecke. Wenn der Winter zu kalt wird, dann rücken wir im langen Haus zusammen, um nicht zu erfrieren. Das lange Haus hat ein dichtes Dach, dicke Pfähle, eine große Feuerstelle und Platz für viele Felle. Im Winter sieht das lange Haus manchmal nur wie ein großer Schneehügel aus. Aber drinnen ist es warm, der Rauch tötet die Läuse, die Asche auf der Haut hält die Räude lange fern, und wir sind mit den schwangeren Frauen immer bei der Zauberin, die uns beschützt. Wo die Zauberin ist, dort blicken auch Heo und Ala hin. Das ist gut.

Die vielen kleinen Häuser schmiegen sich an den Waldrand. Lona und ich wohnen mit den Kindern nicht weit entfernt vom langen Haus. Als ich noch ein Junge war, hatte mich Lonas Vater gefragt, ob ich mit ihm zur Jagd kommen will. Er hat damals die Jäger geführt, und ich hatte noch keine zehn Sommer gesehen, als ich mitging. Er musste mich beim Spiel beobachtet haben. Ich war flinker als die anderen, fand die besseren Verstecke und hatte die größte Geduld. Schon auf der ersten Jagd durfte ich seine Beute öffnen. Er zeigte mir die warmen Innereien des Tieres und sah, dass ich mit sicheren Schnitten die Galle herausschneiden konnte. Dann durfte ich treiben, und bevor der erste Schnee fiel, erlegte ich meinen ersten Hirsch.

Im nächsten Sommer gingen wir gemeinsam auf die Jagd. Mal trieb er mir die Tiere zu und mal ich ihm. Wir jagten auch im Winter, und als sich zwei Jahre später mein Vater den Fuß brach und starb, holte er mich in sein Haus und ließ mich bei seiner Tochter schlafen. Seitdem gehören Lona und ich zusammen.

Lonas Mutter starb schon im folgenden Winter bei einer Geburt, zusammen mit dem Kind. Da ging Lonas Vater im Frühling zu seinem Sohn. Der hatte im großen Tal selbst zwei Frauen und drei Söhne und zog Fische aus dem Fluss.

Lonas Vater hatte bei den Jagden sein Ziel zu oft verfehlt. Wenn er geblieben wäre, hätten bald alle gesehen, dass ich der bessere Jagdführer war. Die Jagdgruppe hätte mich schon im Sommer losgeschickt, damit ich gegen ihn kämpfen und selbst Jagdführer werden würde. Die Männer wollten sicher sein, dass der Beste sie auf den gefährlichen Wegen durch die Berge führte, nicht der Älteste. Lonas Vater wusste das. Er hatte mir oft davon erzählt, wie er vor vielen Jahren selbst den alten Jagdführer in einem Kampf auf der Jagd töten sollte. Er konnte es nicht. Deshalb verletzte er den Alten so am Knie, dass er im Dorf bleiben musste. Aber der alte Jagdführer wurde schnell böse, sodass die Zauberin ihm eines Tages das Gift gab, und nicht nur die Männer der Jagdgruppe erleichterte es, als er tot war.

Deshalb war es gut, dass Lonas Vater zu seinem Sohn ging. Das war klug von ihm, er wollte weiterleben. Lonas Vater wusste, dass seine Tochter bei mir bleiben würde, dass ich für sie sorgen konnte und dass ich für die Talsippe ein besserer Jagdführer sein würde als er. So bekam ich das Haus. Die Männer wussten, dass sie mir gehorchen mussten, wenn sie gesund und mit Beute von der Jagd zurückkehren wollten. Nur zwei Männer habe ich verloren in den vielen Jahren. Einer hatte sich in der Nacht verlaufen und nicht mehr zur Schar gefunden. Von ihm gab es nie wieder eine Spur. Der andere hatte am Jagdfeuer rote Pilze gegessen und sich danach auf ein Tier gestürzt, das nur er sehen konnte. Er war in die Schlucht gefallen. Selbst die Frauen dieser beiden

Männer sahen ein, dass unser Schutzzauber nicht stark genug sein konnte gegen solche Flüche. Ich hatte keine Fehler gemacht. Meine Männer hielten zu mir, obwohl ich noch sehr jung war damals.

Im Winter bleibt die Flusswiese im Schatten, doch hier oben auf unserer Ebene erreichen uns die Sonnenstrahlen. Die Schneestürze kommen nicht bis hierher. Auf dem steinigen Boden bleiben die Pfähle unserer Häuser trocken, die Bäume schützen die Dächer aus Reisig vor dem Sturm, der manchmal durch das Tal jagt. Von hier oben können wir im Sommer über unsere Rinder wachen, die Hunde wissen, was sie zu tun haben, wenn sich die Herde zu weit über die Flusswiese verteilt. Die Hühner, Schafe, Ziegen und Schweine leben bei den Häusern.

Der Wasserfall ist beständig und sammelt sich in einem Felsbecken, in dem wir uns baden können, wenn wir von der Jagd kommen. Die Frauen reiben uns mit Asche ab. Wir Männer lassen schreiend den Wasserfall auf unsere Körper prasseln und sehen den Frauen hinterher, die unsere Beute ins lange Haus tragen. Unser Wasser ist immer sehr kalt, auch im Sommer.

Die Zauberin hat uns vor zwei Jahren befohlen, einen Bach von dem Becken durch das Dorf zu graben. Hinten fällt er von unserer Ebene hinunter auf die Flusswiese. Seitdem fließt das Wasser zwischen den Häusern hindurch. Am Eingang können wir es trinken, und am Ausgang entleeren wir uns ins Wasser. So kommt der Schmutz aus dem Dorf. Das war klug von der Zauberin.

3

Ich hatte unsere Schar wieder auf die Jagd geführt, nur für einen Tag. Wir hatten der Wölfin einen angeschossenen Hirsch überlassen, und das Rudel hatte ihn angenommen. So war wieder Frieden zwischen den Menschen und den Wölfen. Immer noch hatte der fremde Mann den Verschlag der Zauberin und das lange Haus kaum verlassen. Der Sommer war noch heißer geworden, der Wald schwitzte sogar in der Nacht und duftete nach Pilzen. Nach dem Bad legten wir viel grünes Holz auf die Feuer, der Rauch zog durch das Dorf und vertrieb die Mücken.

Ich hatte am Waldrand eine Wurzel gefunden, die wie ein Mensch aussah, mit Armen, Beinen an einem Leib und einem Kopf. Als ich ihr mit dem Messer zwei Punkte und einen Strich einschnitzte, hatte sie auch ein Gesicht. Die Große freute sich. Jetzt hatte sie für jeden von uns eine Puppe: für ihre Mutter Lona, für ihre beiden Brüder, für sich und für mich.

Die Große hatte wieder einen Tag lang vor dem Feuer gehockt und mit einem Stock in den Boden gemalt. Wenn sie das tat, sang sie dabei immer leise, so als würde ihre Stimme den Stock führen. Sie malte keine Tiere oder Menschen, überhaupt nichts, was fliegen, gehen oder auch nur stehen konnte. Nur Kringel und Ecken. Die bestanden aus nur einer Linie, und am Abend war der ganze Sitzkreis vollgemalt mit diesem einen Strich. Niemand hatte sie gestört, alle waren still und lächelnd um sie herumgegangen. Auch Lona hatte die Große den ganzen Tag in Ruhe gelassen und das Korn allein gerieben. Sie mochte es, dass unsere Tochter für so lange Zeit in sich verschwinden und ein so großes Singbild malen konnte. Es machte der Großen nichts aus, dass sich die Sippe am Abend auf das Bild setzte und schon bald nichts mehr davon zu sehen war. Sie hatte das für sich getan, nur für sich.

Die Frauen buken Fladen auf den heißen Steinen, wir reichten ihnen das Fleisch einiger Gämsen, und zusammen mit den Beeren war das ein Essen, das uns sehr zufrieden machte. Wir waren sicher, warm und satt in dieser Nacht am Feuer. Die Kinder schliefen, die Frauen waren anschmiegsam, und der Mond war rund und nah. Die älteren Buben teilten sich ein paar rote Pilze, bemalten sich mit Ruß und Asche und heulten berauscht in den Wald. Als ihnen die Wölfe antworteten, lachten sie und stießen sich in die Rippen. Irgendwann schliefen sie unruhig.

Die Zauberin fehlte uns. Sie hätte uns jetzt mit der großen Trommel beruhigt und von Heo und Ala gesungen. Einmal hatte der Fischer versucht, sie und den fremden Mann zu belauschen, doch sie hatte ihn vertrieben und gedroht, ihn zu verfluchen. Seit die Zauberin den Mann bei sich hatte, nahm sie nur noch das Ziegenfleisch entgegen und schickte die Männer zurück zu ihren Frauen. Morgen, so besprachen wir es am Feuer, würden wir zu ihr hingehen und mit ihr reden.

Bald waren wir alle in die Felle gesunken. Ich legte mein Gesicht an Lonas Brüste und war fast eingeschlafen, als ich ein leises Stöhnen hörte. Ich blickte auf. Alle lagen ruhig. Ein Mann keuchte, das Klatschen drang aus dem langen Haus. Nach und nach wachten wir wieder auf, ein Kichern machte die Runde. Hatte die Zauberin ihn nicht Schwächling genannt? Dem Fremden ging es wohl besser. Der Zauberin auch.

Auch am Feuer konnten wir bald hier und dort ein Seufzen hören. Der Geruch von Schweiß vermischte sich mit den Düften des Waldes, dem Rauch des Feuers und der Hitze dieser Nacht. Lona kicherte, dann atmete sie erregt, drehte sich auf den Rücken und zog mich zu sich heran.

Als das Feuer niedergebrannt war, schliefen wir alle sehr fest.

Am Morgen fiel der Tau. Wir holten die Kinder zwischen uns, deckten uns alle mit dem großen Fell zu und schliefen weiter, wie ein Wurf Füchse im Bau. Zwei junge Hunde legten sich zu uns und wärmten uns.

Nein, solche Nächte waren selten. Die kleinen Kinder und die Alten starben auch im Sommer, am Schimmel, am Fieber und an bösen Würmern. Oder Heo ließ kalten Wind vom großen Eis ins Tal fallen und machte Gewitter. Oder die Zauberin machte uns Angst. Aber der letzte Tod in unserer Talsippe lag schon einen Mond zurück, die Jagd war gut gewesen, und so konnten wir uns ausruhen und uns freuen. Eine Nacht lang.

Die Sonne weckte mich, Lona lauste schon die Kinder. Ich blieb liegen und sah sie an. Sie sah wunderschön aus. Ihre Beine waren dick, über ihren Hüften hatte sie Fett, ihr Rücken war straff und stark. Ich biss ihr gern in den Nackenbogen, und abends ließ sie sich von mir die harten Füße wieder weichkneten. Sie war stärker als ich, die einzige Frau unserer Talsippe, die graue Augen hatte, und ihr Haar war im Sommer immer sehr hell. Sie lachte mich an und schimpfte über meine Faulheit, als ich mich endlich erhob. Die Kinder lachten mit, und dieser Morgen war so gut, dass ich Lust bekam auf einen Spaß. Ich stand auf, nahm meinen Schwanz in die Hand und zielte mit meinem Strahl auf einen heißen Stein, der in der Asche lag. Er zerriss mit einem leisen Knall, und als ich ihn mit einem Stock aus der Hitze rollen wollte, zerfiel er in drei Teile. Lona und die Kinder lachten. Ich zeigte ihnen einen der Steinbrocken, der außergewöhnlich schöne Kanten hatte, scharf und gerade.

Das war schon jetzt ein wunderbarer Schaber. Aber ich brachte das Stück zum Steinschneider: »Mach mir daraus eine Pfeilspitze.« Ich musste vor ihm niederknien, denn der Steinschneider hatte als Kind einen Fluch bekommen, der ihn krank gemacht und seine Beine gelähmt hatte. Sie hingen nutzlos an seinem Körper. Auf seinem Hof bewegte er sich schnell und sicher auf den Händen. Sein Gesicht mit den wilden Augen, der geraden Nase und den starken Zähnen war so schön, dass die Frauen sich trotzdem nach ihm umdrehten. Als er noch ein Junge gewesen war, hatten wir ihn einmal mit zur Jagd getragen.

Doch die Wölfe hatten seine Witterung aufgenommen und waren zudringlich geworden, als sie sahen, dass wir uns nicht so schnell bewegen konnten wie an anderen Tagen. Als er sah, wie er unsere Schar an der Jagd hinderte, weinte er, und wir brachten ihn zurück zu unserem Baum. Er kam nie wieder mit auf die Jagd. Dafür wurden seine Arme stark und geschickt. Er schnitt aus dem roten Kieselgestein die schönsten und schärfsten Klingen für Messer, Schaber und Beile. Damit tauschte er alles ein, was er zum Leben brauchte: Fleisch, Mehl, Bohnen und viele Dinge für das Haus. Die meisten Ziegen im Dorf trugen sein Zeichen, doch er war großzügig und verschenkte sie im Winter oft. Sogar für seine beiden Freunde reichte es noch. Der eine flocht aus Sehnen und Rinde die Hüllen für die Klingen, der andere schnitzte die Griffe für die Dolche. Der Flechter und der Schnitzer waren gesund. Trotzdem war der Steinschneider ihr Anführer. Sie lebten miteinander ohne Frauen. Deshalb stritten sie sich nur selten.

Der Steinschneider wog das Stück in seiner Hand und nickte. »Ein guter Stein. Komm übermorgen wieder und bring mir drei Töpfe.« Drei Töpfe! So viel musste ich ihm vor einem Jahr für meine große Dolchklinge geben! Doch er lachte wild und fröhlich. »Ich muss für die Pfeilspitze so lange arbeiten wie für ein Messer. Bring mir drei Töpfe. Du wirst noch nie eine bessere Pfeilspitze gesehen haben.«

Ich wusste nicht, wie ich es Lona sagen sollte. Drei Töpfe! Wir hatten fünf. Als die Kinder schliefen, setzte sie sich hinter mich, legte mir ihre Hände auf den Rücken. Wärme zog durch mich hindurch, und ich sagte es ihr: »Ich brauch drei Töpfe. Der Steinschneider will drei Töpfe für die Pfeilspitze.«

Sie ließ ihre Hände auf mir liegen. »Ich brauche fünf Töpfe«, sagte sie. Aber sie klang mild und friedlich dabei. Ich schwieg, wartete ab. »Du holst mir morgen viel Ton aus der Grube. Dann kannst du drei Töpfe bekommen.«

Das war ein weiter Weg. Die Tongrube lag auf der dunklen Seite des Tales. Ich musste am Wasserfall vorbei und noch weiter, fast bis zum Ausgang unseres Tales, fast bis zum großen Fluss. Dann hinüber zur Schattenseite und hinauf in das kleine Tal des Sees. Dort ist die Tongrube, und dann sind es nur noch ein paar Schritte, bis man zum warmen See und zu den Fischern kommt. Dort würde ich eine Nacht bleiben, mir am Morgen den Ton aus der Grube holen und mich mit der vollen Trage auf den Rückweg machen. Fisch essen zu können, das ist verlockend.

Noch am gleichen Abend ließ ich mir von der Zauberin den Schutzzauber geben, ohne den man die verfluchte Seite des Tales nicht betreten durfte, wenn man nicht dem furchtbaren Heo begegnen wollte. Natürlich erzählte mir die Zauberin wieder, dass das Wasser des Sees so rot ist, weil es früher einmal gebrannt hatte. Aber ich glaube das nicht. Es gibt kein brennendes Wasser.

4

Ich begann meinen Weg am frühen Morgen, im ersten Licht. Lona und die Kinder schliefen noch. Der braune und der gescheckte Hund begleiteten mich. Ich hatte eine Trage, meinen Bogen und vier Fladen. Der Weg war nicht gefährlich, ich konnte immer weit sehen. Die Wölfe würden im Wald bleiben, den Bären konnte ich ausweichen, sie waren im Sommer satt und scheu. Aber ich war allein. Die Pfeilspitze war für mich, also war diese Wanderung zur Tongrube ein Weg, den ich allein gehen musste.

Der Pfad am Fluss war breit, die ganze Talsippe nutzte ihn, und manchmal kamen Menschen aus dem Warmland zu uns, über die Berge. Die Zauberin rief sie immer hier rauf auf unsere Hochwiese. Sie kannte viele Sprachen, und nach dem Tausch erzählte sie uns abends die neuen Geschichten aus dem Warmland. Von dem Meer, in dem große Fische lebten, die lachen und auf denen die Kinder der Fischer reiten konnten. Von heißen Landen, in denen sich die Menschen ihre Berge selbst bauten – mit Höhlen, in denen sie wohnten. Von Schlangen, die Flügel hatten und so groß waren, dass sie Rinder wegtragen konnten. Von Menschen, die gar nicht mehr jagen gingen, sondern nur von Korn und vom Fleisch ihrer Ziegen und Schafe lebten. Sie machten sogar ihre Felle selbst – und einmal hatte ein Händler einen Überwurf an, der aus solch einem Fell war: Es roch nach Schafhaaren und bestand aus langen, gedrehten Sehnen, die mit unzähligen kleinen Knoten wie ein Korb ineinander geflochten waren. Wie Lonas Zöpfe, doch so oft nebeneinander, dass aus der einen Sehne ein ganzes Fell geworden war. Die Zauberin hatte ein Stück von diesem Fell eingetauscht und ihm einen ganzen Schutzzauber dafür gegeben. Sie wollte herausfinden, wie man dieses Fell herstellen konnte. Doch als sie es später suchte, fand sie nur noch Löcher, kleine weiße Eier, aus denen die Maden geschlüpft waren. Da warf sie die Reste des Felles ins Feuer, verfluchte den Händler und lobte die Felle, die von Tieren stammten und mit Rauch und Rinderpisse gegerbt worden waren.

Weißt du, ich konnte das alles damals nicht glauben. Inzwischen ist fast ein Jahr vergangen, und ich weiß heute, wie die Menschen im Warmland leben. Wie sie weben und schmieden, Mehl machen und mit großen Wagen fahren. Aber diese Geschichten, die wir damals von den Händlern hörten, klangen wie aus einer anderen Zeit.

Mein Weg war leicht, die Sonne stieg höher, und als der Pfad in der Mitte des Tales schließlich im Sonnenlicht lag, verschwanden auch die Mücken. Von den Hütten grüßten die Menschen herüber und winkten mich heran. Doch ich ging weiter, ich wusste, dass ich nur wenig ausruhen durfte, wenn ich bis zum Abend die Fischer erreicht haben wollte. An den Rändern der Flusswiese gab es immer wieder Felder, das Korn stand überall sehr gut in diesem Jahr. Wenn es nicht noch einen Hagelschlag gab, würde die Talsippe noch vor dem Honigfest ernten können. Bis dahin mussten auch die neuen Speicher fertig sein. Der Braune und der Gescheckte stöberten unterwegs in den Büschen Hasen auf und sahen mich schwanzwedelnd an. Doch ich dachte an den Fisch, den ich abends essen würde, griff mir während einer kurzen Rast nur einen halben Fladen, ein paar Larven und Beeren. Die Hunde rief ich zu mir, sie sollten bei mir bleiben. Weiterhin lag der größte Teil des Weges vor mir, ich musste noch beide Talengen durchqueren. Dort gab es keine Flusswiese, der Wald wuchs auf sanften Hängen bis zum Ufer, und deshalb war es besser, die Hunde bei sich zu haben, denn niemand konnte dort weit sehen. Ich schickte die Hunde vor. Sie scheuchten nur einen Fuchs auf.

Je näher ich dem Talausgang kam, desto mehr Häuser waren zu sehen, der Pfad wurde breiter wie auch der Fluss. Ich lief schnell. Den Rückweg würde ich bergauf gehen müssen, mit einer Trage voll Tonerde auf dem Rücken. Die Sonne brannte vom Himmel, es gab keinen Schatten. Ich hoffte nur, dass der Steinschneider recht behielt: eine Pfeilspitze, so wie ich sie noch nie gesehen hatte.

Als schließlich die Sonne mich zu blenden begann, verließ ich den breiten Weg und ging bergauf, in das kleine Tal mit dem warmen See. Der Pfad lag auf der Schattenseite, dem verfluchten Teil. Er führte am Hang an der Tongrube vorbei. Nie kamen Sonnenstrahlen hierher. Selbst im heißen Sommer war es kühl. Die Hunde wurden still, sie wichen mir nicht mehr von der Seite, ihre Ohren drehten sich unentwegt. Hier wuchsen keine Bäume, nur ein paar Büsche hatten sich unter den Felsen hervorgekämpft. Bis weit in den Sommer hinein gingen hier Stürze aus Schnee oder Geröll nieder. Schon mehrmals hatte die Talsippe ihre Tongrube wieder ausgraben und das Wasser ableiten müssen. Deshalb siedelten sich hier keine Töpfer an. So wie ich holte sich die ganze Talsippe den Ton aus der Grube und trug ihn in die Dörfer. Dort wurden die Töpfe und Becher gebrannt.

Fetter gelber Ton lag dort, das sah ich schon vom Pfad aus. Ich würde morgen meine Trage rasch füllen und mich früh auf den Rückweg machen können. Doch jetzt wartete hinter der nächsten Biegung ein saftiger heißer Fisch auf mich. Ich hatte Hunger. Die Hunde rannten schon voraus.

Die Sippe der Fischer wohnte in zwei Häusern, die auf Pfählen gebaut waren und halb am Ufer, halb im See standen. Dort unter den Bäumen stand auch das Rauchhaus, eine Frau rieb Korn neben der Feuerstelle. Rufe schallten mir entgegen.

Bis hierher kam auch die flache Sonne, sie schien morgens durch das kleine Tal über den See, und ich musste daran denken, was die Händler aus dem Warmland uns erzählt hatten: von dem Meer mit salzigem Wasser, dessen anderes Ufer man nicht sehen konnte. Damals konnte ich nicht glauben, dass es so etwas gibt. Dieser See war schon riesig groß. Wie groß musste ein Wasser sein, dass man das andere Ufer nicht sah?

Der Rauch, der von hier durch das Tal zog, duftete so köstlich, dass mein Magen knurrte.

Ich kam näher, die Fischer grüßten kurz und arbeiteten schweigend und mit sicheren Handgriffen weiter, nur das Wasser schäumte, weil es aufgewirbelt wurde von den vielen gefangenen Fischen. Die Männer standen sich auf zwei Flößen gegenüber und zogen zwischen sich das prall gefüllte Netz aus dem Wasser. Die meisten Fische warfen sie wieder in den See. Nur den größten Fischen schlugen sie einen Haken hinter den Schädel und reichten sie ihren beiden Söhnen auf dem Steg. Die Buben erschlugen die zappelnden Fische mit einem Knüppel, nahmen sie aus und gaben sie an die beiden Töchter weiter. Die Mädchen zogen Lederriemen durch die Augen und hängten die Fische in das kleine Rauchhaus am Ufer.

Als meine Hunde am Ufer des Sees die Fischer ankläfften, sah die Frau des Fischers von der Arbeit an ihrem Reibstein auf. Sie erkannte mich wieder und winkte mich fröhlich heran. Ich gab ihr zwei meiner Fladen. Dafür bekam ich endlich den heißen Fisch, frisch aus dem Rauch, so wie ich ihn mir den ganzen Tag über vorgestellt hatte. Ich biss sofort hinein, er war köstlich. Das Fett tropfte mir vom Kinn, ich ließ mich auf einem Stein am Feuer nieder und konnte an nichts anderes mehr denken als an den Fisch.

Die jüngste Tochter des Fischers verschloss das Rauchhaus und rief den Männern zu, dass es darin keinen Platz mehr für weitere Fische gab. Als sie hörte, wie sehr es mir schmeckte, lachte sie mich fröhlich an. Ihre Augen blitzten gefährlich, sie rannte um mich herum und streckte sich. Vor dem Winter hatte ich sie zum letzten Mal gesehen, da war sie noch ein Kind gewesen. Sie war nur ein Jahr älter als meine Große. Aber jetzt wusste sie schon, dass der erste Augenblick ihr gehörte, wenn sie einem Mann begegnete. So war es auch mir gegangen: Ihre Schönheit, ihre klaren Augen, die Form ihrer Lippen hatten mich mit Wucht getroffen, und sie hatte gesehen, dass mir der Atem weggeblieben war – nur ganz kurz, aber lang genug für sie. Sie wolle in diesem Jahr zum ersten Mal bei unserem Honigfest dabei sein, flüsterte sie mir zu. Ich wandte mich ab und kaute schweigend weiter, da hörte ich, wie die ältere Schwester sie barsch zur Arbeit rief. Ich sah auf den See, leckte mir schließlich die Finger ab und streckte mich zufrieden am Ufer aus.

»Willst du über Nacht bleiben?«, fragte der Fischer vom Steg herüber.

»Ja, ich muss den gelben Ton in unser Haus bringen.«

»Dann mach uns ein Feuer, du wirst draußen schlafen müssen, wenn du willst, dass meine Tochter dich in Ruhe lässt.«

Ich blickte zu Boden.

Er lachte. »Du kriegst auch noch zwei Fische. Einen kannst du dir heute noch braten, den anderen hängen wir über Nacht in den Rauch. Den kannst du dir morgen früh mitnehmen auf den Weg.«

Ich legte Holz auf die Feuerstelle, die Glut holte ich aus dem Rauchhaus. Ich briet mir den zweiten Fisch und blickte an diesem Abend noch lange über den See. Der lag so ruhig, dass die Berge in ihm ganz klar zu sehen waren. Als die Sonne verschwand, ragten die schwarzen Gipfel nach unten in einen dunkelblauen Himmel mit roten Wolken und einem halben Mond, der immer heller aus dem Wasser leuchtete, so als läge er auf dem Grund des Sees. Das musste ich meinen Söhnen zeigen, noch vor dem Herbst wollte ich sie hierher mitnehmen. Als die Sonne versank, lag ich schon in den Fellen bei der Glut. In den Bergen flackerte ein Feuer auf. Ein paar Jäger waren unterwegs. Sie hatten wohl den Weg bis zum See nicht mehr geschafft. Morgen früh würden sie hier sein.

Ich weiß, dass die Berge im Wasser nur ein Bild der echten Berge sind. Wenn im Frühling die Flusswiese unter Wasser steht, dann sehe ich auch Heos Berge im Wasser. Aber so ruhig und riesig wie hier am See ist das Wasser in unserem Tal nie. Das gibt es nur hier.

Weißt du, ich wäre auch gern Fischer. Sie haben ein gutes Leben, alle kommen zu ihnen, sie können allen etwas Gutes geben und kriegen dafür, was sie brauchen. Ihre Speicher sind nie leer, in langen Wintern können sie Korn verschenken, das sie selbst nicht angebaut haben. Aber ich habe Angst vor diesem großen Wasser. Ich weiß nicht, wer dort unten lebt, ob es dort Wassermenschen gibt oder Würmer, oder wer sonst aus dem Dunkel nach oben schaut. Der See ist so tief. Aber der alte Fischer ist ein großer Zauberer: Ich habe einmal gesehen, wie er sich still auf das Wasser legte, in den Himmel sah, ruhig atmete und nicht unterging. Wer bloß hat ihn von unten gehalten?

Der Morgen war kühl. Das Feuer war niedergebrannt, die Glut wärmte nicht mehr. Ich nahm mir eine Handvoll Asche, rieb mich ab und fand am Ufer schließlich einen Felsen im Wasser, auf dem ich mich waschen konnte. Leise nahm ich den Fisch aus dem Rauchhaus, griff meinen Bogen und die Trage und ging hinüber zur Tongrube. Nur ein wenig bergauf und um die nächste Biegung. Ich kniete mitten in der Grube nieder und kratzte mit den Händen den fetten gelben Ton zusammen, bis die Trage voll war. So feucht, wie der Ton war, würde ich bis nach Hause eine große Last zu tragen haben. Ich musste mich beeilen, wenn ich noch vor Sonnenuntergang bei Lona und den Kindern sein wollte. Trotzdem gönnte ich mir ein Bad: Ich rieb mir meinen ganzen Körper mit Ton ein. Er war kalt, aber er sollte bald trocknen und dabei die Läuse ersticken. Ich wollte mir gerade die Trage auf den Rücken setzen, da stieg mir der Geruch des Feuers in die Nase. Als ich mich noch fragte, was denn wohl den Fischer so früh aus den Fellen getrieben hatte, sah ich die Rauchsäule. Die Häuser der Fischer standen in Flammen. Dann hörte ich die Schreie.

5

Jeder im Tal kennt diese Geschichte. Aber niemand weiß, wie daraus der Krieg zwischen dem Nordtal und den Jägern aus dem Südtal entstanden ist.

Noch vor wenigen Jahren sprach niemand in unserem Dorf von einem Nord- und einem Südtal. Es gab nur ein lang gestrecktes Tal im Westen. Im Sommer wanderten unsere Jäger einen Tag über die Gipfel bis dorthin, und wenn die Männer einander in den Jagdlagern begegneten, saßen sie in der Nacht gemeinsam am Feuer und tauschten Pfeile. Doch dann war der alte Zauberer erschlagen worden, von einer Frau, die Umma hieß. Er hatte sie verfolgt, aber sie wollte nicht mit ihm klatschen, denn sie gehörte zu Kerr, dem Sohn des Zauberers. Kerr verstand nicht, warum sich seine Frau gewehrt und den Zauberer getötet hatte. Er hatte von seinem Vater nicht zaubern gelernt, aber er war laut, stark und ein guter Jäger, sodass die Männer auf ihn hörten. Er schlug Umma immer wieder und ließ sie nicht mehr aus dem Haus. Da floh Umma mit ihren Kindern in den Norden des Tales.

Erst hatten die Menschen sie nur aufgenommen, doch später baute Umma mit ihren Söhnen ein großes Haus. Sie schickte alle Männer weg, ging selbst auf die Jagd und wurde eine Zauberin. Nicht nur die Frauen bewunderten sie. Mit einem großen Erntezauber hatte sie die Menschen in der nördlichen Hälfte des Tales auf ihre Seite gebracht. Die Menschen liebten Umma, ihre starke Umma. Im Südtal hatte das Korn auch gut gestanden, aber dann hatte ein Hagel alles vernichtet, das Wild war weggeblieben, und Kerrs Männer im Südtal glaubten, dass Umma ihnen den Fluch ins Land geschickt hatte. Die Männer im Südtal gerieten in Streit. Kerrs Männer wollten Rache für den getöteten Zauberer und die Missernte. Die anderen Männer wussten, warum Umma geflohen war, und zogen mit ihren Frauen und Kindern auch zu ihr ins Nordtal.

Du sagst, Rache ist nicht gut? Ich weiß nicht, woher du kommst. Hier ist Rache etwas Gutes. Sie hilft, dass die Menschen sich schlecht fühlen, wenn sie etwas Schlechtes getan haben. Aber wenn einer Rache will, dann muss darüber entschieden werden, von den Zauberern und den Ältesten. Das muss schnell geschehen, denn der Zorn verschwindet mit der Zeit, und ohne den Zorn ist es keine Rache mehr. Aber im Südtal gab es niemanden mehr, der über die Rache der Hundesöhne entscheiden konnte. Immer, wenn wir glaubten, dass Kerr und seine Männer müde geworden und weggezogen waren, gab es einen Überfall – und alles begann von vorn.

Ich habe Kerr nur einmal gesehen. Da war er schon tot. Aber die Falten und Narben in seinem Gesicht, seine langen Haare und seine riesige Gestalt zeigten mir einen Mann, der es ganz bestimmt gewohnt war, gefürchtet zu werden. Die Menschen erzählten von seinem Zorn, der plötzlich aus dem Nichts kam, und wenn Kerr anfing, mit seiner riesigen Keule blind um sich zu schlagen, dann blieb nur die Flucht.

So begann Kerr, über den Rest seiner Männer im Südtal zu herrschen. Wie Hunde lagen ihm die Männer zu Füßen, er selbst war auch wie ein großer Hund. Er achtete darauf, dass er von jeder Jagdbeute die Leber bekam. Im Zorn hatte er einmal zwei Männer verletzt, nur weil sie zwei Füchse erst zu ihren Frauen gebracht hatten statt zu ihm, so wie es ihm zustand als Jagdführer. Die Männer im Südtal begannen, als Rudel zu leben. Nachts schliefen sie auf dem Boden von Kerrs Haus, sie berauschten sich mit Pilzen, kümmerten sich nicht um ihre Kinder, und ihre Frauen wollten sich nicht mehr von ihnen klatschen lassen. Die Männer zwangen sie dazu. Kerr nannte die Männer »seine Söhne«, und so dauerte es nicht lange, bis alle Menschen in den

Nachbartälern sie nur noch »die Hundesöhne aus dem Südtal« nannten. Kerr und seine Männer wussten das. Es gefiel ihnen. So sehr, dass sie sich selbst die »Hundesöhne« nannten und die Grenze zu ihrem Südtal mit dem geschnitzten Bild eines Hundes markierten.

Als in einem Frühjahr die Hundesöhne nach einer erfolglosen Jagd in ihr Dorf zurückkehrten, waren ihre Frauen und Kinder verschwunden. Der Winter war lang gewesen, und von drei neu geborenen Kindern waren zwei gleich gestorben. So hatten die Frauen und ihre Söhne die beiden Männer überwältigt, die Kerr als Wache zurückgelassen hatte, und waren zu Umma ins Nordtal geflohen. Sie wollten nicht mehr zu den Hundesöhnen gehören.

Natürlich hatten die Hundesöhne versucht, sich die Frauen zurückzuholen. Doch Umma war umsichtig und hatte am Hohlweg zwischen Süd- und Nordtal einen Hinterhalt gelegt. Vier Hundesöhne waren gestorben, ohne dass sie ihre Gegner zu Gesicht bekamen – durch Pfeile von den Felsen herunter. Kerr wütete, aber er zog sich ins Südtal zurück. Ummas Jäger blieben wachsam. Kein Hundesohn hat es je bis ins Nordtal geschafft.

Aber auch Umma hatte versucht, zwei junge Jäger ins Südtal zu schicken. Sie sollten mit den Hundesöhnen leben, herausfinden, wo sie ihre Vorräte lagerten, wie viel Wild sie noch in den Bergen hatten und wer sie mit Nahrung versorgte. Doch die beiden waren schnell erkannt worden, einer wurde erschlagen, der andere konnte fliehen. Obwohl es damals noch viele waren, schienen die Hundesöhne einander zu erkennen, so als ob sie ein Zeichen trügen.

Umma stärkte das Nordtal, sie sorgte für reiche Ernten, ausreichend Wild und bereitete sich gut auf die Winter vor. Mit ihr hatte unsere Zauberin schnell Ruhe aushandeln können. Doch mit den Hundesöhnen im Südtal hatten auch wir Streit. Sie sagten, das Südtal sei ihr Gebiet. Wer den Bergkamm oder den Bach überschreite, der werde erschlagen. Oder er müsse etwas geben, damit er weitergehen dürfe. Wir glaubten nicht daran, dass sie so etwas tun würden. Niemand bei uns hatte je zuvor ein Gebiet für sich haben wollen. Immer durften alle Händler die Täler durchqueren, jeder durfte überall jagen und sammeln, was der Wald schenkte. Im Frühling und Sommer herrschte Überfluss, jeder fand im Wald alles, was er brauchte oder eintauschen konnte. Es gab keinen Grund für Streit. Stattdessen gab es immer wieder neue Paare: Die jungen Männer sahen lieber den Frauen des Nachbartales beim Baden zu als den Frauen aus der eigenen Siedlung. Schließlich zogen einige zu den Frauen ins andere Tal. So war das immer schon gewesen, und es war gut so.

Doch vor zwei Jahren hatten die Hundesöhne einen unserer jungen Männer erschlagen, der auf der Jagd einen Bock über den Bergkamm ins Südtal hinein verfolgt hatte. Sie töteten auch zwei Händler, die durch ihr Gebiet ins Nordtal gelangen wollten. So nahmen die Händler bald den Umweg über unser Tal, um zu Umma zu gelangen.

Niemand betrat mehr das Südtal, nur spärlich drangen Gerüchte von dort über die Bergkämme. Die Hälfte der Männer war inzwischen gestorben, hieß es, bei den Überfällen, durch Krankheiten und Unfälle oder an der Winterkälte. Und es hieß, dass der Zauber von ihnen genommen worden war und nun ein Fluch über dem Südtal lag. Die Hundesöhne hatten keine Ernten mehr, ihre Häuser und Speicher waren zerfallen, sodass die Vorräte verschimmelten. Man erzählte sich, dass die Hundesöhne am Ende des letzten Winters einen von ihnen geschlachtet und gegessen hatten, damit die anderen das Frühjahr erleben konnten. Die Männer hatten zu viele Tiere erlegt, die Steinböcke und Rehe stiegen nicht mehr ins Südtal hinunter, sie blieben oben auf den kahlen Bergen oder wichen in die Nachbartäler aus. Im Frühling hatten die Hundesöhne auch die Bärin ihres Tales getötet und die Bärenkinder verhungern lassen. Damit war der Fluch endgültig über sie gekommen. Noch zwei Winter, und von den Männern im Südtal würde keiner mehr übrig sein. Doch die Männer, die jetzt noch lebten, waren verwildert, hungrig, verzweifelt und stolz. Je kleiner ihre Schar wurde, desto länger wurden die Wege, die sie gehen mussten, um an Ziegen, Schafe oder Schweine zu kommen. Und an die Frauen.

Als ich den See erreichte, standen die Häuser der Fischer vollends in Flammen. Es gab nichts mehr zu retten. Am Ufer schwammen die toten Fischer, dem Vater war der Kopf eingeschlagen worden, sein Bruder war von zwei Pfeilen durchbohrt. Die Hundesöhne hatten die Spitzen abgebrochen, um daraus neue Pfeile machen zu können.

Der Braune fand einen Hund, der von einem Pfeil in die Seite getroffen worden war. Er winselte. Ich griff zum Bogen, zielte auf sein Herz. Als ich ihn tötete, wichen der Braune und der Gescheckte mit eingezogenem Schwanz vor mir zurück.

Auch zwei Hundesöhne lagen am Ufer, sie hatten ihre knochigen Rippen mit dem Kriegsrot bemalt, viel heller als ihr Blut, das langsam auf dem Gras eintrocknete. Wie konnte man im Sommer so abmagern? Dem einen war ein Pfeil durch das Auge in den Kopf gedrungen. Dem anderen hatte ein Fischspeer Kehlkopf und Hals durchbohrt. Die große Ader war getroffen, und all sein Blut war erst ins Gras und dann ins Wasser des Sees geflossen.

Die beiden Söhne des Fischers lagen tot in den Flammen. Sie hatten sich in der Deckung des Hauses gegen die Angreifer gewehrt. Doch dann hatten die Hundesöhne das ausgetrocknete Holz des Hauses mit der Glut aus dem Rauchhaus in Brand gesetzt. Die Söhne mussten schnell erstickt sein. Der Braune und der Gescheckte witterten das langsam verbrennende Fleisch. Ich rief sie zu mir. Es fiel ihnen schwer, bei mir zu bleiben. Weil sie Angst vor dem großen Feuer hatten, aber auch, weil die Gerüche verlockend waren.

Die Hundesöhne mussten über den Pass herübergekommen sein. Das Feuer, das ich in der Nacht gesehen hatte, war sicher ihres gewesen. Wo waren die Frauen? Die Mutter und ihre Jüngste, deren Lachen mir die ganze Nacht hindurch nicht aus dem Kopf gegangen war? Ich konnte nicht glauben, dass ihnen die Flucht gelungen war. Der Angriff war zu leise und schnell geschehen. Da verstand ich: Sie waren das Ziel des Überfalls. Die Hundesöhne wollten die Frauen. Sie konnten noch nicht weit gekommen sein. Ich brachte den Braunen zu den zwei Toten. »Los, sucht!«

Der Braune verstand, der Gescheckte folgte ihm. Sie rannten in den Wald, den Pass hinauf. Ich hetzte hinterher, ohne zu überlegen, was ich tun könnte, wenn ich die Männer wirklich erreichen sollte. Im Lauf legte ich einen Pfeil in den Bogen. Wenn die Hunde nicht bellten, dann konnte ich vielleicht zwei Hundesöhne erschießen, bevor sie mich entdeckten. Ich hatte auch keine Gelegenheit, sie zu umgehen, ich war gezwungen, ihnen auf dem Bergpfad nachzujagen. Ich hetzte über Wurzeln und Steine, der gelbe Ton bröckelte von meinem Körper ab. Dann hörte ich das Lachen der Hundesöhne. Sie waren über mir auf dem Felsen und fühlten sich so sicher, dass sie die Frauen dort niederrissen und ihnen die Knie auseinanderzwangen. Ich konnte hören, wie die Frauen vor Verzweiflung schrien, und ahnte, wie sie verzweifelt um sich traten und schlugen und kratzten.

Meine Hunde verrieten mich nicht. Ich hörte einen Schrei, zwei Stimmen. Die Schreie kamen von oben. Den Frauen war es gelungen, sich loszureißen. Fliehen konnten sie nicht mehr. Nur springen.

Sie fielen mir genau vor die Füße. Die Mutter war sofort tot. Sie war schon beim Fallen mehrmals auf die Felsen geschlagen. Ihr Kopf war geplatzt, die Beine gebrochen. Die Tochter war weiter gesprungen. Sie fiel an der Felswand hinunter und schlug dumpf mit dem Rücken auf dem Waldboden auf. Die Männer blickten den Frauen über die Felskante nach und heulten vor Wut, ihr Geschrei schallte über den See. Als sie mich sahen, begannen sie, Felsbrocken zu werfen. Ich pfiff die Hunde zurück, griff das Mädchen unter die Arme und zog sie unter die Bäume. Dabei spürte ich, dass der Sturz auch sie zerbrochen hatte. Ich würde ihr nicht helfen können. Sie starrte mich an, ohne mich zu erkennen. Ich wischte mir die Tonkruste aus dem Gesicht. Kurz lächelte sie auf und versuchte zu atmen. Es gelang ihr nicht. Blut lief ihr aus Ohren und Nase, sie wurde blau, zitterte, ihre Finger krampften sich in den Boden. Ich hielt sie, bis ihre Augen zu Stein wurden. Für sie gab es kein erstes Honigfest.

Ich steckte die Pfeile zurück in den Köcher. Die Hundesöhne kamen nicht zurück. Sie konnten nicht wissen, dass ich allein war. Sie mussten schnell zurück in ihr Tal, erst dort konnten sie sich gegen Verfolger wehren, erst dort konnte Kerr ihnen sagen, was sie tun sollten.

Ich blieb bei der jungen Frau, bis sie kalt wurde. Dann legte ich sie mir über die Schulter und trug sie zurück zum See. Sie war leicht, ich fühlte ihr Gesicht an meinen Rücken schlagen, ihre langen hellen Haare spürte ich an meinen Beinen.

Ja, auf diesem Weg hab ich geweint. Diese verfluchten Hundesöhne! Warum konnten sie nicht einfach sterben in ihrem Tal? Erfrieren oder verhungern? Warum mussten sie andere töten? Es war nicht das erste Mal, dass sich die Frauen lieber selbst töteten, als sich in diese Gefangenschaft verschleppen zu lassen. Niemand wollte bei den Hundesöhnen leben.

Als die Nachbarn der Fischer herangekommen waren, weinten wir gemeinsam, schrien unsere Wut hinaus und legten die Toten ans Ufer. Die beiden Hundesöhne ließen wir liegen. Die Adler hatten sich schon auf ihnen niedergelassen und begonnen, ihnen die Augen herauszuhacken. Auch die Füchse waren schon da, um sich ihren Anteil zu holen, bevor die Wölfe sie vertreiben und die Toten endgültig in Stücke reißen würden. Wir ließen es geschehen. Niemand wollte sie begraben. Morgen früh würde nichts mehr von den Hundesöhnen übrig sein als zwei braune Flecken im Gras.

Drei Männer nahmen sich ein großes Fell und holten auch die Mutter zurück. Schließlich lagen die Fischer beisammen. Das

Feuer hatte die Häuser gefressen, die Reste fielen zischend in den See. Eine große weiße Wolke stieg aus dem Wasser hoch und verteilte sich im Tal. Danach lag der See wieder ruhig und klar. Der älteste Sohn kam heran, kniete neben den Toten nieder und weinte. Er war vor zwei Jahren ins Tal gezogen, weg von Vater und Mutter, zu einer Frau. Jetzt verfluchte er sich, verfluchte die Männer im Südtal und uns, weil wir zu spät gekommen waren. Er war außer sich, die Gruppe ertrug schweigend seinen Schmerz und seine Schreie. Es dauerte lange, bis er sich beruhigte. Schließlich griff er nach einem Grabstock und half uns, im weichen Boden am Ufer die Grube auszuheben. Es war schon nach dem Mittag, als wir die Toten endlich hineinlegen konnten. Eng aneinander, die Kinder zwischen die Mutter und den Vater. Den Hund dazu, ein paar Dolche, Fischspeere, Bastnetze. Sie sollten auf dem Weg zu Heo und Ala nicht hungern müssen.

Nein, ich weiß nicht, wie die Fischer zu Heo und Ala an den Himmel gelangen und ob sie auf diesem Weg Fische fangen können. Natürlich zerfallen die Körper in Gestank, und die Würmer fressen sie – wie alle toten Menschen. Ich habe die Knochen von Menschen gesehen, Jahre nachdem sie gestorben waren. Ich habe gesehen, wie die Körper zerfallen nach dem Tod. Aber solange sie leben, solange das Herz schlägt, ist ein Glanz in ihren Augen. Der ist weg, wenn sie zum letzten Mal geatmet haben. Manchmal, wenn die Alten ruhig sterben, dann kommt mit dem letzten Atmen dieses Pfeifen aus ihrem Mund. Das nimmt den Glanz aus den Augen mit. Ich hab das einmal gesehen, als es kalt war: Eine letzte weiße Wolke kam aus dem Mund des Kriegers und dann nichts mehr. Es sah aus, als fliege der Glanz seiner Augen mit dieser Wolke davon. Mehr weiß ich nicht darüber. Die Zauberin hat gesagt, dass die Toten zu Heo und Ala gehen. Ich weiß nicht, ob das stimmt. Aber es gefällt mir. Mir geht das Bild der toten Fischerstochter bis heute nicht aus dem Kopf. Wie ich Erde auf eine junge Frau warf, die mir am Abend zuvor noch voller Lust ihren Körper dargeboten hatte. Ich wünsche mir, dass sie bei Ala weiterlebt.

Ich wollte zu Lona und den Kindern, sie würden sicher schon auf mich warten. Doch ich lag im Gras und konnte mich nicht bewegen. Ich muss geweint haben wie ein Kind. Dieser Tag ist in mir verschwunden. Jemand half mir, gab mir zu trinken, stützte mich. Ich muss gegangen sein, denn irgendwann sah ich die Flusswiese wieder. Oder wurde ich getragen? Ich weiß es nicht mehr. Alles war wie in einem Nebel.

6

Als ich hochschreckte, war es mitten in der Nacht. Ich lag zwischen Fellen in einem Haus, draußen rauschte der Regen. Heo und Ala hatten Streit und warfen mit Feuersteinen. Wenn sie die Berge trafen, blitzte es. Ich fragte ins Dunkel hinein, wo ich war, und eine junge Männerstimme antwortete mir: »Du bist sicher in diesem Haus und kannst dich ausruhen.« Eine Hand reichte mir Schlafkraut, ich schob mir etwas davon unter die Zunge. Aber der Schlaf fand mich nicht. Die Blitze erhellten einen Raum, in dem die Kinder mit den Eltern auf einem Lager schliefen, eine ältere Frau lag bei der Glut und redete ängstlich und wirr, wenn der Donner von den Bergen rollte. Ich schloss die Augen. Doch immer wenn ein Blitz mir durch die Lider schien, sah ich die Mutter mit ihrem zerplatzten Kopf und das letzte verzweifelte Lächeln ihrer Tochter, hörte ihre Schreie und wie ihr junger Körper auf den Boden schlug, sah ihre Augen versteinern.

Heo und Ala hörten bald auf zu kämpfen, der Regen rauschte jetzt gleichmäßig und friedlich auf die Flusswiese. Doch ich warf mich zwischen den Fellen umher, starrte ins Dunkel und fand keinen Schlaf. Sobald es dämmerte, ging ich vor das Haus. Der Fluss war nicht weit. Ich wusch mir die Reste des gelben Tons aus dem Haar und von der Haut. Das kalte Wasser vertrieb die bösen Träume dieser Nacht.

Ich dankte für das Nachtlager und ging zurück zur Tongrube. Dort fand ich meine Trage, die ich zurückgelassen hatte. Ich schüttete den aufgeweichten Ton zurück in die Grube und füllte die Trage neu. Dann ging ich doch noch einmal zum See zurück. Er lag so still, als wäre nichts geschehen, als hätte am Ufer nie eine Sippe gelebt. Als hätte es die Fischer nie gegeben. Dort gab es nur den Hügel aus frischer Erde und Flecken von verbranntem

Gras. Wenn im nächsten Frühling der Schnee taute, würde auch davon nichts mehr zu sehen sein.

Der ältere Sohn des Fischers trat ans Ufer, mit einer schwangeren Frau war er früh aus dem Tal herübergekommen. Sie hielten sich an den Händen, schauten aufs Wasser und die Berge. Ich ging zu ihnen.

»Wir werden die Häuser wieder aufbauen. Wir werden hier als Fischer leben«, sagte er ruhig. »Wenn du im nächsten Jahr wieder Ton holst, dann hänge ich dir Fische in den Rauch.« Er umarmte mich plötzlich. Seine Frau lächelte.

»Und die Hundesöhne?«, fragte ich.

»Wir werden Fallen bauen auf dem Pass durch die Berge. Wir werden dafür sorgen, dass wir sie bemerken, wenn sie zurückkommen. Wir werden vorsichtig sein und immer Waffen tragen«, sagte er. »Viele Menschen werden mit uns hier leben. Wir müssen den Männern aus dem Südtal diesen Weg versperren. Wenn sie hier siedeln, dann haben sie diesen guten Platz für sich und werden wieder stark.«

Er hatte recht. Hier gab es Wasser, Nahrung, guten Boden und Sonne. Den Weg aus den Bergen und den Weg ins Tal konnte man gut sichern. Dieser Platz musste zu einem Dorf gehören, das friedlich mit unserem ganzen Tal zusammenlebte. Der Fisch aus dem Rauch war beliebt bei den Hirten, den Händlern, bei allen, die von der Flusswiese und dem Wald lebten. Diesen See durfte die Talsippe nicht den Hundesöhnen überlassen. Sie sollten nicht bleiben können und keine Kinder mehr bekommen. Seine Mutter und seine Schwester hatten sich in den Tod gestürzt. Der Sohn hatte ihre Schreie verstanden: Die Hundesöhne durften diesen Platz am See nicht für sich einnehmen. Er musste zu unserem Tal gehören.

Ich habe damals nicht verstanden, warum die Hundesöhne das Südtal für sich haben wollten, warum jeder, der es durchquerte, etwas dafür geben sollte. Jeder konnte überall jagen und anpflanzen und siedeln. So war es, als meine Mutter noch lebte und die Mutter meiner Mutter. Doch so würde es nicht bleiben. Die Hundesöhne hatten den Krieg begonnen, und auch wenn wir nicht ins Südtal gingen, um sie zu töten, waren wir ihnen ähnlich geworden. Wir machten es jetzt ebenso wie sie: Dieses Tal gehörte uns. Dieser Platz am See gehörte uns. Der ganze See gehörte uns und jeder Fisch, der darin schwamm. Sollten sich die Hundesöhne für ihren Fischfang einen anderen Platz an unserem See suchen, würden wir sie vertreiben. Das Südtal war ihr Tal. Sollten sie dort bleiben, sollten sie dort leben oder erfrieren und verhungern. Hier leben wir, dort leben sie. Das Wild konnte von einem Tal ins andere wechseln. Wir nicht. Wie weit durften die Hundesöhne auf den Wegen in unser Tal kommen, wenn sie einen Bock hetzten? Wie weit durften unsere Männer in die Berge gehen, wenn sie den Hundesöhnen nicht begegnen wollten? Gab es einen Felsen, einen Gipfel, einen Baum, von dem die Hundesöhne sagen konnten: Das ist unser Baum, unser Gipfel, unser Felsen? Bis dorthin dürft ihr gehen. Aber keinen Schritt weiter. Ich weiß es bis heute nicht.

Der Sohn des Fischers teilte einen Fladen mit mir, wir aßen gemeinsam, tranken Wasser aus dem See dazu, und als ich die Trage schulterte und ins Tal ging, kamen mir schon Männer, Frauen und Kinder entgegen, die sich den Platz am Ufer des Sees ansehen wollten. Als sie mir näher kamen, begann ein Flüstern. Einige hatten mich erkannt. Ich war es gewesen, der weinend die Fischerstochter am See tot ins Gras gelegt hatte. Sie grüßten mich nur mit Blicken. Der Braune und der Gescheckte strichen um ihre Beine. Ich pfiff sie zurück. Aber ich blickte an den Menschen vorbei, ich wollte abends zu Hause sein mit meiner Last.

Doch der Weg wurde mir lang. Aus allen Häusern kamen die Menschen zum Flusspfad und wollten wissen, was bei den Fischern geschehen war. Viele der Männer wollten sofort ins Südtal aufbrechen und der Plage durch Kerrs Hundesöhne ein Ende bereiten. Manche hatten schon ihre Waffen dabei. Doch ich ahnte, dass unsere Zauberin diesen Kampf jetzt nicht wollte. Immer wenn Kerrs Männer uns oder das Nordtal überfallen hatten, warnte sie davor, die Hundesöhne bis ins Südtal zu verfolgen. Dort, wo sie jeden Stein kannten, waren sie immer noch zu stark.

Meine Erzählungen wurden immer kürzer, je näher ich unserem Haus kam. Jemand musste schon vor mir den Weg gegangen sein, jemand, der nur den Rauch der brennenden Hütten gesehen und gehört hatte, dass die Hundesöhne die Fischer getötet hatten. Jetzt wollten alle hören, was wirklich geschehen war. Die Trage rieb mir die Schultern wund. Lona hatte mir die Söhne entgegengeschickt, die mir die Last abnahmen. Sie waren alle froh, mich gesund wiederzusehen. So wie ich froh war, sie wiederzusehen. Erst hier dachte ich daran, was mit mir passiert wäre, wenn ich bei den Fischern nur ein wenig länger geschlafen hätte. Ich weinte vor Freude und Trauer, die Große umarmte mich. Der Braune und der Gescheckte trotteten in den Schatten des Hauses. Lona reichte mir Asche, ich wusch mir im Becken des Wasserfalls den Schweiß und den Dreck von der Haut, und noch beim Bad stand die Sippe um mich herum, und ich erzählte noch einmal, was geschehen war. Und dass der Sohn des Fischers der Talsippe angeboten hatte, bei ihm am See zu siedeln.

Der Steinschneider hatte sein Haus verlassen, war auf seinen Händen bis zum Becken gelaufen und hatte mir still zugehört. Jetzt griff er in den Lederbeutel, den er um den Hals trug, und schloss seine Faust. Er lächelte mich an. Ich hockte mich vor ihn. »Zeig sie mir.« Er öffnete die Hand, und da lag sie: eine Pfeilspitze, wie ich sie noch nie gesehen hatte, so scharf, so gut gearbeitet, so gerade, dass der Pfeil genau dort treffen würde, wo ich hinzielte. Die Männer umringten uns. Ich sah es ihnen an: So eine Pfeilspitze hätte jeder von ihnen gern gehabt.

»Es ist ein sehr guter Stein«, sagte der Steinschneider. »Wo hast du ihn her?« Ich erzählte ihm die Geschichte, die Männer lachten, und für einen Augenblick waren die toten Fischer vergessen.

Der Steinschneider gab die Spitze nicht her. Er steckte sie lachend zurück in den Beutel, und als er sich auf seinen Händen umdrehte, stand die Zauberin vor ihm. Mit dem Mann, den wir gerettet hatten. Er war nicht sehr groß, aber er überragte die Zauberin um zwei Köpfe, war jetzt gut genährt und in Felle gekleidet. Der Mann hatte jedes unserer Worte verstanden. Jetzt stellte er Fragen, die verrieten, dass er das Südtal gut kannte.

Er wollte genau wissen, wie die toten Hundesöhne ausgesehen hatten, wie sie bemalt gewesen waren. Ob ich die Pfeilspitzen gesehen hatte oder die Keule, mit der der Fischer erschlagen worden war. Als ich den Kopf schüttelte, wurde sein Mund schmal, seine Lippen zitterten, und die Adern an seinem Kopf traten hervor. Ich wollte ihn fragen, was er wusste, aber er fing meinen Blick auf, wandte sich ab und ging zurück zum langen Haus. Die Zauberin blieb. Sie antwortete auch nicht auf die fragenden Blicke aus der Runde. Sie suchte nach Zeichen der Wut unter unseren Männern. Doch ich hatte ruhig und ohne Zorn berichtet, und diese Ruhe hatte sich als Trauer auf die Runde am Wasserfall gelegt. So ging die Sippe langsam und schweigend auseinander, als Lona mir endlich ihre warme Hand auf die Schulter legte und mich zu unserem Haus schob. Ich schlief sofort ein.

Ja, der Fremde, den wir vor den Wölfen retteten, hatte uns die ganze Zeit verstanden. Seine Stimme klang klar und tief, seine Sprache weich. Er stammte aus dem Warmland, von der anderen Seite der Berge, von jenseits des großen Passes, auf dem ich ihn erschossen habe. Dort sind die Täler weit, und der Wind weht im Sommer heiß die Berge hinauf. Die Alten erzählten schon uns Kindern, dass es dort den Menschen besser ging: Die Sonne scheint dort länger, der Boden gibt viel Korn, und viele Händler bleiben dort, weil sie nicht über den Pass in unser Tal klettern wollen.

Dieser fremde Mann aus dem Warmland war alt. Er schien sehr klug und stark zu sein, doch er stellte sich schwach und dumm.

Die Zauberin hatte ihn in ihr Haus geholt, weil sie dachte, er wäre schwach und dumm. Wenn sie damals schon gewusst hätte, dass der Mann alles verstand, hätte sie ihn nicht in ihr Haus geholt. Sie hätte ihn erschlagen mit ihrer Keule. Dann wäre alles gut gewesen.

Am Abend hockte die Sippe beisammen, der Mann neben der Zauberin am Baum. Sie hob ihre Trommel und begann zu singen. Es war ein Lied der Trauer um die getöteten Fischer. Aber die Sippe stimmte nur widerwillig ein. Die Kinder blieben bei den Eltern und blickten scheu zu dem Mann hinüber, der jetzt freundlich und offen in die Runde blickte. Es waren schließlich zwei Kinder aus dem Frühling des vergangenen Jahres, die auf ihren unsicheren Beinen zu ihm gingen, an seinen braunen Haaren und an seinem Bart zogen. Lachend wehrte er die kleinen Finger ab, Kinderlachen antwortete ihm. Da verstummte die Trommel. Der Mann blickte in unsere erwartungsvollen Gesichter, er nickte sich selbst zu und begann zu erzählen.

»Ich wurde an einem großen, salzigen Wasser geboren, nicht weit von einem rauchenden Berg entfernt, in dem ein Fluch eingesperrt ist. Wenn der Fluch sich losreißt, dann speit der Berg Feuer und bringt die Erde zum Beben. Nur mit dem großen Blutzauber kann ich ihn dann besänftigen: Ich töte Ziegen und Rinder und verbrenne sie. Ich tue das, um die Sippe zu schützen. Die Sippe will am Berg bleiben, denn die Asche legt sich auf die Wiesen und lässt das Korn wachsen. Es gedeiht so gut, dass es die Männer und Frauen nicht tragen können. Dafür gibt es Wagen, die auf den flachen, breiten Wegen von Rindern durch die Ebene gezogen werden. Wagen mit zwei oder vier Rädern. Kennt ihr Räder? Kennt ihr Wagen?«

Als die Sippe nickte, schien er enttäuscht zu sein. Die Zauberin erklärte es ihm: Im Sommer kommen Händler mit kleinen Wagen ins Tal. Die Ziegen ziehen sie mühsam auf schmalen, steilen Wegen bis zum großen Wasserfall. Dort an den Stromschnellen ist der Weg für sie zu Ende. Die Wiese ist ein guter Platz zum Tauschen, aber er liegt auf der Schattenseite des Tales. Deshalb kommen nur die Hirten dorthin. Sie tauschen einige ihrer Tiere gegen Muschelklingen, Leder und Schmuck, binden die Last den Tieren auf den Rücken und treiben die Herde langsam zurück ins Tal. Unterwegs tauschen sie an den Häusern, die an ihrem Weg liegen, nach und nach alles gegen Fladen oder Bohnen ein. Auf unseren schmalen, steinigen, steilen Wegen im Tal können keine Wagen rollen. Der Mann nickte, brachte uns mit einer ruhigen Handbewegung zum Schweigen und erzählte weiter, von den Wanderungen in seiner Jugend, wie ihn einst auf einem Berg der Blitz getroffen hatte. Seitdem trage er die schwarzen Striche auf dem Körper, sagte er, und besitze die Kraft, Geister und Zauberer zu besiegen.

Er war ein Zauberer. Seine Hände beschrieben große Kreise, während er redete, seine Stimme wurde feurig und laut. Er hatte sicher schon oft vor einer Sippe gesprochen. Alle hörten ihm zu. Sogar unsere Zauberin lauschte ihm still. Wir starrten ihm auf den Mund, während er sprach, und drängten uns in seine Nähe. Dabei hätten wir nur daran denken müssen, wie wir ihn gefunden hatten: nackt und fast tot. Doch wir hörten ihm zu und nickten. Er konnte doch nichts erzählen, was er nicht wirklich erlebt hatte. Dann erzählte er uns vom Sonnenstein. Damit fing unser Unglück an.

7

Seine Stimme wurde jetzt leiser. Er fragte uns, ob wir in unserem Tal schon einmal grüne Steine gefunden hatten. Kein Moos, keine Flechten. Steine, die grün sind, manchmal blau, auch innen, wenn man sie aufschlägt. »Darin ist die Sonne eingeschlossen«, sagte er. »Ich kann sie mit Feuer herausholen. Sie fließt heiß aus den Steinen und leuchtet grell. Dann wird sie kalt und hart. Wie Stein, aber rot und glänzend wie die untergehende Sonne! Dieser Stein ist nicht hart, er zerspringt nicht. Er ist weich, ich schmiede daraus Schmuck, Waffen, Töpfe, Nadeln. Ich bin der Schmied.«

Das war ein Wort, das wir nicht verstanden. War das ein Name? Er deutete die Arbeit eines Steinschneiders an. Aber immer, wenn wir ihn Steinschneider nannten, schüttelte er den Kopf: »Nein, kein Steinschneider. Ein Schmied. Ein Schmied!« Wir verstanden ihn nicht.

Schließlich huschte ein Junge ins Haus und kam mit einem grünen Stein zurück – so wie ihn die Zauberin im Frühling fand, um Heo und Ala grün und blau färben zu können. Der Schmied war erfreut aufgestanden und wollte schon zugreifen, als die Zauberin dazwischensprang und dem Jungen den Stein wegnahm. Sie war voller Zorn, sie keuchte, schimpfte, drohte, bespuckte den weinenden Jungen. »Wo hast du den Stein her? Das ist der Frühlingsstein, den bekomme nur ich von Heo, wenn ich die Talsippe gut durch den Winter gebracht habe!«

Der Junge konnte unter seinen Tränen lange nicht antworten. Schließlich deutete er schluchzend hinunter ins Tal. »Drüben am Wasserfall.«

Die Eltern des Jungen erschraken. »Du warst allein dort?« Der Wasserfall lag auf der verfluchten Seite des Tales.

Die Zauberin nickte drohend. »Allein auf Heos verfluchter

Talseite. Ohne meinen Schutzzauber. Du bist verflucht. Du wirst sterben.«

Die ganze Sippe erschrak. Der Junge hatte uns bisher nur Freude gemacht und alle Krankheiten überstanden. Er war gelehrig und flink, er würde ein guter Jäger werden. Seine Pfeile waren sicher, er beherrschte die Schleuder und den großen Speer samt Wurfarm. Er tötete sicher und schnell. Er war mutig. War er zu mutig gewesen?

Die Zauberin sah in die Runde, sah unser Entsetzen, sah die Eltern an. Sie rollte mit ihren roten Augen, schüttelte verzweifelt den Kopf und sagte immer wieder: »Du wirst sterben. Du wirst keine drei Tage mehr leben.«

Der Junge stockte unter seinen Tränen, dachte nach und sagte dann leise, aber sicher: »Ich hab den Stein schon vor dem Winter gefunden. Heo ist nicht böse mit mir.«

Die Zauberin schrie: »Er spricht durch mich! Durch mich! Durch mich! Heo hat den Stein den ganzen Winter über vermisst. Jetzt weiß er, wer ihn gestohlen hat. Er zürnt dem Dieb, der ohne Schutzzauber zu ihm gekommen ist. Er hat uns vertraut. Wir haben ihn alle zornig gemacht!«

Sie fiel auf die Knie und schlug verzweifelt die Trommel: »Heo, verzeih! Verzeih dem Jungen, verzeih mir, verzeih uns!« Sie wurde von einer unsichtbaren Macht gestoßen und getreten, immer wenn sie aufstehen wollte, traf sie wieder ein Tritt von oben. Sie schlug sich die Knie auf, das Fell der Trommel färbte sich dunkel von dem Blut, das ihr aus den Fingern sprang, während sie im Rausch und unter Schmerzen immer wieder fiel und versuchte, sich zu erheben. Warum blieb sie nicht einfach liegen? Warum hielt sie den Stein fest? Es sah aus wie ein verzweifelter Tanz, aber es war kein Tanz. Heo war über uns und schlug und trat unsere Zauberin. Sie empfing die Strafe für das, was der Junge getan hatte. Es schmerzte uns, die Zauberin so zu sehen, der Junge wollte ihr in seiner Verzweiflung aufhelfen, doch sie stieß ihn weg und fauchte: »Heo darf dich nicht sehen!« Selbst in dieser Not sorgte sie sich noch um uns! Jetzt rief sie Ala um Hilfe an: »Ala, rette unsere Sippe, ich bitte dich! Geh zu deinem Mann, leg deine warmen Hände auf seine Schultern, besänftige ihn.« Jetzt blieb sie liegen, zuckte, atmete schwer, horchte in die Nacht und sagte: »Ja, Ala, das werde ich tun.«

Die Zauberin erhob sich schwer auf Knie und Hände und kroch erschöpft zum langen Haus. Wer ihr helfen wollte, dem schickte sie nur einen drohenden Blick. Sie tat uns leid. Ich wandte mich ab und blickte plötzlich dem Schmied ins Gesicht. Der Schmied stand aufrecht, die Arme verschränkt, sein Gesicht zeigte keine Regung. Er hatte ruhig und nachdenklich zugesehen, wie seine Wohltäterin von Heo gepeinigt worden war. Jetzt schickte er der Zauberin auf ihrem mühsamen Weg ein Lächeln nach. Der Schmied machte mir Angst. Er wandte sich ab, setzte sich ans Feuer, stocherte stumm mit einem Ast in der Glut, und als die Zauberin mit ihrer Heilschale aus dem langen Haus trat, sah er sich nur kurz um, lächelte und wandte sich wieder ab.

Gebeugt und ächzend war die Zauberin wieder zur Sippe getreten. »Trink das«, sagte sie zu dem Jungen und reichte ihm die Schale. »Trink alles aus.« Als sie leer war, schob sie den Jungen zu seinen Eltern. »Das hilft ihm gegen den Fluch Heos. Wenn er morgen Abend noch lebt …« Sie sprach nicht zu Ende. »Bleibt bei ihm in dieser Nacht. Vielleicht kann Ala den Zorn Heos von ihm abwenden.«

Es dauerte nicht lange, da begann der Junge zu zittern. Er riss seine Augen weit auf und redete wirr. Er bekam Schweißausbrüche, fiel nieder, und weißer Schaum trat ihm auf die Lippen. »Heos Zorn ist in ihn gefahren«, sagte die Zauberin leise und blickte jedem in der Runde eindringlich ins Gesicht. Dann wandte sie sich an die Eltern: »Nehmt ihn zu euch. Wacht bei ihm. Wenn Ala Heo besänftigen kann und mein Trank stark genug war, dann wird er überleben. Mehr kann ich nicht tun.«

Die Eltern brachten den Jungen in ihr Haus, die Zauberin sank vor Schwäche auf einen Stein am Feuer, griff sich die Trommel und begann leise zu singen. Es war mehr ein Wimmern. Sie trauerte um die Sippe, sie trauerte um den Jungen. Sie bat Heo um Verzeihung und flehte Ala um Hilfe an. Sie tat das für uns. Sie war so schwach nach diesem Abend. Der Schmied erhob sich und brachte die Zauberin ins lange Haus. Wir gingen auseinander.

Der Junge hatte sich in der Nacht mehrmals erbrochen und war dann so still eingeschlafen, dass die Eltern schon dachten, es ginge zu Ende mit ihm. Er atmete flach und schnell, aber gleichmäßig. Die ganze Sippe warf am Morgen einen Blick in das Haus, wo der Junge lag, auch die Zauberin. Sie schüttelte den Kopf. »Es ist noch nicht vorbei. Heo schläft bei Ala. Wenn sie ihn nicht besänftigt hat, dann wird er sich beim Aufwachen an den gestohlenen Stein erinnern. Und der Junge wird sterben.«

Die Sonne stieg höher. Der Schmied trat aus dem langen Haus und kam zu uns. Auch er warf einen Blick auf den Jungen und lächelte wieder. Nur mit den Augen, aber die Zauberin sah es und warf ihm einen bösen Blick zu. Er lief hinüber zur Feuerstelle, nahm sich eine Handvoll Asche und ging ruhig zum Becken am Wasserfall.

Welche Stärke hatte der Schmied in sich, dass ihn unsere Trauer nicht erreichen konnte? Die Fischer waren getötet worden, der Junge kämpfte ums Überleben, er selbst war lange Zeit von der Zauberin gepflegt und genährt worden, gestern hatte er bei uns am Feuer gesessen, und die Kinder hatten mit ihm gespielt. Hätte er nicht nach dem Stein gefragt, dann hätte Heo vielleicht nie erfahren, dass der Junge ihn gestohlen hatte. Doch der Schmied blieb ruhig und froh. Der Blitz, der ihn auf dem Berg getroffen hatte, musste ihm nicht nur seine Stärke verliehen haben. Er hatte auch etwas in ihm getötet. So dachte ich damals, heute weiß ich es besser.

Du scheinst müde zu sein. Ich hab nur Wasser für dich. Zum Glück fließt unser Bach wieder. Nimm dir noch ein Fell. Und reich mir noch ein Stück Holz. Soll ich weitererzählen?

8

Am Mittag wachte der Junge auf. Er war klar, wusste, wo er war, und erinnerte sich an das Geschehene. Die Zauberin saß an seinem Bett, legte ihm lange die Hände auf die Schultern, blickte in seinen Mund, seine Augen und Ohren. Dann begann sie leise zu singen, ihre Augen drehten sich nach oben. Sie war bei Ala, redete Zauberworte, und als sie zurückkam, lächelte sie. »Ala hat Heo große Lust geschenkt, Heo hat uns verziehen. Der Junge wird leben. Aber sie wird ihn nicht noch einmal retten können, und auch keinen anderen aus der Sippe. Wer die verfluchte Seite des Tales ohne den Schutzzauber betritt, der wird sterben.«

Die Sippe atmete auf, auch Lona redete auf die Kinder ein und machte ihnen Angst vor der verfluchten Seite des Tales. Meine Söhne lachten darüber – sie waren schon oft dort gewesen und wollten nicht zugeben, dass sie sich fürchteten. Ich wusste es besser. Wir hatten alle Angst, und auf der Jagd fürchteten wir trotz des Schutzzaubers, dass uns Heos Steinstürze noch im Sommer treffen würden.

Lona und die Große hatten sich an dem flachen Stein am Bach in die Sonne gesetzt und den Ton aus der Trage geholt. Sie hatten sich bis auf den Schurz ausgezogen, um mit dem Ton arbeiten zu können, ohne dass sie auf ihre Kleidung achten mussten. Lona lächelte mich an. Ich wusste, warum: Für sie war das Töpfern ein großes Fest. Sie würde wieder neue Muster versuchen. Einmal hatte sie Ala und Heo in den Ton geritzt, wie sie sich im Fluss umarmten. Doch die Zauberin hatte ihr befohlen, das Bild wieder zu glätten: Ala und Heo gehörten zum Baum. Sie waren aus Holz, nicht aus Ton, und es durfte nur ein Bild von ihnen geben.

Ich hatte noch ein Ziegenfell zu spannen und zu glätten. Ich hätte das am Haus tun können, dort auf dem Holz wäre es leichter gewesen. Aber ich trug alles zum Bach, damit ich Lona und der

Großen beim Töpfern zusehen konnte. Die beiden lachen und singen zu hören, sie mit ihren schmutzigen Händen die Schalen formen zu sehen – das war es, woran ich mich nach diesen Tagen erfreute.

Aus dem Fell sollte ein Köcher für meine Pfeile werden. Ich ließ mir Zeit dabei und musste an die Pfeilspitze denken, wegen der ich den Weg gegangen war und die Fischer hatte begraben müssen.

Lona winkte mich heran, als der erste Topf fertig geformt war. Sie zeigte mir ihr neues Muster: Wellen, die sich um Punkte wanden. Lona wusste, dass ich Töpfe nicht schön finden konnte. Sie sollten nur haltbar sein und nicht zu schwer. Aber ich freute mich über das Vergnügen, das die beiden Töpferinnen hatten. Lona wollte mir nicht nur ihre Muster zeigen. Als ich mich über den Topf beugte, griff sie mit ihrer kalten, schlammigen Hand unter meinen Schurz und brach in helles Lachen aus, als ich erschrak. Die Große kicherte verlegen. Da sah ich die Fischerstochter wieder vor mir, wie sie im Grab lag. Wie sie mir lachend den Fisch reichte und mir zuflüsterte, dass sie in diesem Jahr zum Honigfest gehen würde. Ich wandte mich von Lona ab und ging wieder an meine Arbeit. Der Tod der Fischer war erst zwei Tage her, aber er hatte meine Sippe nur als eine Geschichte erreicht. Sie hatten die Toten nicht gesehen, nicht die Wunden, nicht das Blut, und sie hatten das verbrannte Menschenfleisch nicht gerochen. Ein ruhiger, schöner Tag hatte sich auf unsere Wiese gelegt – nur ich konnte nicht fröhlich sein.

Der Steinschneider und seine Freunde arbeiteten vor ihrem Haus in der Sonne, auch von dort klang Lachen herüber. An den Mahlsteinen zerrieben die Frauen das Korn, und sie wussten, dass die Männer gierig zu ihnen herüberschauten. Die pflegten ihre Waffen, denn morgen würden sie sich aufmachen zum Jagdlager weit oben am Pass. Sie hatten in der vergangenen Nacht das Feuer gesehen, das Ummas Männer entzündet hatten, um ihnen zu zeigen, dass sie schon unter dem großen Felsen schliefen.

Die Zauberin saß lächelnd bei den Eltern des Jungen und ließ sich alles schmecken, was sie ihr gaben: Fleisch, Beeren, Fladen. Die Abendsonne schien auf den Platz vor ihrem Haus, sodass ihre Gesichter warm leuchteten. Auch der Junge trat heraus und setzte sich zu ihnen. Er wurde fröhlich von der Sippe begrüßt, die Männer rieten ihm, sich erst auszuruhen. Dann kannst du ins Jagdlager kommen, sagten sie.

Der Junge kniete vor der Zauberin nieder und dankte für die Rettung. Sie antwortete mit Mahnungen: Heo würde ihn sein ganzes Leben lang beobachten. »Lass in Zukunft die Finger von den Frühlingssteinen und betrete nie mehr ohne den Schutzzauber die dunkle Seite des Tales.«

Der Schmied hatte am langen Haus in der Sonne gesessen, jetzt trat auch er zu dem Jungen, blickte ihm in die Augen, fühlte am Hals seinen Herzschlag und nickte. Der Junge zog sich scheu zurück, doch der Schmied strich ihm lächelnd durchs Haar. Die Zauberin hatte es unwillig geschehen lassen. Es schien, als hätte auch sie ein wenig Angst vor dem Schmied. Sie lächelte erst wieder, als er hinüber zu den Jägern ging, ihnen freundlich ein wenig zusah, den Frauen an den Mahlsteinen zunickte und sich von dem Gerber erklären ließ, wie er die Felle so weich werden ließ.

Sein Weg schien ziellos zu sein. Er schien die Sonne zu genießen und wurde immer langsamer. Aber heute kenne ich den Schmied gut genug, um zu wissen, dass er nie etwas ohne Ziel tat. Der Schmied war auf der Jagd, und er näherte sich seiner Beute langsam, aber sicher. Kennst du auch solche Menschen? Menschen, die immer ein Ziel haben, die immer nach anderen Menschen greifen, um sie zu benutzen? Im Warmland gibt es viele von ihnen. Der Schmied war der erste, den ich kennenlernte.

Ich wusste nicht, wie es geschehen war, aber auf einmal sah ich den Schmied bei Lona. Er bewunderte die fünf Töpfe, die jetzt fast fertig waren, und lobte laut die Wellenmuster und Lonas geschickte Hände und die Tochter, die bald genauso schön und geschickt sein würde wie ihre Mutter. Die Große bekam rote Ohren, blickte verlegen zu Boden und wusch sich im Bach den Ton von den Händen. Sie ging zur Zauberin, und beide blickten misstrauisch auf Lona und den Schmied, die, ein wenig abseits der Sippe, immer fröhlicher und lauter miteinander sprachen. Schließlich schnitt der Schmied sich einen geraden Zweig vom Nussstrauch und bat Lona um etwas Ton. Diesen klebte er an die Rinde, bis der Zweig ganz in Ton eingehüllt war. Wenn er jetzt das Holz herauszog, konnte er dort hindurchblasen, wo vorher das Holz gewesen war. Wozu er den Zweig aus Ton brauchte, sagte er nicht. Aber als Lona ihn verzieren wollte, wehrte er lachend ab.

Aus dem Ton hätte Lona noch einen kleinen Topf mehr formen können. Aber sie hatte ihn an den Schmied verschenkt. Dafür hatte ich ihn nicht auf meinem Rücken durch das Tal getragen.

Der Schmied stand mit dem Rücken zu mir, Lona hätte an ihm vorbei zu mir blicken können. Aber das tat sie nicht. Es war, als wäre ich nicht da. Sie genoss das Lob, und als der Schmied sich selbst etwas Ton aus dem Korb nahm und begann, eine Frauenpuppe zu formen, da wurde sie still und betrachtete die Hände des Schmiedes, als wünschte sie sich, dass er jetzt nicht den Ton, sondern ihren Körper knetete. Ich konnte keine Worte verstehen, aber ich hörte Lona laut und aufgeregt sprechen und war nah genug, um zu sehen, was dort geschah. Der Schmied hatte Lona verzaubert. Ich wollte hingehen und mit Lona reden, doch es war schon zu spät. Der Schmied hatte ihr etwas Ton aus dem Haar gezupft, sie hatte es geschehen lassen, den Blick gesenkt, mit roten Wangen. Der Schmied arbeitete jetzt mit einem Holz an der Figur, er blickte dabei Lona immer wieder an und beugte sich tief über seine Arbeit, so als würde er selbst Augen und Ohren ganz fein formen.

Ich drehte mich um und fing den Blick meiner Großen auf.

Sie war wütend und genauso hilflos wie ich. Die Zauberin stand auf und wollte ins lange Haus zurückgehen, als vom Waldrand ein Pfiff ertönte. Zwei Jäger kamen näher. Sie hatten ihre Bogen auf dem Rücken, die Keulen locker in den Händen und grüßten nach allen Seiten. Es waren Jäger aus Ummas Sippe, junge, drahtige Männer. Sie kamen zur Zauberin, um ihr Grüße und eine Botschaft von Umma zu überbringen. Wir hatten im vergangenen Sommer zum ersten Mal mit ihnen gejagt, ihnen unser Wolfsrudel gezeigt und sie uns ihre Bärensippe. Nachts hatten wir Rauschblätter ins Feuer geworfen und gemeinsam unter dem Felsen geschlafen. Wir hatten die Beute gemeinsam zerlegt und ihnen gezeigt, wie die Tiere von innen aussehen, wo das Blut fließt und wie der Atem ins Tier strömt und wo die Galle sitzt. Sie waren Söhne guter Jäger und würden selbst gute Jäger werden. Wir wussten natürlich, warum die jungen Männer gern solche Botendienste übernahmen. Bei den Feuern fremder Sippen hatten schon viele von ihnen die Frauen und Mädchen kennengelernt, mit denen sie später ihre Kinder bekamen.

Die Frauen gaben ihnen Asche, zeigten ihnen unser Becken am Wasserfall und legten grünes Holz ins Feuer. Erst als die beiden Männer frisch gewaschen vor der Zauberin standen, wurden sie ernst. Aus dem Nordtal kamen keine guten Nachrichten. Umma und ihre Sippe waren im Winter von einem Schimmelfluch krank geworden. Stinkende Geschwüre und weißen Eiter hatten sie alle gehabt. Der Rauch, der sonst immer geholfen hatte, machte diesmal alles nur noch schlimmer, vor allem, als noch die Frühlingsräude in die Geschwüre fuhr. Erst als sie alle Felle aus dem langen Haus ins Feuer geworfen hatten, verschwand der Fluch. Die meisten Männer und Frauen hatten überlebt, nur die Alten waren gestorben, weil der Schimmel in ihren Mund gedrungen war und sie nicht mehr essen konnten. Aber viele Kinder waren tot oder zu früh zur Welt gekommen, bevor im Mai schließlich drei Kinder lebend geboren wurden. Einem von ihnen fehlten die Augen, sodass Umma es wegbringen musste. Nur zwei neue

Kinder hatte es im Nordtal gegeben. Vielleicht erlebte eins von ihnen den nächsten Frühling.

Als hätten die Hundesöhne ihre Schwäche geahnt, waren sie noch vor der Schneeschmelze über den Waldpass ins Nordtal eingedrungen und hatten vier Häuser überfallen, die Männer erschlagen, die Töchter und Mütter vergewaltigt, die Söhne entführt. Ein Mädchen hatte sich verstecken und retten können. Die Kleine erzählte später, dass die Männer sie mit großen, glänzenden Beilen und riesigen Messern getötet und dann wie im Rausch zerstückelt hatten. Und immer wieder hatten sie gefragt, ob »der Schmied« hier sei.

Wir erstarrten. »Der Schmied?«

Die jungen Jäger bemerkten unser Erschrecken. »Ihr wisst, was ein Schmied ist?«

Jetzt antwortete die Zauberin: »Nein. Aber wir kennen den Mann, der sich Schmied nennt.« Sie drehte sich um und suchte den Schmied. Er hatte Lona die Puppe gegeben und saß wieder am langen Haus in der Sonne. Die Zauberin deutete mit der Keule auf den Mann. Dann drehte sich die gesamte Sippe zu ihm um. Als das der Schmied bemerkte, sprang er erschrocken auf. Für einen Augenblick sah es so aus, als ob er fliehen wollte. Doch dann setzte er sich wieder. Erst als die Zauberin ihn heranrief, stand er auf und kam näher, sehr langsam. Er lächelte wieder. Heute weiß ich, dass er Angst hatte. Das Lächeln war seine Zaubermaske.

»Die Hundesöhne aus dem Südtal haben vier Häuser im Nordtal verbrannt und die Menschen getötet«, sagte die Zauberin und zeigte auf die beiden jungen Männer. »Sie sagen, die Hundesöhne hätten dich gesucht, den Schmied. Ich weiß, dass du Kerr und seine Männer kennst. Woher? Bist du einer von ihnen?«

Der Schmied lachte laut auf. Obwohl es still blieb um ihn herum, machte er wieder die Handbewegung, mit der er uns zum Schweigen brachte, wenn er seine Geschichten erzählte.

»Ja, ich kenne Kerr und seine Hundesöhne. Aber ich war nur wenige Tage im Südtal. Ich habe euch von dem Fluch erzählt, der in dem rauchenden Berg wohnt. Erinnert ihr euch?« Die Sippe nickte. Lona sah nur ihn. Aber nicht nur sie starrte ihn an. Sie waren alle verzaubert.

»Gut. Dann will ich euch jetzt erzählen, warum ich hier bin. Ich habe das bisher nicht getan, weil ich mich nicht streiten wollte mit eurer mächtigen Zauberin, die ihr so liebt. Mit dem Blitz, der in mich einschlug, als ich noch jung war, erschienen mir Ala und Heo in meinem Kopf. Sie sprachen zu mir: Geh in den Norden, bis du in die hohen Berge kommst. Bring unserer Sippe den Sonnenstein! Wir werden dich geleiten, damit du zu unserem Tal gelangst, dort wo unsere Sippe lebt und unser Baum steht, den die Zauberin jeden Frühling neu färbt: Heo blau wie die Nacht und Ala grün wie das Gras auf ihrer Seite des Tales. Du wirst nackt zu ihnen kommen, denn wir werden die Wölfin und ihr Rudel zu dir schicken. Das Rudel wird dich prüfen. Es wird dich hetzen – und ich, Heo, will sehen, ob du stark genug bist. Denn nur die Starken dürfen den Sonnenstein aus dem Feuer holen. Geh aber vorher durch das Südtal, dort, wo Kerr und seine Männer leben. Sie werden dich fangen, sie werden sehen, wie stark du bist, sie werden dich bitten, ihr Anführer zu werden. Doch du sollst ihnen nur unsere Warnung überbringen: Wenn sie weiter rauben und töten, dann wird ihnen der Untergang gewiss sein – mit Krankheit und Tod, sodass sie den nächsten Winter nicht überleben. Alle werden sterben!«

Die Männer der Talsippe riefen: »Ja, sterben sollen sie! Noch in diesem Sommer!« Die Frauen spuckten aus. »Soll der Schimmel über sie kommen! Soll die Räude sie auffressen!« Der Schmied lächelte. Er war inzwischen auf einen Stein gestiegen, um die Talsippe überblicken zu können. Die Zauberin stand neben ihm und wurde noch kleiner. Sie musste jetzt den Kopf in den Nacken legen, um zu dem Schmied aufblicken zu können. Den Griff ihrer Keule hatte sie fest in der Faust, ihr Gesicht war erstarrt. Jetzt ahnte sie, dass es falsch gewesen war, den nackten, wimmernden Mann nicht zu töten.

Er brachte die Sippe wieder zum Schweigen und sprach weiter: »So wie Heo und Ala es gesagt haben, ist es gekommen. Ich bin unentdeckt durch euer Tal gekommen, als der Schnee zu schmelzen begann. Ich bin ins Südtal gegangen. Kerrs Männer fingen mich, sie fesselten mich. Natürlich hätte ich fliehen können, aber damit sie mir glaubten, dass ich wirklich von Heo und Ala geschickt wurde, mussten sie selbst meine Stärke erkennen. Also gab ich ihnen den Sonnenstein, rot und glänzend. Und ich sagte ihnen: Wenn Heo und Ala diesem Sonnenstein noch vor dem Morgen seinen Glanz nehmen, dann werdet ihr den Winter nicht überleben. Der Sonnenstein war am Morgen grau und dunkel geworden. Die Hundesöhne baten mich, bei ihnen zu bleiben und ihr Anführer zu werden. Doch ich sagte Nein, ich sagte ihnen, dass sie schon den Tod in ihren Gesichtern trugen.« Er schwieg, und Schweigen antwortete ihm.

Der Schmied blickte in ihre Gesichter, jedem einzeln. Der Flechter, der Steinschneider, die Fladenbäckerin, die Kinder, die Jäger, die Näherin, der Gerber, die Hirten, der Schnitzer – alle gehörten ihm. Selbst Ummas junge Jäger hörten ihm zu. Auch ich spürte seinen Zauber, ich spürte, warum sich Lona ihm so hingeben musste.

Der Schmied war wirklich ein Zauberer. Der Sonnenstein war das Geschenk, das er uns bringen sollte. Auch wenn damals noch niemand wusste, was das war. Und dass die Waffen, mit denen die Hundesöhne die Toten zerstückelt hatten, aus genau diesem Sonnenstein waren.

»Kerr ließ mich einsperren, sie nahmen mir die Kleidung weg, damit ich nicht fliehen konnte. Doch ich konnte dreien von ihnen den Todesfluch schicken – mit Heos Hilfe. Seitdem wissen sie, dass ich nicht nur den Sonnenstein zaubern kann, sondern auch eine Gefahr für sie bin. Deshalb jagen sie mich.« Wieder schwieg er für einen Augenblick.

»Ihr braucht keine Angst zu haben«, sagte er mit ruhiger, tiefer Stimme. »Ich kann mich schützen. Ihr seid bei eurer mächtigen Zauberin sicher. Die Hundesöhne haben zu viel Angst, sie kommen nicht bis hierher. Wenn ich euch den Sonnenstein aus dem Feuer hole, dann wird uns niemand mehr etwas anhaben können.«

Er schwieg. Wir atmeten auf. Kerrs Männer würden uns nicht töten können, solange der Schmied bei uns war. Unter der Talsippe machte sich Freude breit, Lona lachte laut und fing an zu singen.

Nur das Gesicht der Zauberin war böse geworden, als der Schmied zu uns gesprochen hatte. Sie wollte mit ihrer Keule auf ihn weisen, doch sie ließ sie wieder sinken und fragte nur mit unterdrückter Wut in der Stimme: »Konnten dein Sonnenstein und deine große Zauberkraft dir nicht gegen die Wölfin helfen? Meine Jäger haben dich fast tot im Wald gefunden, tagelang hast du bei mir gelegen, und ich habe deine Wunden versorgt. Wo waren da deine Kräfte?«

Er hatte sie mächtige Zauberin genannt, er wohnte bei ihr, er liebte sie so, wie er uns liebte. Er wollte uns allen den Sonnenstein geben, auch ihr. Wir waren ihm dankbar, damals. Ich verstand erst später, warum die Zauberin so böse war. Sie hatte ihn durchschaut. Aber es war zu spät. Er sagte, er wolle uns den Sonnenstein aus dem Feuer holen. Wir wollten dieses Wunder sehen, und die Zauberin sollte uns und ihm nicht im Weg stehen.

Der Schmied ließ sich Zeit. Er stieg lächelnd von dem Stein herunter und kniete vor der Zauberin nieder. Jetzt konnten sie sich geradewegs in die Augen sehen – und noch nie vorher hatte ich so deutlich gesehen, wie viel größer er war. Der Schmied ergriff die Zauberin zärtlich an den Schultern. »Deine Jäger haben mich vor den Wölfen gerettet. Nach fünf Tagen im Wald, gehetzt und gejagt, war ich mit meinen Kräften am Ende. Ich konnte nicht mehr zaubern, ich war nur ein schwacher Mann, ich musste den Sonnenstein zurücklassen, ich hatte keine Kleider mehr. Aber ich habe auf Heo vertraut. Auch wenn er in seiner Wut deine Kinder verflucht, nur weil sie einen Frühlingsstein gefunden haben.«

Er ließ ihre Augen mit seinen nicht los, während er weitersprach. »Wir Männer verstehen einander, Heo ist mein Freund. Er hat deine Jäger zu mir geführt. Du hast mich aufgenommen.« Er senkte den Kopf vor ihr, dann blickte er die Sippe an. »Ihr habt mich gerettet.« Er weinte. Die Tränen liefen ihm über den Bart. Wir weinten mit ihm. Wir hoben ihn auf, wir berührten seine Schultern, er stand mitten unter uns. Ummas Jäger hatten hinter uns gestanden und uns zugesehen. Jetzt traten auch sie in unseren Kreis, auch ihnen liefen Tränen über die Wangen. Selbst bei unserer Zauberin schien sich die Wut verwandelt zu haben. Sie stand hinter uns, die Keule zitterte in ihrer Hand. Sie heulte laut und klagend.

An diesem Abend saß sie schweigend neben der Sippe am Feuer. Sie lauschte den Geschichten, die der Schmied erzählte. Er hatte sie aus dem Warmland mitgebracht, und sie waren wunderbar: Er erzählte von schwarzen Menschen, von Ebenen, in denen es nur Sand gab und nichts wuchs, von großen Tieren, denen ein Horn auf der Nase wuchs, von großen Fischen, die lachen konnten und auch schon Kinder gerettet hatten, wenn sie ins Wasser gefallen waren, von einer Sippe, die in einer Ebene zwischen zwei großen Flüssen lebte und so zahlreich war, dass sich viele von ihnen noch niemals gesehen hatten – und trotzdem hörten sie alle auf einen Zauberer! Dort gab es Sonnensteine für alle, die Kinder spielten damit vor den Häusern, und es gab Zauberworte, die man nicht hören, dafür aber sehen konnte. Und es gab dort Adler, die so groß waren, dass sie einen Mann in den Himmel tragen konnten.

Wir legten immer wieder Holz ins Feuer, und der Schmied

erzählte weiter. Als die Zauberin zur Trommel ihr letztes Lied für diesen Abend anstimmte, sang keiner von uns mit, weil niemand schlafen wollte. Der Schmied selbst war es schließlich, der sagte, dass er müde sei und dass die Zauberin recht habe, wenn sie uns zum Schlafen schickte. So gingen wir auseinander, und ich konnte lange nicht einschlafen. Auch Lona lag wach. Ich schob mich an ihren Rücken. Sie ließ es geschehen.

An diesem Abend hörten wir ihm alle zu und glaubten ihm jedes Wort. Das lag nicht an seinen Geschichten. Ich weiß heute, dass es das alles nicht geben kann. Aber er erzählte es so, als würden die Worte in dem Augenblick wahr, in dem sie seinen Mund verließen. Kannst du das verstehen?

Nimm dir diese Asche zum Fleisch, wir haben kein Salz. Steck diesen Stein in deine Kleidung, er wird dich wärmen.

Am nächsten Morgen weckte uns das Rauschen des Regens. Diese Abkühlung war schön. Die Kinder tanzten nackt auf der Wiese und setzten sich dann im Haus ans Feuer. Lona buk ein paar Fladen, und wir alle aßen und blickten lange ins Tal. Dort fraßen die Rinder still im Regen. Lona sah sich immer wieder um. Sie war unruhig, weil sie ihre Töpfe nach dem Trocknen brennen wollte und dafür noch Holzkohle brauchte. Und weil sie den Schmied noch nicht gesehen hatte seit dem Morgen. Doch es regnete bis zum Abend weiter, die Männer verkrochen sich mit den Kindern unter den Dächern und holten das Feuer zu sich. Es regnete auch am Abend noch, die ganze Nacht hindurch, und am nächsten Morgen war alles kühl und feucht geworden. Die Wolken waren geblieben, und noch vor dem Mittag regnete es weiter. Ummas Männer beschlossen, bei uns zu bleiben. Sie legten ihre Kleidung ab, die im Regen nur nass und schwer geworden wäre. Nackt gingen sie auf eine kurze Jagd zu den Berghängen.

Im Regen zu jagen ist leicht. Jeder Jäger weiß, dass der Regen die Steinböcke unter die Felsvorsprünge treibt, und er verhindert, dass die Tiere die Jäger riechen und hören können. Wir müssen die Tiere nicht suchen und kommen schnell auf einen sicheren Pfeil an sie heran. Aber das gehört zu den Geheimnissen der Jäger. Sie sagen den jungen Frauen nicht, wie leicht diese Beute zu erlegen ist. Lieber genießen sie die Bewunderung für ihre Geschicklichkeit, zeigen ihre Körper her und machen die Mädchen verlegen. Erst später erfahren die Frauen, wie leicht die Jagd der nackten Männer im Regen ist. Dann wird es zu einem Spiel. Die Mütter bewahren das Geheimnis auch vor den Töchtern.

So kamen auch Ummas Jäger schnell mit einem jungen Tier zurück. Vor dem Dach, unter dem meine Große das Feuer hütete, zogen sie geschickt das Fell ab. Sie waren immer noch nackt, ließen den Regen auf ihren Körper prasseln, und die Große schien es zu genießen, wie die jungen Männer bei dieser Arbeit mit ihren Muskeln, ihren Waffen und ihrer Geschicklichkeit prahlten. Die Leber und ein zartes Lendenstück reichten sie lächelnd meiner Tochter. Sie legte es auf den heißen Stein, der Duft zog bald durchs Haus, und als die Jäger schließlich ihre Kleider wieder anzogen und sich ans Feuer setzten, breitete sich verlegenes Schweigen aus. Die Jäger und meine Große blickten aneinander vorbei, wendeten die Fleischstücke viel zu oft, und ihre roten Ohren hatten sie nicht von der Hitze des Feuers. Ich trat aus dem Haus, lobte laut ihre Beute und die schnelle Jagd.

Lona hatte das Lendenstück bekommen. Sie reichte mir einen Fladen, und der ältere der Jäger reichte mir ein gutes Keulenstück. Lona und ich hatten nichts dagegen, dass die jungen Jäger mit gierigen Augen bei meiner Großen saßen, die ihnen heiße Fladen reichte. Wir lächelten uns an und ließen uns das Fleisch schmecken.

Der Schmied sah durch den Regen zu uns herüber. Er saß unter dem Baum neben dem noch immer schwachen Jungen und hatte ihm die Hand auf die Schulter gelegt. Der Schmied zeigte ihm die schwarzen Narben, die der Blitz hinterlassen hatte, lobte den Jungen für seine Kraft und redete sehr ernst und leise mit ihm. Sicher warnte er ihn noch einmal, wieder dort hinüberzugehen, wo er den Frühlingsstein gefunden hatte.

Die ersten Frauen versammelten sich bei der Zauberin im langen Haus, um zu bluten. Auch Lona ging abends hinüber zu den Mondtagen. Sie nahm die Große mit. Sie blutete noch nicht, hatte mir Lona in der Nacht gesagt. Aber die Zauberin hatte ihr geraten, ihre Tochter dennoch mitzubringen – es würde bei ihr nicht mehr lange dauern. Sicher war es gut, wenn die Große wüsste, was eine Frau erwartet. Ich hatte genickt, obwohl ich etwas Angst um meine Tochter hatte. Die Große lächelte mich und meine Söhne verlegen an, als Lona sie an der Hand nahm und mit ihr fröhlich durch den Regen zum langen Haus lief. Ich solle auf die Töpfe achtgeben, rief Lona mir noch zu. Wenn sie wiederkamen, wollten sie die Grube für das Brennen vorbereiten.

Für die Frauen sind diese Mondtage schön. Sie liegen im langen Haus, erzählen sich gegenseitig von ihren Kindern und Männern und tun nur das, was notwendig ist. Die Mädchen holen die großen Blätter vom Waldrand, die Jungen bringen Holz ins Haus und die grünen Zweige des Frauenstrauches. So räuchert die Zauberin das Haus aus und holt mit einem Zauber die Freude Alas ins Haus. Nur selten blutet eine der Frauen unserer Siedlung nicht an diesen Tagen – aber wenn, dann muss sie bei ihrem Mann bleiben. Es dauert nicht lange, und sie blutet wieder gemeinsam mit den anderen. Wenn nach dem Honigfest den Frauen ein Kind im Bauch wächst, bluten sie im Winter nicht.

Die Zauberin hatte den Schmied aus dem langen Haus geschickt. Er kam zu uns, und ich lud ihn ein, bei uns zu bleiben. Er sagte, es sei nur für die Zeit der Mondtage. Die Zeit wurde lang, die grauen Wolken hingen über dem Tal, der Fluss schwoll an, über die Ufer, so als wollte er die Rinder und Äcker wegspülen. Der Schmied sprach an diesen Tagen nur das Nötigste. Er blickte zum Himmel hinauf, hinüber zum langen Haus und zu dem Bergweg, der zum Südtal führte. Meine Söhne fragten ihn nach dem Sonnenstein. Aber er antwortete nur, sie würden ihn schon sehen, wenn er ihn aus dem Feuer holte. Wir aßen miteinander, er schlief in unserem Haus, holte Holz herein und schwieg. Es wurde kühl. Ich saß mit meinen Söhnen die meiste Zeit am Feuer, nähte ihnen Schurze, Kleider und Hosen aus den Fellen, die der Gerber gegen unser Mehl eingetauscht hatte.

Einmal ging ich mit dem Schmied durch den Regen zum Steinschneider hinüber. Er zeigte mir noch einmal die Pfeilspitze. Ich wog sie in der Hand. Die geraden Zweige am Pfeilstrauch waren noch zu weich. Zuerst mussten seine weißen Blüten verblüht sein, dann erst konnte ich mir einen Zweig aussuchen. Er sollte sehr gerade sein. Und ich würde guten Teer brauchen, um die Spitze verkleben zu können. Teer aus der Rinde eines jungen Weißbaumes, die Federn einer alten Gans und diese sehr feste Schnur, die der Schäfer dem Steinschneider im vergangenen Jahr von der Handelswiese am Eingang des Tales mitgebracht hatte. Meine Pfeilspitze würde ich aus jeder Beute wieder herausschneiden.

Der Schmied drehte die Pfeilspitze in der Hand, prüfte die Schärfe. Er lobte die Arbeit des Steinschneiders, aber seine Augen blieben kalt. Er lächelte ein wenig. Eine Pfeilspitze aus Feuerstein. Das war es, was ich ihm zeigen wollte? Er war kein Jäger. Er verstand nicht, was ein Pfeil mit so einer Spitze bedeutet. So ein Pfeil beruhigt die Hand. Der Jäger hört auf zu hoffen, er weiß: Dieser Pfeil trifft sein Ziel, und das Tier stirbt einen schnellen Tod. Nur ein Zittern der Hand, aus Angst oder Schwäche, kann das verhindern. Also zittert die Hand nicht. Dieser Pfeil kann die dicken Knochen zwischen den Augen eines angreifenden Wolfes, das dicke Fell und Fett eines Bären oder die Schulter eines großen Hirsches durchschlagen. Er bohrt sich mit seiner Schärfe und Schwere tief ins Fleisch. Kein Wind kann dem Flug dieses Pfeiles etwas anhaben.

Ja, du hast recht. Der Schmied hielt damals seinen Tod in der Hand. Er lachte ihn aus, er lachte uns aus. Als ich auf ihn schoss, zitterte mir trotzdem die Hand. Ich hatte nur diesen einen Pfeil. Aber als ich ihn so schwach liegen sah, war die Angst weg. Ich konnte ihm sogar noch den Kopf einschlagen. Doch davon wussten wir beide damals nichts.

Der Regen hörte nicht auf. Der Schmied war nur eine Nacht bei uns geblieben, dann war er zum Gerber gezogen. Die Frau und die Kinder des Gerbers waren stolz, einen Zauberer bei sich zu Gast zu haben. Ich wusste, dass der Schmied nicht ohne Grund das Haus gewechselt hatte. Der Schmied tat nie etwas ohne Grund.

Nach fünf Tagen brachten wir in der Dämmerung Holz zu den Frauen ins lange Haus, und bald quoll weißer, duftender Rauch unter dem Dach hervor. Die Frauen verbrannten die großen Blätter, die mit ihrem Blut befleckt waren, das Feuer erhitzte auch die großen Steine, die wir den Frauen aus der Glut rollten. Die Frauen machten Witze, wir lachten gemeinsam, und im langen Haus begann das Schwitzfest.

Ummas Jäger kannten das Schwitzfest auch aus ihrem Tal – und sie wussten, dass sie hier nicht eingeladen waren: Beim Schwitzfest blieb die Sippe unter sich. Die jungen Männer aus dem Nordtal setzten sich abseits vor ein Haus. Zum Honigfest würden sie wieder willkommen sein.

Wir Männer zogen uns aus, setzten uns mit den Kindern zu den Frauen an die heißen Steine und übergossen sie mit Wasser, das zischend verdampfte und uns allen den Schweiß aus der Haut trieb. Lona sah mich froh an, die Große saß verlegen neben ihr und versuchte, nicht zu sehen, wo ich Lona streichelte. Der Schweiß lief uns in die Augen, und es dauerte nicht lange, bis die Zauberin mit einem frohen Schrei aufstand und hinauslief in den Regen und weiter bis zum Wasserfall. Die Frauen folgten ihr lachend, sie wuschen den Geruch ab, fetteten sich das Haar, und als die Männer schließlich auch nackt zum Wasserfall liefen, begegneten ihnen ihre frischen, schönen, dampfenden Frauen mit begehrlichen Blicken, die Kälte dieses verregneten Abends schien sie nicht zu stören. Witze flogen hin und her, die Frauen kreischten und kicherten, manche rutschten auf dem glatten Gras aus und gingen mit den Männern zum Wasserfall zurück, um sich gegenseitig abzuwaschen. Ich hielt Lona fest, sie reckte mir ihren Körper entgegen und sah an mir vorbei.

Sie sah zum Schmied. Er stand abseits und drehte sich weg, als ihn mein Blick traf. Es war jetzt fast dunkel. Er stolperte zum langen Haus, und ich hörte noch, wie er dort mit der Zauberin stritt. Die Große und die Söhne mussten auch dort sein. Die Zauberin legte wie immer nach dem Schwitzfest das Holz des Weißbaums ins Feuer, damit es heller brannte. Dann zauberte sie mit den Kindern Schattengeschichten an die Wand – von Adlern, Hasen und Bären. Die älteren Kinder ahnten, warum sie sich an diesem Abend um die kleineren Geschwister kümmern sollten.

Lona tat viel für mich an diesem Abend.

In der Nacht erzählte sie zum ersten Mal etwas darüber, was im langen Haus bei den Mondtagen geschehen war. Die Frauen hatten auf dem Rücken der Zauberin zwei Blutsauger entdeckt. Sie mussten schon tagelang in einer ihrer Hüftfalten gesessen haben, denn Lona zeigte mir ihren Daumennagel, als sie die Größe der Blutsauger beschrieb. Beim Abziehen der beiden Käfer war der Kopf des einen Käfers in der Haut geblieben, Lona hatte versucht, ihn herauszuschneiden, aber sie war nicht sicher, ob ihr das geglückt war. Große rote Kreise hätten sich auf dem Rücken der Zauberin gezeigt, rings um die beiden Bisse herum.

Nachdem mir Lona das erzählt hatte, konnte sie nicht wieder einschlafen. Sie lag wach und hörte auf den Regen. Ich wollte sie beruhigen und legte meine Hand auf ihren Bauch. Doch sie schob sie weg. Ich blickte sie fragend an. Sie seufzte. Es war das erste Mal gewesen, dass die Zauberin sich nicht selbst helfen konnte. Lona und die anderen Frauen hatten sie noch nie in ihrem Leben schwach und ängstlich erlebt. Zum ersten Mal war ihr und den Frauen der Gedanke gekommen, dass die Zauberin irgendwann sterben würde.

Am Morgen saß der Schmied bei der Zauberin unter dem Dach des langen Hauses. Er schien zufrieden zu sein. Nur wer genau hinsah, der konnte ahnen, dass es der Zauberin nicht gutging. Sie bewegte sich langsamer als sonst. Die Große war noch in der

Nacht zu uns herübergekommen und hatte sich still in die Felle gelegt. Ich glaube, sie hat damals den jüngeren der beiden Jäger aus Ummas Tal getroffen. Unsere Söhne hatten im langen Haus geschlafen.

10

Am Mittag hörte der Regen auf, die Wolken verzogen sich, und die Sonne schien sofort heiß ins Tal, sodass die Wiese und die durchnässten Felle bis zum Abend trocken waren. Die Sippe fällte zwei Immergrün-Sträucher, mit denen wir alle Häuser ausräucherten. Lona holte Korn aus dem Speicher und bereitete bis zum Abend viel Mehl vor. Es sollte für zwei Tage reichen. Sie wollte endlich die Töpfe brennen, die unter unserem Dach sehr langsam getrocknet waren. Der Steinschneider würde zufrieden sein. Lona und die Große hatten sich Mühe gegeben, sie wussten, dass der Steinschneider schöne Töpfe mochte, und sie wollten ihm und seinen Freunden zu Gefallen sein. Die beiden jungen Jäger kehrten zurück zu Umma. Zum Honigfest kämen sie gern wieder, sagten sie zu mir – aber so laut, dass die Große es hören konnte. Lona musste lächeln über die roten Ohren der beiden. Weder die Jäger noch die Große schafften es, sich zum Abschied noch einmal anzusehen.

Ich begann, die alte Brenngrube neben unserem Haus zu säubern, entfernte die Asche, stapelte Holz hinein, sammelte Erde zum Abdecken. Die Söhne halfen mir, aber auch der Schmied begann wortlos, Holz zu sammeln und neben der Brenngrube zu stapeln. Viel Holz. »So viel Holz brauchen wir nicht«, sagte ich zum Schmied. »Es sind nur fünf Töpfe.«

Er lächelte. »Ich werde euch den Sonnenstein aus dem Feuer holen. Dazu brauchen wir viel Holz. Und gib mir deine Trage, ich werde Frühlingssteine holen.«

Ich schüttelte den Kopf. »Die Zauberin will das nicht. Sie wird dich töten. Nur den Jungen konnte sie retten vor Heos Zorn.«

»Heos Zorn.« Der Schmied lachte kurz, dann trat er nah an mich heran. »Heo hat dem Jungen nichts getan. Im Heilwasser der Zauberin war ein wenig Gift. Das ist alles.«

Ich wollte ihm sagen, dass er log. Aber ich tat es nicht. Ich mochte ihn. Und ich hatte Angst vor ihm.

»Ich werde vor dem Winter fortgehen«, sagte der Schmied. »Ich will, dass du mit mir kommst. Über die Berge, nach Süden, in das Land, in dem man die Sonnensteine schon lange kennt. Meine Heimat. Ich bin alt. Die Zauberin ist alt. Sie wird bald sterben.«

Ich widersprach ihm. »Die Zauberin ist stark. Sie kennt die Heilsäfte. Sie hilft uns, wenn wir krank sind, und sie kann sich selbst helfen.«

Diesmal schüttelte der Schmied den Kopf. »Das Dorf sieht sie als starke Zauberin, aber sie ist eine kranke Frau. Ihre Nägel werden schwarz, sie hat Geschwüre an den Beinen, die Zähne fallen ihr aus. Ihr seht das nicht, weil ihr es nicht sehen wollt. Ihr liebt sie, weil sie so stark ist. Aber was ist, wenn sie krank wird? Wenn sie stirbt?«

Ich schwieg. Natürlich musste ich daran denken, was mir Lona in der Nacht erzählt hatte.

Der Schmied blickte mich an. »Komm mit mir ins Warmland. Im Frühling wirst du wieder hier sein. Du wirst ihren Platz einnehmen.«

Ich – ein Zauberer?

Der Schmied erriet meine Gedanken. »Nicht als Zauberer. Im Warmland ist die Zeit der Zauberei schon lange vorbei. Dort herrschen die guten Männer. Sie sagen den Zauberern, was sie tun sollen. Damit die Menschen auf sie hören.«

»Im Südtal herrschen auch die Männer«, erwiderte ich leise. »Die Hundesöhne töten ihre Nachbarn und werden selbst immer weniger. Im Winter hungern sie sich zu Tode und fressen einander auf.«

»Das Warmland ist anders«, sagte der Schmied. »Kerr lebt ohne Frauen und Kinder. Seine Männer sind gefährlich. Er sucht mich, weil ich weiß, wie man den Sonnenstein macht. Er weiß: Wer den Sonnenstein hat, der wird herrschen.«

»Ist der Sonnenstein ein so großer Zauber?«, fragte ich.

Der Schmied schwieg lange. »Der Sonnenstein ist kein Zauber. Er ist heute ein Schmuck für Lona, morgen eine Axt für dich oder ein Messer für deinen Sohn. Ich nehme deine Trage, wenn ich Frühlingssteine hole. Wenn du zur Zauberin gehst und mich verrätst und sie mich töten will, sobald ich mit den Frühlingssteinen wiederkomme, dann töte ich sie. Und dich. Wenn du mir hilfst, nehme ich dich mit ins Warmland. Und wenn du wiederkommst, wirst du der Anführer der Talsippe sein.«

Er ging an mir vorbei, nahm sich die Trage und lief über die Wiese zum Fluss, hinüber auf die Schattenseite des Tales. Ich erstarrte. Er hatte sich keinen Schutzzauber geholt. Wenn ihn Heo nicht tötete, dann würde es die Zauberin tun, sobald sie sah, dass er Frühlingssteine geholt hatte. Als ich mich umdrehte, sah ich Lona, wie sie ihm nachblickte. Neben ihr stand der Junge, der von der Zauberin den Heiltee bekommen hatte. Als er spürte, dass ich ihn ansah, erschrak er. Natürlich! Von ihm hatte der Schmied erfahren, wo die Frühlingssteine lagen. Das Feuer in der Brenngrube rauchte schon.

Langsam ging ich zu Lona hinüber. Die Große hatte die Töpfe auf das Holz gelegt, Lona reichte ihr den Zweig, den der Schmied in Ton eingehüllt hatte, und die Puppe, die der Schmied geformt hatte. Ich hatte sie seitdem nicht wiedergesehen. Lona musste sie vor mir versteckt haben. Die Söhne bedeckten die Töpfe mit Reisig. Er lohte auf und sank schnell zusammen. Auf der anderen Seite des Tales verschwand der Schmied zwischen den Bäumen.

Ich ging nicht zur Zauberin.

Ich wollte den Sonnenstein sehen.

Ich wollte ins Warmland.

Jetzt mussten die Söhne und ich das Feuer hüten, sie würden es klein halten bis zum Abend, damit die Töpfe nicht rissen. Vorsichtig legten wir frisches Holz nach, zogen die schwarzen Scheite aus dem Feuer und ließen sie auskühlen. Lona und die

Große sahen uns zu und wärmten sich am Feuer, als die Sonne hinter den Bergen versank. Erst als der Vollmond sein blaues Licht über das Tal scheinen ließ, stand der Schmied wieder da. Ich sah ihn nicht an.

Er begutachtete das Feuer und bemerkte, dass sein Zweig verbrannt war, nur noch die Hülle aus Ton war übrig. Er nickte zufrieden, setzte die Trage ab und zeigte mir einen der Frühlingssteine. In der Nacht sahen sie aus wie gewöhnliche Steine. Er begann, sie auf einem flachen Stein zu zerkleinern, die Bruchstücke sammelte er sorgfältig in eine Haut. Die Söhne wollten ihm helfen. Ich verbot es ihnen mit einem Kopfschütteln. Lona legte jetzt viel Holzkohle nach, die Glut wurde tiefrot, die Grube strahlte so viel Hitze aus, dass wir Abstand nahmen. Als der Mond über den Bergen unterging, lagen die Töpfe, die Puppe und der hohle Stab des Schmiedes unter roter Glut. Schritte näherten sich vom langen Haus. Die Zauberin nutzte das letzte Mondlicht, um zum Feuer zu kommen. Sie hatte das Klopfen gehört. Sie ahnte, was hier geschah.

Der Schmied sah sie näherkommen. Er wandte sich ab, aber er klopfte weiter auf die Frühlingssteine ein. Die Zauberin trat zwischen uns. Sie hatte sich auf ihre Keule gestützt und sah dem Schmied bei seiner Arbeit zu. Er beugte sich über seine Frühlingssteine und tat, als wäre die Zauberin nicht da. Auch als sie so nah an ihn herantrat, dass er ihre Zehen sehen musste, klopfte er weiter. Schließlich setzte sie ihre Keule auf den Stein.

»Hör auf, Schmied«, sagte sie leise und drohend. »Ich will dich hier nie mehr sehen.« Der Schmied hörte auf zu klopfen und erhob sich schwer atmend. Wir traten beiseite. Seine Finger umklammerten krampfhaft den Schlagstein in seiner Rechten. Er blickte die Zauberin geradewegs an. Er hatte keine Angst.

»Heo hat dich verlassen, Zauberin. Er hat mir seine Frühlingssteine gegeben, und wenn du nicht sterben willst, dann lass mich Sonnenstein machen.«

Er hatte es geflüstert, aber so, dass es alle hören konnten. Die

Zauberin packte ihre Keule fester und blickte in unsere Gesichter. Wir liebten sie, aber jetzt standen wir alle gegen sie. Doch ob wir wirklich den letzten Schritt gehen und uns offen hinter den Schmied stellen würden, wussten wir selbst nicht.

Es war still. Das Feuer knisterte. Schmied und Zauberin standen sich gegenüber, jeder hielt eine Waffe in der Hand, keiner wollte als Erster zuschlagen.

»Ich habe dich gerettet«, sagte die Zauberin. »Ich hätte dich töten können, aber ich habe es nicht getan.«

»Die Männer deiner Sippe haben mich gerettet. Sie wollen den Sonnenstein, und Heo hat keinen Blitz gesandt, als ich auf seiner Talseite war und die Frühlingssteine geholt habe. Heo ist jetzt bei mir«, sagte der Schmied. »Zauberin, du bist zu alt für diesen Kampf.«

Wieder war es still. Da schrie die Zauberin auf und hob die Keule. Der Schmied blieb stehen und sah sie an. Er wusste, dass er diesem Schlag leicht ausweichen konnte. Die Zauberin hatte mit großem Willen ausgeholt, aber mit wenig Kraft und Sicherheit. Es war mein großer Sohn, der ihr von hinten in den Arm fiel, der ihr Handgelenk griff und sofort wieder losließ. Er war selbst erschrocken darüber. Die Zauberin drehte sich um, doch mein Sohn war schon hinter den anderen verschwunden, andere Männer schoben sich dazwischen und schützten ihn. Erschrocken drehte sich die Zauberin wieder zum Schmied. Sie hatte immer noch ihre Keule in der Hand, und die Männer sahen sie ruhig an. Wieder war es still. Der Schmied blickte in die Runde. Dann ließ er seinen Stein zu Boden fallen.

»Bleib bei uns, Zauberin«, sagte er. »Heo wartet auf dich, er will dich wiederhaben, und er will, dass wir Sonnenstein machen.«

Die Zauberin ließ den Kopf sinken. Dann nickte sie. »Ich werde Heo selbst fragen. Wenn er Nein sagt, dann töte ich dich.«

Sie ging zum Haus zurück, mit schleppenden Schritten zog sie die Keule hinter sich her. Jeder wusste, was Heo zu ihr sagen würde. Bald ertönte die Trommel aus dem langen Haus, wir hörten ihren Gesang. Sie war bei Ala und Heo. Aber sie klang müde.

Der Schmied hatte recht. Die Zauberin war in diesem Sommer krank, alt und störrisch geworden. Jetzt sahen alle, dass der Zauberin wirklich die Zähne ausfielen, dass sie an ihren Füßen Wunden hatte, die nicht heilten, und dass sie humpelte, wenn sie glaubte, dass ihr niemand zusah. Sie tat mir leid. Aber sie hatte keine Kraft mehr. Das hatte ich erst gesehen, nachdem der Schmied es mir gesagt hatte. Jetzt sahen es alle. Die Zauberin wusste, dass sie diesen Kampf nur verlieren konnte. Der Schmied brauchte sie nur noch so lange, bis wir beide uns auf den Weg ins Warmland machen würden.

Das Schweigen unter den Männern löste sich. Niemand sprach über das, was gerade geschehen war, alle wandten sich wieder dem Feuer zu, als wäre nichts geschehen.

Der Schmied hatte seinen tönernen Stab aus der Glut gerollt und ließ ihn kalt werden. Dann legte er die Holzkohle in die Grube. »Deckt die Glut mit Erde ab«, sagte er. »Ich will euch etwas zeigen.« Lona und die Söhne taten es und bedeckten die Glut mit den großen Stücken, die sie aus der Wiese gestochen hatten und die von den Graswurzeln zusammengehalten wurden.

»Das Feuer wird ausgehen«, sagte Lona.

Aber der Schmied holte aus dem Haus des Gerbers zwei straff zusammengenähte Tierhäute, die Zweige des Nussbusches hatte er wie Rippen geformt, darüber hatte er die Häute gespannt und vernäht. Dieser Sack hatte einen Hals, in den der Schmied jetzt den Stab steckte. Das andere Ende steckte er von der Seite in die Glut. Dann begann er, den Sack zu öffnen und zu drücken, immer wieder. Als er zu schwitzen begann, winkte er meine Söhne heran und zeigte ihnen, wie sie den Sack drücken mussten. Wie meine Brust beim Atmen, so blies der Sack durch den hohlen Stab ins abgedeckte Feuer, und wo die Erdkruste aufriss, leuchtete es grellgelb aus der Glut auf das zufriedene Gesicht des Schmiedes.

Schließlich griff sich der Schmied einen großen Ast, ließ meinen Sohn die Arbeit am Sack unterbrechen und öffnete eine Stelle in der heißen Erdschicht. Der Ast fing sofort an zu brennen, die Hitze schlug uns ins Gesicht. Lona hatte Angst um ihre Töpfe, doch der Schmied meinte, dass sie so harte und schöne Töpfe bestimmt noch nie gesehen habe. Dass man diese Töpfe über ein Feuer stellen und Wasser darin kochen könne.

Als die Glut etwas dunkler geworden war, packte er mich am Arm. »Hilf du mir«, sagte er. »Jetzt machen wir den Sonnenstein.« Ich zögerte. Dann griff ich in den Haufen mit den zerklopften Frühlingssteinen. Wir warfen sie in die Glut, mein Sohn deckte die Stelle wieder mit Erde ab und nickte dem anderen Sohn zu. Der fing wieder an zu blasen, ruhig und gleichmäßig zischte der Atem aus dem Sack ins Feuer. Bald strahlte die Erddecke über der Glut wieder eine solche Hitze ab, dass jeder nur kurz am Atemsack arbeiten konnte. Auch Lona griff zu, und selbst der hohle Stab begann zu glühen, sodass der Schmied ihn aus dem Feuer zog und ihn abkühlen ließ. Etliche Hunde hatten sich um die Brenngrube auf die warme Erde gelegt. Inzwischen war es mitten in der Nacht – um diese Zeit ließen wir das Feuer in der Brenngrube sonst ruhig bis zum Morgen ausglühen. Aber dieses Feuer wollte besungen werden. Lona setzte mit ihrer tiefen Stimme ein und begleitete mit ihrem Gesang den Schmied, der den hohlen Stab wieder ins Feuer gesteckt hatte und den Sack drückte. Die Große sang mit, und bald sangen wir alle, sodass auch der Gerber zu uns kam und endlich sehen konnte, wozu der Sack gut war, an dem der Schmied zwei Regentage lang genäht hatte. Die Frau des Gerbers hatte uns Fladen und Fleisch mitgebracht, sodass wir mitten in der Nacht auf der warmen Erde saßen, über die Hundesöhne und die getöteten Fischer sprachen und endlich das Totenlied sangen. Wir warteten auf die Zauberin, doch sie kam nicht zurück. Sie blieb im langen Haus.

Seit diesem Abend hatte die Talsippe ihre Zauberin nicht mehr.

Es war dunkle Nacht, als wir spürten, dass die Hitze nachließ. Das schwarze Holz unter der Erde war verbrannt und verglüht, die Erddecke fiel ein, die Glut darunter blieb dunkelrot und schwach, der Atem aus dem Sack wirbelte nur glühende Asche auf.

Der Schmied war erschöpft, aber nicht müde. Er legte sich neben die Grube zwischen zwei Felle, zwei Hunde kamen zu ihm. Der Boden um die Grube strahlte so warm, dass wir alle unsere Felle aus dem Haus holten und uns in die Nacht legten. Ich konnte nicht schlafen. Sah der Sonnenstein wirklich wie die Sonne aus? Lona und die Kinder atmeten ruhig. Ich hatte Angst und legte mich neben den Schmied. Wir waren beide sehr wach und sahen in die Sterne. Der Schmied rückte nahe an mich heran, sodass ich seinem Arm folgen konnte, und dann zeigte er mir seine Bilder: einen Jäger, dessen Speerspitze der Nordstern war. Eine Frau mit einem Kind an der Hand. Einen Bären, einen Wolf, eine Schlange, einen Käfer.

»Was da herabfällt, das sind keine Sterne«, erklärte er mir. »Das sind die Pfeile, die der Jäger nach dem Wild abschießt.«

Ich wurde still.

»Schmied, wenn das so ist, wie du sagst – wo sind dann Heo und Ala?«

»Du hast sie mir gezeigt«, antwortete er und wies in den Himmel. »Dort ist Ala, dort ist Heo. Sie tanzen um den Nordstern.«

»Aber diese Sterne gehören zu deinem Jäger.«

Der Schmied lachte leise. Er sagte nichts.

Kennst du diese Angst? Ich sollte mit dem Schmied gehen. Dort über die Berge. Dort soll es einen See geben, so groß, dass man nicht hinüber zum anderen Ufer sehen kann. Die Zauberin hatte oft davon erzählt. Sie hatte es so erzählt, dass die Kinder Angst bekamen, vor den Bergen, vor diesem Weg in die Höhe, vor dem riesigen See. Diese Angst hatte ich jetzt. Ich konnte Wölfen in die Augen blicken, ich konnte Lona bei der Geburt helfen und eine ganze Nacht auf der Schattenseite bleiben. Aber vor dem

Weg über die Berge und dem, was dahinter war, hatte ich Angst. Ich lag lange wach. Erst als es so hell wurde, dass die Sterne verschwanden, schlief ich ein.

Als ich erwachte, stand die Sonne schon hoch, und die Zauberin stocherte mit einem Ast Löcher in die Erddecke. Ich wollte den Schmied gerade leise wecken, als ich sah, dass er wach war und die Zauberin beobachtete. Ich wollte mich aufsetzen, doch er bedeutete mir, ruhig liegen zu bleiben. Die Zauberin watschelte um die Grube herum und blieb schließlich vor dem Sack stehen. Sie versuchte zu ergründen, wozu diese Tierhäute dienten, aber man konnte an ihrem Gesicht erkennen, dass sie ahnungslos war. Die Zauberin stieß mit dem Fuß dagegen, als müsste sie prüfen, ob die Tierhäute wirklich tot waren. Ich unterdrückte ein Lachen. Der Schmied schüttelte warnend den Kopf, aber auch er hatte ein Lachen in den Augenwinkeln. Lona und die Kinder kamen aus dem Haus. Sie wollte endlich ihre Töpfe sehen. Die Zauberin hatte sich neben uns gehockt und sah uns zu. Sie wollte nicht darüber reden, was Heo und Ala in der Nacht zu ihr gesagt hatten. Sie war zum Feuer gekommen. Das war Antwort genug. Der Schmied fragte auch nicht danach. Er erhob sich von seinem Lager, stocherte mit einem Ast in der Glut, und als er ihr aufhalf, hielt er sie einen Augenblick fest. Die Zauberin wich seinen Blicken aus. Aber sie blieb bei uns.

Wir traten alle an die Grube und trugen vorsichtig die Erde zur Seite. Hitze stieg auf und wirbelte Asche empor. Die Töpfe in der Glut waren schon so kalt geworden, dass wir sie mit Ästen an den Rand der Grube rollen konnten.

Die Zauberin kam näher heran und nickte Lona zu. »Sie sind schön geworden«, krächzte sie heiser. »Sie scheinen sehr hart zu sein.«

Ich blickte Lona an und schüttelte leicht den Kopf. Doch sie schien mich nicht zu sehen und fragte die Zauberin: »Welcher gefällt dir? Ich schenke ihn dir.«

Darauf hatte die Zauberin gewartet. Sie ging um die Grube herum und deutete mit der Keule schließlich auf den zweitgrößten Topf. »Ich gebe dir den Schutzzauber dafür«, sagte sie. »Auch für deine Kinder.« Sie sah mich an und schwieg.

Ich hätte sie nur bitten müssen, dann hätte sie auch mir den Schutzzauber gegeben. Aber wie hätte ich ihren Schutzzauber nehmen und dann die Talsippe mit dem Schmied verlassen können? Nein, ich musste diesen Weg ungeschützt gehen.

Lona war inzwischen an die Stelle getreten, wo die Puppe des Schmiedes gelegen hatte. Sie wischte die Asche vorsichtig mit einem Zweig beiseite und blies sie weg. Als Lona erschrak, trat ich neben sie. In der Asche lag nicht eine Puppe. In der Asche lag Lona. Ich konnte nicht atmen. Es war Lona – und sie war nackt. Die Puppe war so groß wie eine Hand, und sie hatte Lonas Nase, ihren breiten Mund, ihr wildes Haar, die Form ihres Kopfes, ihre Brüste, die bis zum Nabel reichten. So wie Lona war. Sogar ihre Spalte hatte der Schmied fein gezeichnet, samt dem Haar. Es war, als hätte er Lona schon jetzt überall berührt mit seinen Fingern. Ich hatte so etwas noch nie gesehen. Ala und Heo am Baum sahen dagegen grob und eckig aus. Ins Holz gehauen, ein Mann, eine Frau. Mehr war nicht zu sehen.

Ich starrte zum Schmied hinüber. Ich starrte Lona an. Sie blickte zu Boden. Aber mir fielen keine Worte ein. Die Tonpuppe hatte sie weggezaubert. Ich drehte die Puppe um, und – auch der breite Hintern und der starke, schmale Rücken mit dem Speck über den Hüften – alles war wie bei Lona. Gestern hatte ich noch nicht einmal eine Ahnung davon gehabt, dass so etwas möglich war. Jetzt lag eine Puppe vor mir, die nicht einfach wie eine Frau aussah, sondern wie meine Frau Lona. Die Söhne staunten, die Große blickte zu Boden und bekam rote Ohren.

Der Schmied schwieg. Er wusste nicht, was ihn erwartete. Würde ich ihn erschlagen oder vor ihm niederknien? Auch ich wusste nicht, ob diese Puppe eine Beleidigung war oder ein Zauber. Hilflos sah ich zur Zauberin. Sie kam heran und sah sich die Puppe ruhig an. Drehte sie mit ihrer Keule in der Asche hin und her und murmelte Zauberworte. Plötzlich stieß sie einen Schrei aus und wollte zuschlagen. Lona schrie, und ich – ohne zu überlegen – fiel der Zauberin in den Arm. Ich weiß nicht mehr, ob ich sie zurückgestoßen habe oder ob sie selbst strauchelte. Ich wunderte mich nur darüber, wie leicht die Zauberin war, wie wenig Kraft in ihrem Arm lag.

Ich wollte sie nicht umstoßen. Ich wollte die Puppe retten, es war mir, als ob Lona diesen Schlag abbekommen würde. Die Sippe schrie auf, als die Zauberin auf dem Boden lag. Dass ich sie aufhob, dass ich neben ihr kniete und mit ihr redete – das alles war nicht wichtig. Ich war der Zauberin in den Arm gefallen. Ich würde jetzt sterben. Die Zauberin hatte mit den Augen nach dem Schmied gesucht. Als sie ihn fand, genau auf der anderen Seite der Brenngrube, streckte er sich und blickte sie gerade an. Die Zauberin erhob sich langsam. Sie zog durch die Nase und spuckte schließlich auf die Puppe. Es zischte kurz auf, schlug ein paar Blasen und hinterließ schließlich auf dem heißen Ton einen schwarzen Fleck.

Die Runde um die Brenngrube schwieg. Würde die Zauberin jetzt den Schmied mit der Keule töten? Würde sie Heos Blitze herabholen, damit sie mich erschlugen? Würde sie die Puppe doch noch zerschlagen oder gar Lona? Die Zauberin drehte sich um und ging langsam und schwerfällig fluchend zum langen Haus. Der Schmied folgte ihr. Zweimal hatte die Zauberin verloren, und auch wenn sie jetzt wieder bei uns war, so war doch alles anders. Gestern noch hatten wir Furcht vor ihrer Macht und ihren starken Flüchen gehabt. Jetzt hatten wir Furcht vor dem, was der alten, schwachen Frau plötzlich in den Sinn kommen konnte.

Bald kam der Schmied zurück. Er stocherte in der Glut herum und rollte einen merkwürdigen Stein heraus, so groß wie zwei Fäuste, merkwürdig geformt, mit vielen Löchern und Blasen. »Der Sonnenstein«, sagte er nur. Doch er blickte in enttäuschte

Gesichter. Das sollte der Sonnenstein sein? Er glühte nicht, er glänzte nicht einmal. Aber der Schmied schien nicht überrascht zu sein. »Er ist noch nicht fertig«, sagte er. »Wir müssen ihn noch einmal zum Glühen bringen, sodass er fließen kann.«

Die Runde schwieg, und als sie auseinandergehen wollte, suchte der Schmied nach einem Fauststein, nahm ihn zur Hand und schlug damit seinen Sonnenstein. »Seht ihr?«, rief er, und die Sippe drehte sich noch einmal um. »Seht ihr, wie er glänzt? Seht ihr, dass er nicht bricht? Er formt sich! Das ist der Sonnenstein!«

Der Steinschneider rückte schließlich auf seinen Händen an den Schmied heran und nahm den Sonnenstein in die Hand. »Dein Sonnenstein taugt nichts«, sagte er ruhig. »Wir haben glänzende Steine. Wenn wir formen wollen, nehmen wir Ton. Wenn wir Werkzeuge brauchen, nehmen wir Feuerstein.« Er blickte in die Runde und spürte die Zustimmung. »Dein Sonnenstein ist ein Haufen Scheiße. Du willst einen Haufen Scheiße zum Glühen bringen?« Die Sippe unterdrückte ein Lachen.

Der Schmied blies in die Asche und sammelte kleine, rot glänzende Kiesel heraus. Er schüttelte den Kopf. »Ihr wisst doch nicht … Ich zeig euch, was man damit machen kann. Messer, Beile, Schmuck, Töpfe, Nadeln, Schaber – alles!«

»Alles, was wir schon haben«, sagte der Steinschneider und ging auf seinen Händen zu seinem Haus zurück. Die Beine hinterließen eine Schleifspur im Gras. Seine beiden Freunde folgten ihm, und bald gingen auch die anderen auseinander.

Der Schmied stand allein. Mit mir. Er zitterte vor Wut, seine Hand krampfte sich um den Sonnenstein. Dann sammelte er alle Stückchen in ein Fell und blickte sich nach mir um. Ich wich ihm aus, bückte mich nach etwas Asche und ging an ihm vorbei zum Wasserfall. Der Schmied blieb am Feuer zurück und sah mir nach. Ich spürte seinen Blick lange im Rücken.

Auf diesem kurzen Weg war ich allein. Ich war als ein anderer aufgewacht als der, der gestern am Feuer eingeschlafen war. Ich hatte jetzt Geheimnisse vor der Zauberin, ich hatte sie ausgelacht, ich kannte das Geheimnis ihres Heilwassers. Sie war nicht von Heo getreten worden, es war ein Tanz gewesen. Das sah ich jetzt deutlich, als ich mich an ihre Bewegungen erinnerte. Sie war nur immer wieder aufgestanden, damit sie sich wieder hinwerfen konnte. Es sollte für uns so aussehen, als redeten Ala und Heo mit ihr. Aber wieso hatten Ala und Heo sie nicht gleich mit einem Blitz erschlagen? Die Zauberin wollte nur ihr Geheimnis der Frühlingssteine bewahren, dafür hatte sie Ala und Heo gerufen. Aber war sie nicht diejenige, die dienen musste? Ich trat unter den Wasserfall, die Kälte fuhr mir durch die Knochen – und mich durchzuckte ein Blitz, der mich schwindlig machte. Gab es Heo und Ala? Ich hatte sie nie gesehen. Immer nur ihr Bild am Baum, das irgendwann jemand geschnitzt haben musste, es war ein Mensch gewesen, der das getan hatte. Ich kannte ihre Blitze, wenn sie sich mit Feuersteinen bewarfen und ihre bunten Brücken, die sie manchmal am Ende eines Regentages über das Tal spannten und die man nicht erreichen konnte. Doch woher wusste ich, dass es Heo und Ala waren, die dies alles machten? Sie waren eine Geschichte, die uns immer wieder erzählt wurde. Wie konnten sie die Toten aus der Erde zu sich an den Himmel holen, wenn doch die Knochen dort liegen blieben? Gab es Heo und Ala?

Ich erschrak, als das plötzlich in meinem Kopf war. Der Schmied hatte von anderen Sternbildern erzählt. Er konnte Heo und Ala am Himmel nicht finden, und er sagte, der Nordstern sei die Pfeilspitze eines Jägers. Gab es Heo und Ala? Oder waren sie eine Geschichte, wie man sie Kindern erzählt, damit sie einschlafen?

11

Bis zum Mittag hatte der Schmied Holz gesucht und in der Brenngrube wieder ein Feuer entfacht. Ich sah ihm nur von Weitem zu.

Die Tonpuppe wurde von Haus zu Haus gereicht, sie war durch die große Hitze des Feuers sehr glatt und glänzend geworden. Die Frauen streichelten sie, hielten sie in die Sonne, verglichen das Gesicht der echten Lona mit dem der Puppe, und schließlich sahen sie den Schmied begehrlich an. Sie alle wünschten sich, dass er sie ebenso in Ton formte. Die Blicke, die die Männer auf die Puppe warfen, waren misstrauisch und bewundernd. Ton formen und brennen war Frauensache. Aber Lona auf diese Weise so nahe gekommen zu sein, sie vor aller Augen verführt zu haben, ohne sie zu berühren – das konnten sie achten.

Der Schmied holte die Holzkohle aus dem Feuer. Er war allein. Als ich an ihn herantrat, erschrak er. Dann sah ich Freude in seinen Augen.

»Ich muss den Sonnenstein fertig machen«, sagte er leise. »Der Sonnenstein ist kein Zauber. Aber wenn die Sippe Zauber will, dann bekommt sie Zauber.« Er lachte bitter. Dann wandte er sich zu mir. »Zeig mir die Tongrube. Ich brauche Ton für Formen und Schmelztiegel.«

Ich verstand ihn nicht. »Willst du mich noch mitnehmen ins Warmland?«, fragte ich ihn.

»Ja! Aber dazu muss ich im Herbst noch am Leben sein!«, antwortete er laut und wütend. »Kerr wird bald wissen, wo er mich findet. Im Südtal gibt es so viele Frühlingssteine, dass sie Tag und Nacht Sonnensteine schmelzen werden. Ich werde ihnen nicht sagen, wie man das macht. Aber sie werden es herausfinden. Sie werden bald keine Brenngruben mehr brauchen, sondern Öfen bauen wie im Warmland, und dann werden sie so viele Sonnensteine schmelzen, dass sie alles tauschen können, was ihnen fehlt: Frauen, Korn, Tiere. Dann werden sie Menschen aus dem Warmland hierherlocken und euch aus diesem Tal vertreiben. Denn wer aus dem Warmland zu ihnen will, der muss hier durch.«

Er sagte noch viel mehr, aber ich habe das nicht verstanden und mir nicht merken können. Ich kannte damals auch viele Worte noch nicht. »Wenn der Sonnenstein kein Zauber ist«, fragte ich, »was ist er dann?«

Er dachte nach, wie er es mir erklären sollte. »Wenn du Wasser hast, und du stellst es im Winter in der Nacht vor das Haus – was passiert damit?«, fragte er.

»Es wird zu Eis«, antwortete ich. Ich war ärgerlich, dass er mit mir sprach wie mit einem Kind.

»Wenn das Wasser am Abend in einer Schale ist und du am Morgen das Eis ausschüttest, welche Form hat das Eis dann?«

»Es sieht aus wie die Schale … wie das Innere der Schale.«

Langsam verstand ich und spielte das Kinderspiel mit.

»Jetzt denke eine Schale, die innen so aussieht wie ein Messer.«

Ich dachte nach, wiegte den Kopf. Der Schmied warf Wasser auf die Erde, vermischte sie zu Schlamm und winkte mich heran.

»Gib mir dein Messer.«

Er nahm es, presste es in den Schlamm und nahm es wieder heraus. Es hatte einen Abdruck hinterlassen.

»Denk dir, dass diese Erde Ton ist. Wir brennen den Ton wie einen Topf, er wird hart.«

Ich nickte.

»Du schüttest Wasser hinein, und es wird über Nacht zu Eis.«

Ich nickte. Ich begann, das Spiel zu mögen. Es half mir denken.

»Du drehst die Schale um. Was fällt heraus?«

»Ein Messer. Aus Eis.«

Er nickte.

»Aber ein Messer aus Eis schmilzt in der Hand«, sagte ich.

Jetzt lächelte der Schmied. Er holte den Sonnenstein hervor. »Das ist wie Eis. Schmilzt es?«

»Das ist kein Eis. Der Sonnenstein ist hart.«

Wieder nickte er. »Das Eis schmilzt, wenn es nach dem Winter warm wird. Der Sonnenstein schmilzt im Feuer, wenn er glüht. Wir gießen den flüssigen Sonnenstein in die Tonschale, die aussieht wie das Messer. Dann wird der Sonnenstein wieder kalt und hart. Wir drehen die Tonschale um – und?«

»Da fällt ein Messer raus.«

Der Schmied legte mir seine Hand auf die Schulter. »Wir machen an einem Tag viele Messer.«

Wieder ein Nicken.

»Oder Schmuck. Oder viele Beile. Oder viele Nadeln.« Er blickte mich lange an. »Verstehst du? Im Warmland ist der Sonnenstein kein Zauber. Dort gibt es Beile, Messer, Schmuck, auch Töpfe. Das ist das, was ein Schmied macht. Ich kann die Sonnenstein-Messer scharf schmieden. Ich kann so lange auf ein Stück Sonnenstein schlagen, bis es zu einem Topf geworden ist.«

Ich nahm den Sonnenstein. »Daraus kannst du einen Topf machen?«

Er nickte. »Einen Topf, der ganz leicht ist und nicht zerspringt, wenn er runterfällt.«

Ich musste lächeln. »Das würde Lona gefallen.«

»Ich mache dir so einen Topf. Aber ich brauche Ton«, bat er. »Zeig mir die Tongrube.«

»Das wird die Zauberin nicht erlauben.«

»Wir dürfen sie nicht fragen.«

»Du willst ohne Schutzzauber gehen?«, fragte ich ruhig. »Fürchtest du dich nicht vor Heos Zorn?«

Der Schmied wurde unruhig. »Nein«, sagte er zögernd. »Heo wird ...«

»Ich fürchte mich auch nicht«, sagte ich schnell. »Ich weiß nicht mehr, ob es Heo gibt. Und Ala.«

Er blickte mich ungläubig an. Hinter ihm sah ich Lona und die Große kommen. Wir durften jetzt nicht weiterreden.

»Wir gehen morgen früh los. Bau dir eine Trage«, sagte ich.

Der Schmied lachte und wollte mich schon umarmen. Da war Lona herangekommen und lächelte uns an.

»Die Frauen fragen, wann es wieder genügend Ton gibt, damit sie auch solche Töpfe haben können«, sagte sie. Dann wurde sie rot. »Und solche Puppen.«

Der Schmied erstarrte vor Freude.

»Der Schmied und ich – wir wollen schon morgen neuen Ton holen«, sagte ich. »Aber die Zauberin wird es nicht erlauben. Sie will diese Puppen nicht.«

»Aber die schönen Töpfe will sie«, sagte die Große und lächelte. »Heute Abend gibt sie dir den Schutzzauber. Dir und den Söhnen. Zusammen könnt ihr mehr Ton tragen.«

Als ich abends mit den Söhnen ins lange Haus ging, schloss sich der Schmied uns an. Die Zauberin blickte ihm böse entgegen.

»Ich will mitgehen zur Tongrube«, sagte er leise und bat sie um den Schutzzauber.

»Du hast Heo beleidigt«, schimpfte die Zauberin. »Er will nicht, dass solche Figuren gebrannt werden. Ich sollte dich eher verfluchen, als dir den Schutzzauber zu geben.«

Der Schmied senkte den Blick. »Ich wollte das nicht, ich tu es nicht wieder. Ich weiß, dass Heo mich töten könnte. Er ließ mich am Leben. Heo weiß, dass ich ihm noch gut dienen kann.«

Ich konnte es nicht glauben. Den ganzen Nachmittag hatten wir darüber gelacht, wie sich der Schmied den Schutzzauber holen konnte, ohne dass er an Heo glaubte. Jetzt stand er vor ihr und tat wieder so schwach wie damals, als wir ihn gefunden hatten. Er sah hilflos aus. Das gefiel der Zauberin. Sie ließ den Schmied wie ein Kind in den Kreis treten, sagte ihm, was er zu tun hatte, er tat es und lächelte nicht einmal dabei. Sie sprach Zauberworte, umfing ihn mit süßem Rauch, malte ihm mit roter Farbe den Zauber auf Stirn und Nacken, und er ließ es dankbar geschehen.

Erst als wir wieder vor unserem Haus standen, kam sein Lächeln zurück. »Rauch, Zauberworte und Farbe«, sagte er nur.

Die Söhne blickten ihn erschrocken an. Sie hatten das Lachen in seiner Stimme gehört. Wie konnte jemand, der den Schutzzauber empfangen hatte, jetzt über die Zauberin lachen?

Sie waren zu jung, um mit uns zweifeln zu können. Sie sollten weiter an Heo und die Macht der Zauberin glauben. Der Schmied beschwichtigte sofort: »Ihr habt eine gute Zauberin. Sie ist so nah bei Heo, dass sie nur ein paar Zauberworte braucht, um ihn zu rufen.« Als er sich zu mir umdrehte, sah ich ihn erneut lächeln. Diesmal nur mit den Augen.

Am frühen Morgen steckten wir ein paar Fladen ein und machten uns auf den Weg. Wir ließen die Söhne mit den Hunden laufen, und der Schmied erzählte mir vom Warmland. Von Häusern, in denen man Frauen klatschen konnte, wenn man ihnen Sonnenstein dafür gab. Von runden Höfen, die von Holzwänden umgeben waren und an deren wandernden Schatten man sehen konnte, wann geerntet und wann gesät werden musste. Von Schafen, aus deren Fell sich die Menschen lange dünne Schnüre machten und sie zu Kleidern flochten. Das waren Geschichten, die ich nicht glauben konnte. Später, im Warmland, sah ich all diese Dinge selbst. Aber damals hörte ich dem Schmied nur staunend zu.

Als wir schon fast am See waren, hetzten uns die Hunde drei Hasen zu, die mein kleiner Sohn schoss und sicher tötete. Am Abend würden wir sie am Feuer braten können. Meine Söhne wurden still, als wir die Schattenseite des Tales betraten. Sie begannen zu frösteln, blieben dicht hinter dem Schmied und riefen die Hunde heran. Vor uns lag die Tongrube im Schatten. Es war kalt geworden. Wir wollten schnell an einem Feuer bei den Fischern sitzen und die drei Hasen gegen saftige Fische tauschen. Doch der Schmied ließ uns warten. Er ging hinüber in die Grube und zerrieb den Ton zwischen den Fingern. Erst dann kam er zurück und machte sich zufrieden mit uns wieder auf den Weg.

Am Ufer des Sees hatten sieben Männer mit ihren Frauen und Kindern den Bau eines langen Hauses begonnen. Sie fällten die

Bäume dort, wo sie die Sicht auf den Bergpfad verdeckten. Wenn die Bewohner jetzt wachsam waren, konnten sie die Hundesöhne schon von Weitem sehen, wenn sie aus dem Südtal kamen. Einen anderen Weg über diese Berge gab es nicht. Die sicheren Wege entlang des Ufers konnten die Hundesöhne nicht nutzen, weil die Talsippe sie dort erst recht von Weitem entdecken würde.

Unter den Männern beim Haus sah ich den Sohn der toten Fischer. Er winkte mich zu sich, sah freudig unsere Beute und zeigte mir das Feuer. Während meine Söhne den Hasen das Fell abzogen und die Tiere zerteilten, erzählte er mir von seinen Plänen. Das lange Haus würde über das Ufer in den See ragen. Dicht dabei würden die anderen sechs Häuser und ein größeres Räucherhaus gebaut. Eine Wand aus Baumstämmen sollte die Häuser schützen, auch sie sollte bis ins Wasser reichen. Nur zwei Eingänge würde es geben, die man mit wenigen Männern gut verteidigen konnte.

Ich sah, wie stolz er auf diese neuen Gedanken war. Auch der Schmied nickte ihm zu. »Kerrs Hundesöhne müssen dich fürchten. Du wirst den See für die Talsippe bewachen. Bald wird es hier wieder Fisch geben.«

Der Fischersohn lachte. »Wollt ihr Fisch braten? Gebt uns die drei Hasen, dann geben wir euch zehn große Fische – drei für jeden Hasen und einen als Geschenk. Wir wären froh, mal etwas anderes zu essen als Fisch.«

Die Söhne staunten über die Berge, deren Gipfel im Wasser nach unten zeigten. Natürlich kannten sie solche Bilder. Sie hatten auch ihr eigenes Bild schon in der großen Schale gesehen, wenn sie sich die Haare schnitten. Doch so ruhig und riesig wie auf diesem See war das Wasser nirgends gewesen. Dieses Bild der großen Berge war so klar und tief, dass man lange stehen und schauen konnte.

Die Fischer hatten miteinander tagelang Waffen gebaut: Keulen, Bogen und Pfeile. Auch wenn sie diese Waffen nicht bei sich trugen, so standen sie doch in vielen Ecken griffbereit. Die

Männer, die Frauen, die älteren Kinder – alle konnten schnell und sicher mit den Bogen umgehen. Wenn die Hundesöhne angriffen, dann würden aus den friedlichen Fischern schnell geübte Krieger werden.

Die Fischer hatten ihre Pfeile schnell bauen müssen, sie hatten jedes unbehauene Stück Stein zu einer Spitze gemacht und sie nur eingeklebt. Ich sagte nichts. Ich hätte ihnen jetzt gern meine Pfeilspitze gezeigt. Diese Pfeile waren krumm, und selbst wenn sie trafen, dann würden sie kaum einen Kopf oder einen Brustknochen durchschlagen können.

Der Fischersohn sah meinen Blick. »Wir bauen uns bald bessere Waffen. Wenn Kerrs Männer angreifen, müssen wir schnell sein. Jetzt brauchen wir Häuser, damit wir uns verstecken können. Sie dürfen uns nicht überraschen.«

Der Schmied nickte. »Du denkst gut«, sagte er zu dem Fischersohn. »Wer mit dir ist, ist sicher.«

Ich sah, dass sie noch sehr viele gute Gänsefedern übrig hatten, und bat darum, mir drei aussuchen zu dürfen. Ich suchte lange, und schließlich fand ich drei gleich große, gerade, schillernde Federn, die sich gut reißen ließen. Sie würden sehr schön an meinem Pfeil aussehen. Die Fischer lachten. Sie hatten an viele Dinge zu denken, aber nicht an schöne Pfeile.

Der Fischersohn blickte den Schmied neugierig an, doch dieser setzte sich abends etwas abseits ans Feuer, aß zwei Fische und redete nicht viel. Auch als die Söhne begannen, von dem Sonnenstein zu erzählen, der im Feuer gelegen hatte, sagte er nichts. Vielleicht war er nur müde. Erst am nächsten Morgen erfuhr ich, worüber er am Abend nachgedacht hatte. Als wir aufbrachen, wandte er sich um und sagte zu mir: »Ein guter Platz für eine Schmiede. Holz, Wasser, Ton, Nahrung, die man nicht jagen muss. In den Bergen würde ich bestimmt auch Frühlingssteine finden, aus denen man Sonnensteine schmelzen könnte.«

»Willst du hierbleiben?«, fragte ich.

Er schüttelte den Kopf. »Die Hundesöhne sind zu nah. Sie

haben Waffen aus Sonnenstein. Sie sind gierig nach ihnen. Sie wollen wissen, wie man Sonnenstein selbst macht, und würden alles tun, um diese Schmiede zu bekommen.« Der Schmied lächelte. »Wir werden den Ton bis zum langen Haus schleppen müssen. Ich kann doch unsere Zauberin nicht enttäuschen.« Ich hatte verstanden, dass er diesen Satz wieder mit diesem Lachen gesagt hatte. Meine Söhne sahen einander verwirrt an.

Sie kannten das damals nicht. Aber sie lernten es schnell, schneller als ich. Es machte ihnen bald große Freude, andere Worte zu formen, als sie in ihren Köpfen dachten. Ich hab das erst im Warmland gelernt und muss bis heute sehr darüber nachdenken, wenn ich das tue: Etwas anderes zu sagen, als ich denke.

Will ich, dass er die Worte glaubt, die ich sage? Oder will ich, dass er bemerkt, dass ich jetzt etwas anderes gesagt habe, als meine Worte meinen? Es geht mir nicht gut damit. Verstehst du das? Aber ich mach es heute so wie der Schmied. Ich rede so, dass ich dort hinkomme, wo ich hinwill, dass ich das kriege, was ich haben will.

Am Morgen packten wir unsere Tragen voll mit gutem gelben Ton, wir nahmen zwei große Fische mit, damit wir sie gegen Grütze oder Fladen tauschen konnten für ein Essen unterwegs am Fluss. Der Rückweg war anstrengend und schweigsam. Doch vor Sonnenuntergang waren wir zurück bei unserer Sippe.

12

Der Schmied ließ sich Zeit. Tagelang sammelte er Holzkohle, baute einen zweiten Atemsack, eine Axt und eine Trommel, sammelte Rauchpflanzen, sang unbekannte Worte und trommelte lange in der Nacht. Alle hatten über seinen grauen, harten Sonnenstein gelacht. Jetzt sorgte er dafür, dass schon nach wenigen Tagen alle wissen wollten, wann der Sonnenstein-Zauber weiterging. Die Zauberin blickte wütend und traurig herüber. Der Schmied sah sie nicht an.

Er hatte nur den Ton aus zwei Tragen Lona überlassen, damit sie wieder Töpfe formte. Den anderen Ton hatte er in eine Ecke unseres Hauses gebracht, wo er abends saß und einen hohlen Stab für den zweiten Atemsack formte, zwei große Schalen mit einem dicken Rand und drei Formen in glatte Tonsteine ritzte. Ein großes Messer, eine Schnecke und eine Speerspitze aus Sonnenstein sollten da herausfallen, erklärte er mir. Nicht nur eins, sondern viele. Eines Morgens war der Schmied verschwunden und mit ihm eine Trage. Er hatte mir nichts davon gesagt.

Mittags kam die Zauberin herüber. Lona und ich schabten ein Fell. Misstrauisch fragte sie, wo denn der Schmied sei. Ich sagte ihr ohne Angst und Zittern, dass er in der Nacht nicht hatte schlafen können und dann wohl zu viel Schlafkraut gekaut hatte. Sie sah mich lange an, dann schüttelte sie lächelnd den Kopf. »Er weiß nicht mal, wie viel Schlafkraut er verträgt. Sein Sonnenstein-Zauber wird ihm auch nicht gelingen.« Ich beugte mich wieder über das Fell, das ich schabte. Ich wollte ihr nicht in die Augen sehen.

Erst als sie gegangen war, schaute Lona mich an. Erst waren ihre Blicke fragend, dann lächelte sie mit den Augen. »Wie kannst du das tun?«

»Ich kann es«, sagte ich nur.

Sie schwieg.

Dann fragte sie: »Machst du das auch mit mir?«

»Nein«, sagte ich. »Nein.«

»Wenn du das mit mir tust«, sagte Lona und sah mich gerade an, »dann töte ich dich.«

Ich bekam rote Ohren.

»Du tust es doch auch mit mir«, sagte ich und blickte zurück.

»Nein«, sagte sie.

»Doch«, sagte ich. »Manchmal, wenn wir klatschen, dann machst du Laute, als ob es dir gefällt. Aber du bist nur müde.«

Lona lachte leise. »Das ist anders«, sagte sie zärtlich. »Das tu ich für dich.«

Dann stand sie auf, ging ins Haus und blickte sich noch lächelnd nach mir um. »Endlich ist der Schmied nicht da.«

Ich blickte auf.

Die Große war am Wasserfall, die Söhne auf der Jagd. Das Fell war erst heute Morgen abgezogen worden. Das konnte ich auch abends zu Ende schaben.

Ich folgte Lona ins Haus. Ich mag es, wenn es noch hell ist. Wenn ich Lonas Augen, ihre Haut, ihre Falten und ihren bebenden Körper sehen kann.

Erst als es dunkel war, kam der Schmied zurück. Nur ich sah ihn. Die Trage war voller Frühlingssteine. Er versteckte sie unter einem Fell.

»Morgen«, sagte er nur. »Morgen.«

Am Mittag des nächsten Tages schob er die drei Formen, seine Schalen und den zweiten hohlen Stab in das Brennholz. Auch Lona hatte ihre getrockneten Tontöpfe hineingelegt. Dann steckte er das Feuer an. Als die Sonne hinter dem Berg verschwand, hatte er so viel Glut in der Brenngrube, dass er sich nicht mehr nah heranwagen konnte. Ich half ihm, mit dem Atemsack die Holzkohle anzufachen, bis es hellrot glühte. Er griff nach der Trommel und warf Duftholz in das Feuer. Es loderte sofort auf, der Rauch zog zwischen den Hütten durch, und die

Klänge der Trommel lockten schließlich die Talsippe zum Feuer. Der Schmied saß mitten im Kreis, wiegte den Oberkörper zu seinem Gesang und flüsterte unbekannte Zauberworte, die ihm wohl der große Jäger eingab, den er am Sternenhimmel sah. Er musste rote Pilze gegessen haben, denn er wurde immer lauter. Dann erhob er sich und tanzte, als ob er alles vergessen hätte. Er stolperte über die Leute und wanderte blind zwischen ihnen umher. Er war jetzt ein anderer, ein Zauberer.

So dachte ich. Doch als er neben mir war, zwickte er mich in die Schulter. Und als ich aufschaute, sah ich in seine Augen. Sie waren ganz klar und lachten.

Er flüsterte: »Ist es ein guter Zauber?«

Ich erschrak. Er spielte mit uns! Er spielte den Zauber! Die Trommel, der Gesang, der süße Rauch. Warum?

Doch ich wusste es längst. Er war größer als unsere Zauberin. Die Talsippe wollte Zauber vom Schmied, also zauberte er.

Ich sah ihm zu.

Ich drückte den Atemsack im Takt der Trommel.

Ich blickte in die Runde.

Überall geschlossene Augen. Die Zauberin, die ihn vorhin noch genau beobachtet hatte, schloss jetzt auch die Lider und schlug mit ihrer Keule im Takt der Trommel gegen den Boden. Der Schmied sang lauter, trommelte schneller und schneller. Die Menge am Feuer tanzte mit den Oberkörpern, einige hoben die Arme. Nur ich saß regungslos dazwischen, erschöpft von der Arbeit am Atemsack, schwitzend. Das Rot der Glut wurde dunkler.

Der Schmied lachte. Er lachte mich an, und er lachte uns aus, und er sang immer weiter und trommelte laut und stampfte tanzend um das Feuer und brach schließlich ab. Als alle erschrocken aufblickten, stieß er einen Schrei aus, der nicht aus ihm zu kommen schien.

Dann lief er durch die Glut. Mitten hindurch zwischen den rot glühenden Tonformen.

Die Leute erstarrten. Die Zauberin riss die Augen auf. Ein

Raunen lief durch die Sippe. Die Füße des Schmiedes waren heil geblieben. Er war durch das Feuer gelaufen und hatte sich nicht verbrannt! Wie war das möglich? Der Schmied lief weiter um das Feuer herum, griff sich zwei Äste und holte Lonas Töpfe, seine beiden Schalen, den hohlen Stab und die drei Formen vorsichtig aus der Glut. Dann legte er Holzkohle auf.

Der Schreck war noch nicht von der Talsippe gewichen. Der Gerber und seine Frau, der Steinschneider und seine Freunde, der Hirte, die Frauen und die Kinder – alle blickten jetzt zur Zauberin. Als könnte sie erklären, wie das möglich war. Als würde sie jetzt zu lachen beginnen und selbst durch die Glut laufen. Doch die Zauberin war selbst erstarrt. Sie rang nach Atem. Als sie die Blicke spürte, schloss sie die Augen und begann Zauberworte zu singen. Jetzt war es der Schmied, der ihren Gesang aufnahm. Er legte weiter Holzkohle auf die Glut und Duftholz darüber. Dann setzte er sich neben die Zauberin und bat sie, die Trommel zu schlagen, die Geschichten von Heo und Ala zu singen. Sie tat es. Wir hörten ihr zu und betrachteten immer wieder die Füße des Schmiedes. Sie waren nicht einmal rot.

Dabei hatte sein Zauber gerade erst begonnen.

Die Sonne versank, die Tonformen und die Töpfe kühlten langsam aus. Sie waren wieder so glatt und hart gebrannt wie beim letzten Mal. Der Hirte hatte am Nachmittag ein Mutterschaf geschlachtet und zerlegt. Jetzt legte er die Stücke auf die heißen Steine rings um die Brenngrube, die Frauen rührten Fladenteig an, und bald war um das Feuer ein Essen im Gange, wie wir es lange nicht erlebt hatten. Der Mond ging auf, er war ganz nah. Wir legten uns Felle über die Rücken und setzten uns näher ans Feuer. Schließlich prüfte der Schmied, ob die Tonformen schon kalt waren, warf noch einmal Duftholz in die Glut und nickte mir zu. Ich ging wieder an den Atemsack. Er steckte den zweiten hohlen Stab in den anderen Atemsack, schob auch diesen in die Glut und ließ meine Söhne daran arbeiten. Die mussten ihn jedoch bald an die anderen Kinder abgeben. Alle Kinder wollten ins Feuer pusten und sehen, wie das Holz fast gelb glühte. Der Schmied wischte mit einem Ast die Glut beiseite. Obwohl das Holz grün war, fing der Ast sofort Feuer. Eine dicke Tonschale wurde sichtbar. Sie lag im Feuer und glühte hellrot. Der Schmied nahm den Sonnenstein aus der Tasche, sang und tanzte mit ihm um das Feuer, zeigte ihn herum.

Niemand lachte mehr. Alle waren voller Erwartung. Wieder steigerten sich der Gesang und der Takt der Trommel bis in einen Rausch hinein. Der Schmied griff den Sonnenstein mit zwei Zweigen und wandte sich dem Feuer zu. Die Schale glühte rot, die Sippe schwieg. Die Zauberin blickte böse. Als der Schmied den Sonnenstein vorsichtig in die Schale legte, begannen die Zweige sofort zu brennen. Er bedeutete mir, vorsichtig am Atemsack zu arbeiten. Dieses Geräusch und das Knistern der Glut – mehr war jetzt nicht zu hören.

Lange passierte nichts. Die Zauberin schöpfte Hoffnung, Gemurmel erhob sich. Doch die ruhige Handbewegung des Schmiedes brachte alle zum Schweigen.

Der Sonnenstein. Zuerst wurden seine Ränder flüssig, dann sackte der Stein plötzlich zusammen. Sein Licht war so grell, dass niemand mehr hinsehen konnte. Der Stein war verschwunden, er war geschmolzen wie Eis. Er war zu einem Stück Sonne geworden, vor dessen Hitze und Licht die Sippe zurückwich. Auch die Atemsäcke rührten sich nicht mehr.

Der Schmied freute sich still. Er kniff die Augen zusammen, nahm sich einen langen Zweig und hielt ihn in die Schale. Als er den brennenden Zweig herauszog, tropfte Sonne von ihm herunter, landete auf dem Rand der Schale und zerstob in viele kleine, hell gleißende Funken. Die Sippe schrie auf, doch der Schmied lachte beruhigend.

Er wusste, was wir nur ahnten: Ab jetzt war nichts wie vorher. Der Schmied hatte die Sonne zu uns geholt, mitten in der Nacht. Wir zweifelten nicht mehr, dass er alles tun konnte, was er wollte. Er war unser neuer Zauberer. Hätte er jetzt zur Zauberin gesagt, dass sie verschwinden solle, dann hätten wir sie verjagt. Ich allein wusste, warum er es nicht tat. Er wollte weg, ins Warmland. Ich sollte mit ihm gehen. Die Zauberin sollte weiter im Tal bei der Sippe bleiben. Aber wie sollte sie uns schützen können? Jetzt, wo alle sahen, dass sie nur eine alte Frau war? Was würde sie tun, wenn die Hundesöhne doch bis hierher kamen? Der Schmied würde sie besiegen. Er würde die Sonne auf sie regnen lassen, bis sie alle verbrannten. Er durfte uns nicht verlassen.

Der Zauber war noch immer nicht vorbei. Der Schmied bog jetzt einen langen grünen Ast, bis er die zweite Schale unter ihrem dicken Rand damit greifen konnte. Er setzte sie in die Glut. Dann griff er sich die Schale mit der Sonne und goss die leuchtende Flüssigkeit in die zweite. Wieder stoben die Funken. Die Sonne in der Schale leuchtete jetzt rot. Ich arbeitete am Atemsack, bis sie wieder gelb glühte. Der Schmied kratzte mit einem Zweig Schmutz aus der ersten Schale, dann goss er die Sonne zurück und kratzte Ruß aus der zweiten Schale heraus. So ging das noch ein paarmal – und jedes Mal hielt die Sippe den Atem an.

Schließlich schwamm nichts Schwarzes mehr auf der flüssigen Sonne. Der Schmied winkte der Zauberin zu, sie begann wieder zu trommeln und sang zu Heo und Ala. Dann stellte er die Formen neben dem Feuer auf, griff sich die volle Schale und goss mit drei geschickten Drehungen die Sonne in die Formen. Sie liefen über. Schnell setzte er die Schale wieder in die Glut und wischte mit einem Zweig die übergelaufene Sonne von den Formen. Seine Handgriffe waren sicher, alle konnten sehen, dass er das nicht zum ersten Mal tat.

Noch hatten die meisten nicht verstanden, wozu das alles gut war. Sie waren beeindruckt von der glühenden Sonne in der Schale, wussten aber nicht, warum der Schmied sie vergoss.

Es dauerte lange, bis die Sonne wieder zu Stein geworden war. Die Formen waren noch so heiß, dass man sie nicht berühren konnte. Inzwischen war der Mond untergegangen. Die Sippe war müde von dem, was sie gesehen hatte. Morgen früh, so verkündete der Schmied, würden sie erfahren, was dieser Sonnenzauber bewirkte. Er warf noch einmal Duftholz in die Glut. Die meisten schliefen in dieser Nacht am Feuer. Sie wollten das Ende des Zaubers nicht verpassen.

Der Schmied wachte am Morgen als Letzter auf. Alle hatten sich schon um die Formen versammelt, der Tau, der auf sie gefallen war, zeigte ihnen, dass die Formen jetzt nicht mehr heiß waren. Sie wagten trotzdem nicht, sie anzurühren.

In diesem morgendlichen Licht verzichtete der Schmied auf einen neuen Zauber. Die Sippe hatte gestern Nacht so viel gesehen, dass ihre Bewunderung für ihn so groß war, als wäre Heo selbst mitten unter uns gewesen.

Der Schmied griff sich die erste Form, drehte sie um, schlug sie dreimal auf den Handballen und hob auf, was herausgefallen war: ein Sonnenstein in der Form eines Messers, sehr groß und sehr gerade. Aus der zweiten Form fiel das Schneckenhaus heraus, aus der dritten die Speerspitze. Zwei Waffen, ein Schmuck.

»Sie sind noch nicht fertig«, sagte er und gab die Dinge in die Runde. »Ich muss sie schmieden.« Die Tonformen waren leer, sie sahen genauso aus wie vorher. Ein Raunen ging durch die Sippe. Sie blickten den Schmied fragend an. Der nickte. »Wenn wir neuen Sonnenstein schmelzen, machen wir viele Messer so wie dieses, Speerspitzen und Schmuck. Ich kann auch Schalen schmieden.« Die Sippe stand um ihn herum, als er sich mit einem Schaber, einem Keil und einer Axt vor einen flachen Stein setzte und mit dem begann, was er »schmieden« nannte. Der Steinschneider saß neben ihm und blickte ihm auf die Hände. Er lernte mit den Augen. Es dauerte nicht lange, und er reichte dem Schmied wortlos in jedem Augenblick das richtige Werkzeug. Das Messer wurde glänzend, und als der Steinschneider seinen Daumen auf die Schneide drückte, floss das Blut. Er lachte, als er das sah. »Es ist so scharf!«

Der Schmied sah den Steinschneider ernst an. »Es braucht

einen guten Griff.« Der Steinschneider verstand. Er blickte sich nach den Freunden um.

»Willst du mir helfen? Du und deine Freunde?«, fragte der Schmied freundlich. So als hätte er vergessen, dass der Steinschneider noch vor wenigen Tagen seinen Sonnenstein einen Haufen Scheiße genannt hatte. Wenn der Steinschneider ihm jetzt half, dann hatte der Schmied ihn für sich gewonnen.

Der Steinschneider nickte. Er und seine Freunde würden Schmiede werden. Niemand würde mehr einen Schaber oder ein Messer aus Stein haben wollen, wenn der Schmied so vieles aus dem Sonnenstein machen konnte, was alle zuvor beim Steinschneider eintauschen mussten. Er blickte mich an, zog meine Pfeilspitze aus der Tasche und gab sie mir. »Lona hat schöne Töpfe für mich gemacht«, sagte er. »Kannst du die Spitze jetzt noch brauchen?«

Ich drehte sie in der Hand. Natürlich war sie immer noch sehr schön. Aber ich dachte an eine Pfeilspitze aus Sonnenstein.

»Der Sonnenstein ist nicht so hart wie dieser Stein«, sagte der Schmied. »Man kann aus ihm keine Pfeilspitzen machen.« Ich nickte und steckte die Pfeilspitze ein.

Dann nahm der Schmied die Schnecke zur Hand. Mit dem Schaber entfernte er den unnützen Sonnenstein und sammelte jedes noch so kleine Stück vorsichtig in die Schmelzschale. Er glättete die Formen der Schnecke und rieb sie mit Sand, bis sie so glänzte, dass sie rotgelbe Flecke aus Licht auf uns warf und uns blendete, wenn wir sie in die Sonne hielten. Der Schmied bohrte mit einem spitzen Stein ein Loch in den Schmuck, und gerade als der Freund des Steinschneiders ihm einen Lederriemen reichte, trat die Zauberin aus dem langen Haus. Sie gähnte, kratzte sich unter den Brüsten, nahm ihre Keule und humpelte neugierig näher.

Der Schmied kniete neben dem Stein, senkte den Kopf, und mit einer Handbewegung bedeutete er den Umstehenden, die Zauberin hindurchzulassen. Sie traten beiseite, öffneten ihr einen

Weg, und die Zauberin erschrak ein wenig, als sie den Schmied so vor sich knien sah. Doch sie trat näher. Der Schmied blickte sie von unten an. »Du bist die große Zauberin, ich bin dein. Du hast mich gerettet. Der erste Schmuck aus Sonnenstein soll dir gehören.« Nach diesen Worten senkte er den Kopf und reichte ihr den Schmuck. »Dort, wo ich herkomme, ist die Schnecke ein Zeichen für gutes Denken und Freude.«

Die Zauberin errötete. Jeder spürte nach dieser Nacht, dass der Schmied sich erheben sollte und die Zauberin ihm danken musste. Der Schmied war der größere Zauberer. Das wusste auch die Zauberin. Sie hatte gesagt, dass dem Schmied die Sonnensteine nicht gelingen würden. Wenn sie jetzt den Schmuck nahm, dann sagte sie damit jedem von uns, dass alles, was in den letzten Tagen gegen ihren Willen geschehen war, gut war. Dass man Frühlingssteine holen durfte, ohne den Schutzzauber zu haben. Dass auch der Schmied eine Zaubertrommel schlagen durfte und dass schließlich der Sonnenstein etwas Gutes war.

Sie wählte die Schnecke. Weil sie nicht mehr anders konnte. Weil wir sie vertrieben hätten, wenn sie den Sonnenstein verflucht hätte. Sie hängte den Schmuck um ihren Hals und lächelte. Die Schnecke aus Sonnenstein glänzte hell zwischen ihren faltigen Brüsten. »Du kannst wieder bei mir wohnen, Schmied. Mach uns Sonnenstein.«

Später schenkte mir der Schmied das erste Messer, die Schneide hatte einen guten Griff aus Leder. »Du hast mich mit deinen Männern vor den Wölfen gerettet«, sagte er. Er hatte es nicht vergessen. Mein Messer aus Stein gab ich den Söhnen zum Spielen.

Wir liebten den Schmied. Wer mir damals gesagt hätte, dass ich eines Tages den Schmied erschieße, den hätte ich getötet. Mit dem ersten Schnitt hätte ihm das neue Messer die Kehle durchtrennt.

13

Zwei volle Monde später wusste unsere Talsippe nicht mehr, wie man ohne Sonnenstein leben konnte. Inzwischen waren zwei Brenngruben angelegt worden, die Feuer gingen nicht mehr aus. In der größten Grube wurde nur Holzkohle gemacht, unsere Vorräte an trockenem Holz waren schnell aufgebraucht, sodass vier Männer nichts anderes taten, als immer wieder altes Holz aus dem Wald heranzuschleppen. Zwei Männer wechselten sich an der Grube ab, damit sie rechtzeitig abgedeckt wurde. Das Holz durfte nicht zu Asche verbrennen.

In der zweiten Grube wurde Sonnenstein geschmolzen. Aus dem Pfad hinüber zur Schlucht der Frühlingssteine war schnell ein breiter Weg geworden. Niemand fragte mehr die Zauberin nach einem Schutzzauber, wenn er sich zur dunklen Talseite aufmachte. Der Schmied hatte dem Steinschneider gezeigt, wie er aus zwei Ästen, einem Rad und einem Fell einen Schiebewagen bauen konnte. Jetzt trugen zwei Männer die Frühlingssteine aus der Schlucht hinunter zum Rand der Wiese. Dort lud ein Mann die Steine auf den Wagen, schob sie durch den Fluss und bis zu unseren Feuern. Dafür hatten wir den Weg gerade gemacht, Stufen eingeebnet und die flache Stelle im Fluss von den Steinen gesäubert, sodass jetzt jedes Kind durch den Fluss gehen konnte. Warum hatten wir das nicht schon früher getan? Wir hätten das getötete Wild nicht mehr über die ganze große Flusswiese tragen müssen.

Nur den Ton mussten wir mühsam weiter mit den Tragen heranschleppen. Immer wieder machten sich die jungen Männer auf den Weg, verbrachten eine Nacht in der Siedlung der Fischer, die ebenfalls wuchs und inzwischen von einer Wand aus Baumstämmen geschützt war. Sie tauschten nicht mehr Fisch gegen Fladen, sondern gegen Messer, Nadeln, Fischspeere, große

Haken, um die Fische in den Rauch zu hängen, kleine Haken, mit denen sie die Fische angeln konnten. Die Sonnensteine funkelten unter dem Wasser, sodass die Fische anbissen. Sie wurden dann mit einer Leine aus dem See gezogen. Oft zappelten fünf oder sechs Fische daran.

Bei uns in der Schmelzgrube hatten wir eine Schale geformt, in die der Sonnenstein hineinfließen konnte. So verschwand er nicht mehr in der schmutzigen Asche. Die Schalen waren so geformt, dass wir sie gut mit den Ästen greifen konnten. An den Gruben arbeiteten drei Männer, und die kleine Sippe unserer Hochebene war zu den Feuern gezogen, ein Unterstand war gebaut worden, aus dem jetzt ein Haus wurde. Die Frauen sorgten für Fladen und Grütze, die Söhne waren jetzt zu Jägern geworden und holten Fleisch heran, denn die Väter mussten Sonnenstein machen. Selbst Regen konnte diese Arbeit nur für kurze Zeit unterbrechen. Die Glut war so stark, dass auch ein Gewitterguss sie nicht zum Erkalten brachte. Es zischte ein wenig weißer Rauch auf, danach musste etwas Holz nachgelegt werden, und es ging weiter.

Niemand dachte mehr an die Zauberin oder an das Honigfest. Der Schmied wusste, was zu tun war, damit wir viele Sonnensteine gießen konnten. Er sagte uns, was wir tun sollten. Wir taten es und staunten immer wieder, dass alles, was er von uns wollte, am Ende einen Zweck erfüllte: ein neues Werkzeug, eine neue Gussform. Eines Tages ließ er uns zwei lange, merkwürdig zueinander geformte Stäbe aus Ton formen. Wir hatten keine Ahnung, was er mit ihnen machen wollte. Er versuchte es zu erklären, doch wir konnten ihn nicht verstehen. Als die Stäbe erkaltet waren, bohrte er ein Loch in jeden Stab und verband sie durch ein Stück Sonnenstein. So, dass sich die zwei Stäbe bewegen konnten. Er hatte drei Teile gedacht, gegossen, miteinander verbunden – und nannte es »Zange«. Damit konnten wir sicher in die Glut fassen, die Formen und die Brennschalen greifen und sie aus dem Feuer herausholen. Schnell musste man sein, damit die Zange aus Sonnenstein nicht selbst schmolz.

Zu mir sagte er immer wieder, woher er das alles wusste: Im Warmland baut man das so. Das wird im Warmland so gemacht. Im Warmland …

Er schien nicht müde zu werden. Alle Frauen der Talsippe bewunderten ihn dafür, und so schlief er oft in anderen Hütten. Die Zauberin war traurig darüber, die Männer beneideten ihn darum, und manche drängten auch ihre Frauen dazu, den Schmied über Nacht in ihr Haus zu holen, um an Gegenstände aus Sonnenstein zu gelangen. Meist waren es Schmuckstücke, die der Schmied am Morgen bei den Frauen zurückließ. Die Frauen dachten sich selbst neue Schmuckstücke aus und brachten immer wieder neue Formen aus Ton zur Schmiede.

Die Talsippe lernte in diesen Tagen viele neue Worte: Hammer, Gussform, Rohr, Schaft, Heft, Stiel, Keil, Meißel. Wir lernten auch, die Hitze einzuschätzen, sodass wir den Sonnenstein zum Glühen bringen konnten, ohne dass er schmolz. Dann konnten wir ihn schmieden. Wir machten viele verschiedene Messer: große zum Jagen oder kleine zum Schnitzen.

Ein großes, sehr schweres Messer nannte der Schmied »Schwert«. Es bekam einen Griff aus gutem Holz und wurde auf zwei Seiten der Schneide scharf geschliffen. Es war zum Schlagen gedacht, und als er einen dicken Ast an einem Baum mit einem Hieb abschlug, stellten wir uns vor, wie gut wir uns damit gegen Kerr und seine Hundesöhne wehren konnten.

Das Schwert ist eine schnelle Waffe. Abends am Feuer probierten es meine Söhne aus. Wer damit kämpfte, der musste nur ein, zwei Keulenschlägen oder den Hieben mit dem Spieß ausweichen und dann schnell ganz nah an seinen Feind herankommen. Dann konnte man ihm das Schwert in den Körper rammen: in den Bauch, in den Rücken, in den Hals oder ins Herz. Wer ein Schwert hatte, der konnte gut töten. Wenn beide ein Schwert hatten, war das schwieriger.

Der Steinschneider hatte bisher viel Zeit damit verbracht, ein Loch durch einen Stein zu bohren, damit man einen Stiel hindurchstecken konnte und so eine gute Keule oder eine Axt erhielt. Jetzt wurde dieses Loch schon beim Guss in den Axtkopf eingepasst. Ein Mann hielt den Stiel beim Guss an die richtige Stelle, der Sonnenstein floss herum. Wenn er ausgehärtet war, war der Stiel an dieser Stelle verbrannt – aber die Axt hatte ihre Öse genau an der richtigen Stelle. Der Freund des Steinschneiders freute sich, denn das Bohren dieser Löcher hatte ihm bisher die meiste Kraft geraubt, und oft waren die Leute zurückgekommen – in der einen Hand den Stiel, in der anderen die Axt. Jetzt passte der Stiel genau in die Axt hinein, und wenn man die Axt ins Wasser legte, drückte sich der Stiel so fest in die Axt, dass die beiden Teile wie zusammengewachsen waren. Ein Keil aus Stein sicherte die Axt zusätzlich auf dem Stiel. Mit diesem Werkzeug konnten die Männer im Wald mehr Holz fällen – für die Schmelzfeuer der Schmiede.

Eines Abends hatte der Schmied eine neue Form gemacht: eine flache runde Scheibe. Mit einer Zange hielt er sie ins Feuer und brachte sie zum Glühen. Dann legte er sie auf einen runden Stein und begann, die Scheibe mit dem Hammer um den Stein herum zu formen. Unter ganz vielen leichten Schlägen legte sich schließlich der weiche Sonnenstein um den Stein. Eine große rotglänzende Schale war entstanden. Er formte noch einen runden Rand und einen flachen Boden, damit sie sicher stehen konnte. Eine Schale, die ganz dicht war, nicht zerbrach und ein Holzfeuer überlebte. Man konnte damit backen, braten, kochen – mitten im Feuer. Der Steinschneider hatte wieder zugesehen. Er griff sich den Hammer, und schon nach wenigen Tagen war er so geschickt, dass er begann, die Schalen mit Mustern zu verzieren.

Ich habe in dieser Zeit ein neues Denken gelernt. Wenn es geschah, dass ich ratlos wurde, dann ging ich nicht zum Schmied und fragte ihn. Ich sah mir an, was mich ratlos machte, drehte und wendete Teile in der Hand, griff nach anderen Teilen und dachte, was ich wohl tun könnte. Ich schob Teile ineinander, schnitzte mir neue Dinge, überlegte mir Formen, die mir helfen konnten. Wenn diese Dinge dann zerbrachen, dachte ich, wie sie denn sein müssten, damit sie nicht mehr zerbrechen. Und ich fing wieder an zu denken. Bis mich der richtige Gedanke fand. Zumeist traf er mich wie ein kleiner freundlicher Hieb. Er scheint von außen zu kommen, nicht aus meinem Kopf. Ich mag das sehr.

Obwohl die Fischer einen Tagesweg entfernt lebten, machten wir uns oft auf den Weg zu ihnen. Wir nahmen Sonnenstein-Dinge mit und brachten Ton zurück. Die Fischer hatten das lange Haus und die Wand aus Holzstämmen fertig gebaut. Sie brauchten Waffen, denn sie hatten nachts wieder Feuer in den Bergen gesehen. Als wir ihnen Schwerter brachten, glänzten ihre Augen. Damit konnten sie die Hundesöhne bis an die Wand herankommen lassen und sie dann töten. Jetzt mussten sie noch ihre Pfeile fürchten. Doch da half nur Wachsamkeit.

Auf dem Weg durch das Tal kamen die Leute hinunter zum Flussweg. Sie bewunderten unsere Messer und Äxte, wiegten sie in der Hand und fragten uns, was wir dafür haben wollten. Wir bekamen so viel Mehl geboten, dass unsere Frauen kein Korn mehr reiben mussten. Das ganze Tal brachte uns mehr, als die Leute unserer Hochebene gebrauchen konnten: Felle, Holz, Bohnen, Fleisch. Drei junge Männer boten uns Fisch. Sie würden ihn am Morgen von den Fischern aus dem See holen lassen und ihn bis zum Abend zu uns bringen. Aber es gab auch Frauen, die uns anboten, drei Tage Korn zu reiben, wenn sie dafür ein Messer, ein Schmuckstück oder eine Schale bekämen.

Wer zu den Schmieden gehörte, wer beim Guss des Sonnensteins dabei war, der konnte alles haben, was er wollte. Alle Männer wollten dabei sein.

Es gab junge Frauen, die uns Schmiede auf die Flusswiese zogen und sich klatschen ließen, um nicht Korn reiben zu müssen. Wir gaben ihnen Sonnenstein dafür, die Stücke wurden immer kleiner. Und doch kamen immer mehr Frauen zu uns, sogar von Ummas Sippe aus dem Nordtal.

Ein alter Mann war eines Tages zu uns gekommen, niemand wusste, woher. Er war hager und voller Narben, schweigsam, aber ein guter Mann am Blasebalg. Er schickte alle jungen Frauen weg und nahm sich alte Frauen, die von weither gekommen waren und für ihre Sonnensteine lieber Korn reiben wollten. Sie wehrten sich, aber genau das gefiel ihm. Er klatschte sie derb, bis sie weinten. Wenn er genug von ihnen hatte, warf er ihnen nur ein Stück Sonnenstein hin. Wir mochten den Alten nicht, nicht nur die Kinder hatten Angst vor ihm.

Eines Abends hörten wir Schreie von der Flusswiese. Aber es war nicht eine Frau, die da schrie, sondern er. Als wir ihn fanden, schrie er nicht mehr. Er lag röchelnd auf einer Frau, hatte sich mit den Händen an den Hals gegriffen, und zwischen seinen Fingern spritzte Blut hervor. Als der Tod ihn erreicht hatte, rollte ihn die Frau von sich weg. Sie heulte vor Wut, spuckte den alten Schmied an und rammte das Messer noch einmal in den leblosen Körper. Dann stand sie auf und fiel gleich vor uns wieder auf die Knie. Sie weinte und lachte, verfluchte den alten Schmied. Die Frau sah furchtbar aus mit all dem Blut, auch mit ihrem eigenen, das ihr aus der Nase und aus einer großen Wunde an der Stirn lief. Und mit dem Blut des alten Schmiedes, das sich über sie ergossen hatte. Wir umstanden sie ratlos.

Plötzlich war die Zauberin unter uns. Einen Augenblick war auch sie unsicher, was sie tun sollte. Dann trat sie auf den Toten zu, hob seinen linken Arm hoch und blickte in seine Achselhöhle. Sie fluchte leise.

Die Zauberin half der Frau beim Aufstehen und brachte sie zum Wasserfall. Ihre blutige Kleidung warf sie in die Glut der Brenngrube, ein neuer Mann setzte sich an den Blasebalg und heizte die Glut gelb, bis die Felle Feuer fingen und sich in stinkenden Rauch verwandelten.

Den alten Schmied vergruben wir dort, wo er gestorben war.

Als die Sonne über den Bergen aufging, war die Zauberin wieder unter uns. Wir sprachen nicht mit ihr. Wir fragten nicht nach der Frau. Wir forderten keinen Strafzauber. Hatten wir nicht alle Angst verspürt vor dem Alten? Was wäre gewesen, wenn ihm die fremden Frauen nicht mehr genügt hätten? Hätte er sich dann unsere Frauen genommen? Und hätten wir Männer dann die Kraft gehabt, ihn zu töten? Der alte Mann war getötet worden, und das war gut. So gut, dass niemand mehr darüber redete. Nicht an diesem Tag und später auch nicht.

Ich habe die Frau am Nachmittag noch einmal gesehen, als sie das lange Haus verließ. Sie erschrak, als sie mich sah. Ich hob nur die Hände und blickte sie ruhig an. Ich würde ihr nichts tun, niemand von uns. Sie ging verlegen an mir vorbei, zurück zu ihrer Sippe. Die Zauberin trat nach ihr aus dem Haus und lächelte mich an. Wir verstanden uns. Auch ohne Worte. Wir wussten nicht, ob jemand kommen würde, um den alten Mann zu rächen, aber wir würden die Frau nicht verraten.

Die Zauberin hatte eine andere Stärke wiedergefunden. Sie war jetzt beim Schmied, und zusammen waren sie stark, es schien, als gäbe der Schmied ihr von seiner Stärke ab, sodass sie auch nicht mehr humpelte und wieder ihren ruhigen, geraden Blick bekam.

Abends sah ich, wie sie mit dem Schmied sprach. Der sah sich die Männer an den Brenngruben und auf den Wegen zur Frühlingsstein-Schlucht genau an. Er redete unauffällig mit ihnen, fragte sie, wo ihre Frauen lebten, ob sie Kinder hatten. Zu allen war er freundlich, er legte ihnen die Hände auf die Schultern, und keiner von ihnen spürte, dass sie alle geprüft wurden. Alle arbeiteten für den Sonnenstein, und wenn die Tage auch schwer waren, so war doch das Ansehen der Schmiede in der Talsippe so groß, dass immer wieder Männer ihre Frauen verließen, zu den Brenngruben kamen und zu helfen suchten. Bis sie auch am Abend blieben und man ihnen Fladen, Grütze und Fleisch gab, damit sie sich stärken konnten für den nächsten Tag. Dann gehörten sie dazu.

Als sich eines Tages Gewitterwolken über dem Tal zusammenzogen, ließ der Schmied Holz auf die Glut legen, sodass die Feuer aufloderten und die Schmiede erleuchteten. Er trat feierlich zu den Brenngruben und hob die Hände. Alle sollten ihm zuhören. Er hatte Zauberschmuck angelegt, wie ich ihn noch nie gesehen hatte. Sonnenstein schmückte seinen Kopf, den er geschoren und mit Asche weiß gefärbt hatte. Sein Körper war gelb, seine Rippen hatte er mit roter Farbe nachgemalt. Stirn und Schultern waren von Platten aus Sonnenstein bedeckt. Aber am meisten Angst machte uns seine neue Waffe. Er stützte sich auf einen Speer, der in einer riesigen glänzenden Spitze aus Sonnenstein endete – so groß, dass er dieser Spitze auch eine Schneide angeschliffen hatte. Wir hatten nicht gesehen, wann er diesen scharfen Spieß gegossen und geschmiedet hatte. Es schien uns, als könnten dem Schmied kein Schwert und keine Klinge etwas anhaben, solange er diesen furchtbaren Spieß in der Hand hielt.

»Männer«, rief er. »Männer! Heute könnt ihr alle zu Schmieden werden, so wie ich einer bin. Wir Schmiede gehören Heo! Wir Schmiede haben den Schutzzauber und sind immer auf Heos Talseite willkommen! Niemand braucht mehr Angst zu haben im Schatten der Berge.«

Aus dem langen Haus war die Zauberin hinzugetreten, auch sie in weißer Farbe, mit roten, irren Augen und in vollem Schmuck. Sie trug die Trommel des Schmiedes, die Knochen waren aus ihrem Haar verschwunden, jetzt waren dort Schnecken und Schlangen aus Sonnenstein hineingebunden. Auch ihre alte Keule hatte sie mit Ringen aus Sonnenstein verstärkt.

»Ich komme von Ala«, rief sie – und in diesem Augenblick erhob sich der Wind, der dem Regen und den Blitzen von Heo und Ala voranging. »Ich komme von Ala – und ihr alle sollt heute geprüft werden! Ob ihr gut genug seid, um Heos Schmiede zu sein!« Sie umrundete mit dem Schmied die Brenngruben und ließ uns zurücktreten. Der Regen brach mit aller Macht auf uns nieder und in die Glut der Brenngruben, sodass weißer Rauch zischend aufstieg und vom Wind sofort verweht wurde. Die ersten Blitze zuckten in der Ferne, und der Donner brach sich dröhnend an den Felsen. Wir hatten Angst. Ohne dass der Schmied es gesagt hatte, wussten wir: Wer jetzt weglief, der würde vor Heo nicht bestehen.

Die Zauberin zeichnete mit ihrer Keule einen Kreis um die Brenngruben, inzwischen waren Heo und Ala uns ganz nah und warfen Feuersteine an die Felsen, dass es krachte. Wir standen im Regen, von den Gruben stieg weißer Dampf auf. Dann war der Wind weg. Der Regen rauschte ruhig, immer wieder unterbrochen von Donner und Blitz. Wir begannen zu frieren. Die Zauberin stand zwischen den Brenngruben und schlug die Trommel, der Schmied tanzte im Kreis, und wieder einmal ahnte nur ich, dass auch das ein Zauber ohne Zauber war. Was wollte der Schmied? Wie konnte er Heo und Ala zu sich rufen, obwohl er nicht an sie glaubte? Zusammen mit der Zauberin? Wie konnte ich mich verzaubern lassen – wenn ich daran dachte, dass es Heo und Ala gar nicht gab?

Ohne dass er es uns gesagt hatte, waren wir an den Kreis getreten. Die Zauberin und der Schmied tanzten an uns vorüber, beide wirbelten ihre Waffen um sich. Die Trommel schwieg jetzt, es war ihr Gesang und ihr stampfender Tanz durch den aufgeweichten Boden der Schmiede, der auch auf uns überging. Wir hatten keine Angst mehr vor den Blitzen, wir hörten kaum noch die Donnerschläge.

Der Schmied rief Heo um Hilfe an: »Heo, wie sollen wir erkennen, wer gut ist und wer nicht? Heo, führe uns!« Dann zuckten ihre Körper, ihre Augen drehten sich nach oben, sodass das Weiße sichtbar wurde. Heo war in ihnen. Er war auch in uns. Mein Oberkörper zuckte, die Keule der Zauberin und der Spieß des Schmiedes wirbelten vor meinen Augen.

Ein Schrei.

Wir erstarrten.

Dann fuhr der Spieß des Schmiedes auf den Mann herunter,

der neben mir stand. Die Schneide schlitzte ihm den Bauch auf, und bevor das Innere herausquellen konnte, hatte ihm ein zweiter Hieb den Hals durchtrennt. Auf der anderen Seite des Kreises hatte die Zauberin einem Mann mit ihrer Keule den Schädel zertrümmern wollen. Doch der Hieb war entweder nicht gut gezielt oder er kam nicht überraschend genug. Der Mann war nicht tot. Er kniete vor der Zauberin und blickte sie verwundert an. Da war schon der Schmied neben ihr und zog auch ihm die Klinge seines Spießes durch den Hals. Die Zauberin holte noch einmal aus – diesmal traf sie besser. Es knirschte dumpf. Der Körper zitterte, die Beine bewegten sich, als ob der Mann noch weglaufen wollte. Dann war er ruhig.

Nur zwei Atemzüge lang blickten die Zauberin und der Schmied sich an. Dann fuhr wieder ein Blitz herunter, der Donner rollte über uns hinweg. Keuchend nahm die Zauberin die Trommel, und während die beiden Männer zwischen uns verbluteten, nahm sie den Takt wieder auf, tanzte am Kreis entlang, suchte unsere Blicke, lenkte sie auf den Schmied, der mit seinem blutigen Spieß zwischen den Brenngruben stand, die Arme in den Regen gereckt. »Danke, Heo!«, sang er. »Danke, Heo! Ist noch einer unter uns, der nicht Schmied sein darf?«

Wir hätten weglaufen können, aber wir blieben alle stehen. Die Zauberin tanzte an den Männern entlang. Statt ihrer Keule hatte sie nur noch die Trommel in der Hand. Sie tanzte vor jedem Mann, die Augen geschlossen. Sie trat zurück – und der jeweilige Mann überschritt die Linie, trat in den Kreis zum Schmied. Der ritzte jedem von ihnen mit einer Klinge ein Zeichen aus drei Strichen in den Oberarm. So standen bald alle Männer im rauschenden Regen, das Blut lief ihnen den Arm hinab. Aber sie umarmten einander, spürten keine Schmerzen und begrüßten jeden Neuankömmling fröhlich in ihrer Runde. An diesem Abend lag Heos Frieden über uns. Wir waren so froh, als sähen wir uns zum ersten Mal. Jemand legte Süßrauchzweige ins Feuer, ein paar rote Pilze machten die Runde.

Niemand fragte nach den beiden Toten, niemand fragte, warum Heo zwei Männer für schlecht befunden hatte und warum sie nicht weggeschickt, sondern getötet worden waren. Er würde seine Gründe haben. Der Schmied war ein Zauberer. Er konnte über die Glut gehen.

Schließlich ging der Schmied zu den Toten. Er drehte sie auf den Rücken, hob ihren linken Arm und zeigte auf eine auffällige kreisrunde Narbe, die sie beide an der gleichen Stelle an der Innenseite ihres Oberarms trugen, fast in der Achselhöhle.

»Hundesöhne. Diese beiden hier und der Alte, den die Frau getötet hat.« Diese kreisrunde Narbe war ihr Zeichen. Nur wer diese Narbe trug, gehörte zu Kerrs Männern. Man konnte sie lange Zeit gut verbergen, und wer nicht wusste, wonach er suchen musste, dem blieb die Narbe entweder verborgen, oder sie konnte mit einem Unfall in der Jugendzeit leicht erklärt werden. »Wenn den Jungen der Bart zu wachsen beginnt, dann bekommen sie das Zeichen eingebrannt. Wenn Kerrs Männer einen Mann treffen, der das Zeichen nicht trägt, wird er getötet. Sie würden auch jeden Mann töten, dessen Narbe noch rot ist.«

Der Schmied blickte in die Runde. »Die Zauberin weiß es, Umma weiß es, ich weiß es. Jetzt wisst ihr es auch, damit ihr wachsam sein könnt. Bis heute wussten die Hundesöhne nicht, dass wir ihr Geheimnis kennen. Aber wenn diese drei Männer nicht zu Kerr zurückkommen, dann werden sie es ahnen.«

Er musste nichts weiter sagen. Es würde Krieg geben.

Wir warfen die Toten auf die Brenngruben, schichteten neue Holzkohle über sie und bliesen die Glut gelb. Der Wind stand günstig. Er schob den schwarzen Rauch weg von den Häusern über das Tal in den Nachthimmel, der so sauber gewaschen war vom Regen. Es dauerte lange. Wir saßen am Feuer, sahen auf die brennenden Körper und überlegten, was wir tun konnten. Die Hundesöhne wollten hinter das Geheimnis der Sonnensteine kommen, und wenn nur einer dieser drei Männer zu seiner Sippe gelangt wäre, dann wüsste Kerr jetzt, wie man aus den

Frühlingssteinen Sonnenstein macht. Wie man die rote Glut gelb blasen kann und dass man sie mit Erde zudecken muss, wenn der Sonnenstein aus dem Frühlingsstein fließen soll. Frühlingssteine gab es im Südtal, mehr als in unserer Schlucht. Wenn sie Sonnensteine machen konnten, dann würden die Hundesöhne bald furchtbare Waffen haben, die denen der Fischer mindestens ebenbürtig wären. Sie würden Mehl und Fleisch bekommen, ohne jagen zu gehen. Sie würden neue Männer bekommen, neue Frauen und irgendwann auch Kinder. Kerr hatte das erkannt. Für ihn gab es nur den Sonnenstein oder den elenden Tod der ganzen Sippe. Vielleicht war das Zeichen unter dem Arm schon längst nicht mehr wichtig für sie. Vielleicht waren die Hundesöhne inzwischen so wenige, dass sie jeden aus ihrer Gruppe kannten.

Natürlich konnten sie auch Sonnenstein erbeuten. Wie sie Schmuck und Schalen aus Sonnenstein zu Waffen umschmelzen konnten, das wussten die Hundesöhne. Aber dazu mussten sie ihr Tal verlassen und sich bei ihren Raubzügen unseren Waffen aussetzen. Sie würden ihren Sonnenstein eintauschen müssen. Gegen das Leben ihrer Männer. Für uns waren die Hundesöhne damals die Todfeinde. Wir hatten Angst vor ihnen. Wir durften nicht mit ihnen reden, denn so nah konnten wir ihnen nicht kommen, wenn wir nicht durch ihre Waffen sterben wollten. Dabei war der Feind mitten unter uns. Aber das sollte ich erst erfahren, als es zu spät war.

Endlich zerfielen auch ihre Knochen in der Glut. Die beiden Hundesöhne waren verschwunden. Restlos. Als hätte es sie nie gegeben.

Wir waren jetzt Schmiede. Jeder, der von jetzt an zu uns gehören wollte, musste in den Kreis treten und wurde von uns als Sonnenstein-Schmied aufgenommen. Er durfte unsere Geheimnisse teilen und musste sie bewahren. Das Wissen, wie man Sonnenstein macht, war jetzt ebenso wichtig wie der Sonnenstein selbst. Jedem, der am Sonnensteinmachen beteiligt war, ging es gut. Ob er als Köhler arbeitete, Frühlingssteine aus der Schlucht zu den Brenngruben trug oder nur die Fladen buk für die Männer an der Grube. Der Schmied hatte uns Glück gebracht. Er wusste, wie man schnell viel Sonnenstein machen konnte, und er hatte uns verziehen, dass wir über ihn gelacht hatten, als er seinen ersten Sonnenstein aus der Asche unseres Feuers gesammelt hatte. Er war nicht einer der unsrigen geworden, sondern wir zu seinem Volk. Selbst die Zauberin arbeitete für ihn, auch wenn er nicht mehr im langen Haus schlief. Er hatte sich ein eigenes Haus gebaut. Nein, er hatte es bauen lassen. Viele hatten ihm geholfen dabei. Sie bekamen Sonnenstein-Dinge dafür. Sein scharfer Spieß lehnte neben dem Eingang. Niemand rührte ihn an. Nicht einmal die Kinder.

14

So waren der Sommer und die Ernte vorbeigegangen, ohne dass ich auch nur für einen Tag die Brenngruben verlassen hatte. Schlachten, jagen, nähen, kochen, sammeln, Korn reiben – nichts von alldem, was wir noch im letzten Jahr gemeinsam getan hatten, taten wir mehr selbst. Auch die schwerste Arbeit erledigten nun andere Männer. Sie klopften von morgens bis abends Frühlingssteine klein, das Geräusch, das die Frauen an den Reibesteinen machten, mischte sich mit ihren Schlägen. Hatten wir zu Anfang noch am Mittag ausgeruht, so arbeiteten wir jetzt den ganzen Tag über. Wir aßen im Stehen Fladen und Fleisch, wofür wir Sonnenstein gaben. Das war leichter als selbst zu backen und selbst zu jagen.

Wir standen an den Brenngruben und gossen hell gleißenden Sonnenstein in immer gleiche Formen. So nannte man uns bald »die Gießer«. Aus den gegossenen Stücken machten die einen Schmiede den Schmuck, zwei andere die Messer, wieder andere schäfteten Äxte und Hämmer. Der Steinschneider schärfte geschickt die Klingen der Messer und Schwerter, seine Freunde bauten die Griffe und nähten Scheiden aus Leder. Wir brauchten den Sonnenstein-Zauber nicht mehr. Der Sonnenstein war um uns, er war unser Leben geworden. Die Köhler gaben uns ihre Holzkohle nur noch, wenn sie Sonnenstein dafür bekamen. Die Frühlingsstein-Träger tauschten die Ladung ihres Karrens gegen Sonnenstein.

Wir Männer waren wie im Rausch. Wir redeten nur noch über Sonnenstein, Holzkohle, Ton, Gussformen. Wir machten Witze über die Männer, die neu zu uns gekommen waren. Wer zu uns gehören wollte, der musste zuerst unsere Scherze ertragen, Scherze, die auch wehtun konnten. Wir lachten über die Frauen, bei denen wir noch in der Nacht zuvor gelegen hatten. Selbst meine Söhne gehörten bald zu uns, ich redete zu ihnen wie zu den Männern, und sie fühlten sich wohl bei uns am Feuer. Ich kannte das aus meiner Jagdgruppe. Wenn wir Männer tagelang hinter dem Wild her gewesen waren und abends am Feuer saßen, dann redeten wir auch so. Frauen hätten uns nicht zuhören wollen. Ich glaube, umgekehrt redeten auch die Frauen nur für Frauenohren, wenn sie miteinander bluteten. Nur waren die Jagd oder das Bluten nach einigen Tagen vorüber. Wir kehrten zueinander zurück, und dann war alles gut. Doch die Brenngruben erloschen nicht, und die Frauen spürten, dass wir schwiegen, wenn sie uns Fladen und Fleisch brachten, und dass wir nur dann lachten, wenn sie nicht bei uns waren. Zuerst fragten Lona und die Große noch, ob ich am Abend mit den Söhnen zu ihnen kommen würde. Doch ich blieb am Feuer. Sie fehlten mir nicht.

Schließlich sah ich Lona und die Große nur noch selten. Wenn sie kamen, fragten sie nach Sonnensteinen, und ich gab sie ihnen. Lona hatte einen anderen Mann, das wusste ich. Ich wusste nicht, wer es war, und ich wollte es auch nicht wissen. Aber dass mir auch die Große nichts erzählte, machte mich traurig. Auch sie wollte nur noch Sonnenstein von mir. Wenn sie ihn bekommen hatte, ging sie wieder.

Selbst die Frauen, die in der Nacht zu uns unter die Felle krochen, nahmen nur Sonnenstein dafür. Wir Gießer gaben ihnen unsere einfachen Sonnenstein-Brocken, damit sie sich daraus von den Schmieden Schmuck oder Messer machen lassen konnten. Wenn sie drei oder vier von den Brocken gesammelt hatten, dann reichte es auch für eine Axt oder ein Schwert.

So dachten wir.

Aber der Sonnenstein wanderte, ohne dass er zu einem Schmuck oder zu einem Messer geworden war. Unsere Brocken stammten alle aus der gleichen Form, und immer mehr von ihnen kamen gar nicht bei den Schmieden an. Wir gaben sie nach einer Nacht den Frauen. Die gaben sie an die Frauen weiter, die Korn zu Mehl rieben. Die tauschten sie gegen Felle ein, gute Felle, die von den Hirten der Händlerwiese am Ausgang des Tales mitgebracht worden waren. Anfangs hatten die Hirten den Händlern noch Sonnenstein-Schmuck, Messer und Äxte zum Tausch angeboten. Doch die nahmen lieber die Sonnenstein-Brocken und zogen weiter. Auch ein Schutzzauber oder ein Heiltrank bei der Zauberin musste jetzt gegen Sonnenstein-Brocken eingetauscht werden.

Wir tauschten sie auch gegen die geräucherten Fische, die jetzt von jungen Männern täglich durch das ganze Tal getragen wurden. Sie gaben den Fischern einen Brocken für drei Fische. Wenn wir abends die Fische wollten, mussten wir ihnen für zwei Fische einen Brocken geben. Die Fische rochen zwar nicht so gut wie morgens am See, wo sie heiß aus dem süßen Rauch genommen wurden, doch sie waren immer noch gut. Wir gaben den Männern die Sonnenstein-Brocken, denn die Fischträger konnten uns auch immer berichten, was sich am See in der Fischerburg zugetragen hatte. Die Hundesöhne hatten sich zweimal bis auf einen Pfeilschuss genähert. Beide Male hatten sie dafür teuer bezahlt. Die Fischer hatten sofort zu ihren Waffen gegriffen, die Männer verfolgt und getötet. Am Anfang hatten die Hundesöhne vor ihren Überfällen Feuer in den Bergen gemacht und dort geschlafen. Doch diese Unvorsichtigkeit hatten sich die Fischer zunutze gemacht: Sie waren noch in der Dunkelheit aufgebrochen und hatten drei Hundesöhne in der Morgendämmerung getötet, bevor sie erwachen konnten. Das war gut.

Aber Kerrs Männer versuchten es auch an den beiden Talengen. Dort kamen sie unbemerkt bis an den Pfad heran und lauerten den Fischträgern auf, von denen sie wussten, dass sie jeden Tag dort entlanggingen. Die Zauberin hatte ihren Männern immer ein ganzes Rudel Hunde mitgegeben, die den Wald durchstöberten und dreimal Männer aus dem Südtal aufscheuchten, bevor die Fischträger in ihre Nähe gekommen waren. Die Hundesöhne hatten zwei dieser Hunde erschossen und ins Südtal fliehen können. Aber seither mieden die Männer auch diese Talengen.

In diesem Sommer füllten sich unsere Speicher wie von selbst mit Korn. Das ganze Tal half uns bei der Ernte, und wir gaben ihnen Sonnenstein dafür. Als schließlich doch noch ein Hagelgewitter niederging, waren unsere Felder bereits leer. Die beiden Zicklein, die es von der Flusswiese durch den Hagel nicht mehr in den Stall geschafft hatten, konnten wir schlachten. Es ging uns gut. So saßen wir am Abend fröhlich, satt und gewärmt um das Feuer. Noch im vergangenen Sommer hatte ein solcher Hagel die Hälfte der Ernte vernichtet. Wäre uns das auch vor dieser Ernte geschehen, hätte unsere Hochebene trotzdem die Speicher füllen können: Für Sonnenstein konnten wir alles bekommen. Auch Korn.

Die Zeit der Honigernte war heran. Den ganzen Sommer über hatte die Zauberin immer wieder nach den Bäumen gesucht, in denen die Bienen angesiedelt waren. Noch im vergangenen Jahr hatte sie geklagt: »Ich weiß nicht, wie ich im nächsten Sommer an den Honig kommen soll, ich bin zu alt geworden, um mit den jungen Männern durch die Felsen zu den Honigbäumen zu klettern.« Jetzt hatte sie Sonnensteine.

Die Frauen hatten gerade geblutet, als die Zauberin die jungen Männer losschickte. Sie zogen in den Wald, kletterten die Honigbäume empor und brachten – zerstochen und glücklich – der Zauberin die Bienenwaben ins lange Haus. Dafür nahmen sie Sonnensteine mit.

Im langen Haus war es stickig und heiß, selbst in der Nacht blieb es hier schwül. Jetzt verhängte die Zauberin sogar noch die Eingänge mit Fellen für ihren Honigzauber. Der Honig wurde aus den Waben gepresst, die großen Töpfe wurden noch einmal gewaschen, aufgestellt und mit Honig und Wasser gefüllt. Bis dahin durften die älteren Kinder mithelfen. Dann warf die Zauberin sie fröhlich aus dem Haus.

Das lange Haus begann zu duften. Nicht nur nach Honig, auch nach etwas anderem. Wir wussten nicht, was die Zauberin da drin machte, aber sie war in den Tagen vor dem Honigfest sehr fröhlich, brummte mit ihrer alten Frauenstimme merkwürdige Gesänge, und als der Schmied an einem Tag vorbeikam, sagte sie ihm, dass er sich bereithalten solle, sie beim Honigfest so oft zu klatschen, dass sich einen Mond lang sein Schwanz nicht mehr aufrichten würde.

Der Schmied antwortete mit einem stillen Lächeln, sodass alle um ihn und die Zauberin herum lachen mussten. »Dann koste nicht so viel vom Honig, Zauberin! Ich will nicht, dass du beim Klatschen einschläfst.« Ihr tiefes Lachen antwortete ihm. Und das Gemurmel aller, die dabeigestanden hatten.

Mit dem Duft aus dem langen Haus breitete sich auch eine heimliche Vorfreude auf der Hochebene aus. Die Frauen öffneten ihr Haar und warfen den vielen neuen Männern bei der Schmiede verführerische, einladende Blicke zu, sodass die Männer von der Arbeit abgelenkt wurden. Der Schmied verstand. Frohgemut ließ er die Brenngruben erkalten, die Schmelzschalen wurden aus der Glut geholt, die Werkzeuge beiseitegelegt. Er holte die Köhler dazu, sagte den Frühlingsstein-Trägern, dass sie sich auf das Fest vorbereiten sollten, und schließlich fanden sich alle Männer am Wasserfall ein. Das Zeichen, das der Schmied uns in die Schulter geritzt hatte, war bei allen gut vernarbt. Wir rieben uns mit Asche und Fett das Gesicht ab und legten uns vor den Steinschneider auf den flachen Stein, damit er uns die Haare scheren konnte – natürlich mit einem Messer aus Sonnenstein. Das war so scharf, und seine Hände waren so geschickt, dass wir alle ohne den geringsten Schnitt glatte Haut bekamen. Er schärfte das Messer an einem dicken Lederriemen und genoss die Nähe zu uns. Ich genoss sie auch. Denn wenn ich mir auch nicht vorstellen wollte, was er und seine Freunde in seinem Haus taten, so taten mir seine Hände auf meinem Gesicht doch wohl. Er schor mich besser als Lona, wohl weil er wusste, wie straff die Haut sein musste, wenn ein Messer scharf und gründlich über Wangen und Kehle glitt.

»Hast du die Pfeilspitze noch?«, fragte er mich. Ich erschrak.

Er lachte. »Du hast mir drei Töpfe dafür gegeben. Drei! Du bist bis zu den Fischern gegangen dafür. Das ist erst drei Monde her.«

Ich konnte es nicht glauben. Drei Monde, die mich und das ganze Tal so verändert hatten, dass wir uns kaum noch daran erinnern konnten, wie es vorher gewesen war. Lona hatte mich verlassen, und auch wenn ich mich dafür schämte, so wusste ich doch, dass es mir recht war. Ich hatte jetzt ein anderes Leben. Ich gehörte zu den Schmieden unseres Tales, und keiner von uns war je im Leben so reich gewesen. Keiner von den Schmieden hatte noch Frau und Kind. Entweder waren die Frauen gegangen, weil wir Schmiede in jeder Nacht bei einer anderen Frau liegen konnten. Oder die Schmiede hatten ihre Frauen weggeschickt und dazu die Kinder.

Wir Schmiede waren jetzt wie Brüder, wir lebten bei den Brenngruben, und so wie die Frauen alles gemeinsam taten, gemeinsam Korn rieben und auf den Feldern arbeiteten, so arbeiteten wir Männer gemeinsam. Mit einem Unterschied: Wir konnten nicht aufhören. Wir taten immer das Gleiche, und es schien kein Ende zu nehmen. Alle wollten immer mehr Sonnenstein haben, niemand hatte je gesagt, dass er jetzt genug davon hätte. Vor allem die vielen Waffen: Früher hatten wir gewartet, bis jemand ein Messer oder ein Schwert brauchte. Jetzt gossen wir an einem Tag drei Schwerter und wussten, dass es immer jemanden gab, der sie haben wollte. Der Schmied nahm sie mit und verteilte sie. Würde es immer so weitergehen? Kannst du es mir sagen? Gibt es jemanden, der sagt: Wir haben genug Sonnenstein, hört auf! Oder hört das erst auf, wenn es keine Frühlingssteine mehr gibt?

»Ja«, sagte ich. »Ja, Steinschneider, ich hab die Pfeilspitze noch. Die Zweige am Pfeilbusch müssten jetzt hart genug sein.« Er rief seinen Freund heran, flüsterte ihm etwas ins Ohr und schickte ihn weg.

»Du hast den Sonnenstein einen Scheißhaufen genannt, Steinschneider«, sagte ich.

»Ja«, sagte er und lachte leise. »Wir waren alle dumm.«

»Nein«, sagte ich. »Wir wussten nur zu wenig. Deshalb hat der Schmied gezaubert. Jetzt wissen wir es. Jetzt zaubert der Schmied nicht mehr.«

»Aber wie konnte er durch die Glut gehen? Er muss ein Zauberer sein.«

Der Freund des Steinschneiders trat heran und reichte mir mit einem Lächeln, was er in der hohlen Hand verborgen hatte: eine dreifach fein geflochtene, ganz dünne Ledersehne. »Für deine Spitze«, sagte er. »Damit sie fest sitzt. Das wird ein sehr guter Pfeil.«

Mit Leder? Das hatte ich noch nie versucht. »Ich sichere die Spitze immer mit einer Schnur aus Flachs«, sagte ich.

»Und wie oft bleibt die Pfeilspitze im Tier, wenn du sie rausziehst?«

Der Steinschneider hatte recht. Oft fand ich die Spitze erst wieder, wenn ich das Tier zerlegte.

»Du legst das Leder ins Wasser, sicherst deine Spitze damit, und wenn die Schnur trocknet, wird sie ganz fest.«

Ich nickte. Jetzt war die Zeit reif. Die Zweige des Pfeilstrauches waren nicht mehr grün, in der Schmiede hatten wir immer gutes Pech, und die Gänsefedern lagen bereit. Ich hätte auch zum Steinschneider gehen können, sein Freund hätte mir einen guten Pfeil gebaut. Aber nein, diesen Pfeil wollte ich selbst machen.

Meine Haut war glatt und schön, der Steinschneider hatte mir auch die Haare gekürzt. Ich erhob mich, rieb meinen Körper mit Asche ein und ließ das Wasser auf meine verhärteten Schultern und meinen Kopf prasseln. Das kalte Wasser tat wohl. Ich schrie vor Lust und Vorfreude auf das Honigfest. Vielleicht kam Lona zurück. Jetzt sehnte ich mich nach ihr. Aber ich würde nicht nach ihr suchen. Wenn Lona mich beim Honigfest fand, dann wusste ich, was ich tun würde. Schließlich hatte ich

Erfahrung darin, wo und wie ich sie anfassen musste, damit sie Lust bekam …

Ein paar junge Frauen hatten sich am Wasserfall eingefunden. Ich kannte zwei von ihnen, sie waren nachts zu mir gekommen. Ich erinnerte mich nicht an ihre Namen, nur an ihre Worte, mit denen sie mich in den Nächten so erhitzt hatten. Sie machten mir schöne Augen. Sie machten allen Männern schöne Augen, allen, die ihnen Sonnensteine geben konnten. Unsere Hochebene war in diesen schwülen Tagen voller Schweiß und Lust. Die Frauen rochen verlockend und süß. Ständig lag Süßrauchholz auf den Feuern. Ich bekam Hunger.

Ich sah den Schmied bei den Brenngruben stehen, gestützt auf seinen Spieß. Er sah ins Tal, hinüber zu den Felsen auf Heos Seite. Dort stieg Rauch auf, von einem Rastplatz unter einem Felsen, den wir kannten. Als ich zu ihm kam, erkannte er mich, ohne den Blick wenden zu müssen.

»Wenn ich unsere Hochebene überfallen wollte, dann würde ich es morgen tun.«

Ich hatte auch schon daran gedacht.

»Was wollen wir tun? Finden wir jemanden, der wach bleibt?«

»Wir werden wenigstens die Hunde auf die Flusswiese schicken.«

Ich nickte. Das würde einen Überfall der Hundesöhne zwar nicht verhindern, aber sehr schwer machen. Sie müssten die Hunde umgehen und in unsere Berge klettern. Wenn sie das schafften, hatten wir allerdings keine Möglichkeit mehr, uns zu wehren. Wenn sie vom Wald aus angriffen, hätten sie schon nach wenigen Schritten das lange Haus erreicht.

»Du meinst, dass sie so weit kommen?«, fragte ich den Schmied. »Es waren immer nur wenige. Und wenn sie sich so weit aus dem Südtal heraustrauen, können wir sie verfolgen.«

Der Schmied sah mich an. »Ich kenne sie. Sie sind verzweifelt. Kerr und seine Hundesöhne schaffen keinen weiteren Winter im Südtal, ohne Wild, ohne Korn. Uns morgen zu überfallen ist ihre letzte Möglichkeit. Ich würde Feuer ans lange Haus legen. Und dann jeden töten, der zu fliehen versucht.«

»Aber die anderen in der Talsippe würden das Feuer sehen und die Hundesöhne verfolgen.«

»Und wenn sie nicht weglaufen?«, fragte der Schmied. »Wenn sie hierbleiben, hier, wo sie alles haben, um den Winter zu überstehen?«

Daran hatte ich nicht gedacht. Von unserer Hochebene würde sie niemand vertreiben können. Hier hatten sie Vieh, Korn, Frauen, Kinder. Und sie hatten die Schmiede. Selbst wenn sie alle Männer töteten, könnten ihnen die Frauen jetzt zeigen, wie man Sonnenstein machte. Hier würde das Leben für sie nicht nur weitergehen, sie würden das Tal beherrschen.

Aber woher sollten sie wissen, dass wir morgen das Honigfest feierten? Darauf wusste auch der Schmied keine Antwort. Dann sah er mich an.

»Du denkst gut«, sagte er. »Du stellst gute Fragen. Willst du immer noch mit mir ins Warmland kommen?«

»Ja.« Darüber musste ich nicht nachdenken.

»Wir werden nach dem Honigfest gehen. Nur du und ich. Die Schmiede wissen, was hier zu tun ist.«

Ich nickte. »Wir gehen über die Eisriesen?«

»Nein. Wir gehen zwischen den Eisriesen hindurch.« Der Schmied lachte. »Komm, ich zeig dir was.«

Bevor ich es richtig begreifen konnte, war er wieder durch die Brenngrube gelaufen. Wo seine Füße hingetreten waren, glühte es rot aus der kälteren schwarzen Schicht hervor.

Er stand auf der anderen Seite der Brenngrube und winkte. »Komm. Das kannst du auch, das kann jeder. Das ist keine Zauberei.«

Ich hielt meine Füße über die Glut. Nein, unmöglich. Diese Hitze …

»Nicht zögern«, ermunterte mich der Schmied. »Lauf los. Vertrau mir.«

Ich tat es nicht. Ich konnte es nicht.

Die Sonne versank, kalter Schatten legte sich über Heos Berge. Weit oben in den Bergen stieg Rauch auf. »Das können auch Ummas Männer sein«, sagte der Schmied. »Sie kommen morgen zum Honigfest.«

Ich nickte. Ich wollte das flache Licht nutzen, um bis zum Abend meinen Pfeil zu bauen. Den richtigen Zweig vom Pfeilstrauch hatte ich mir schon lange ausgesucht, jetzt schnitt ich ihn ab. Er war gut und ließ sich leicht schälen. Heißes Pech vom weißen Baum war an den Brenngruben immer bereit. Ich summte bei der Arbeit. Die Federn ließen sich gut teilen, das Holz ließ sich gut über dem Feuer geradebiegen. Ich trieb die Pfeilspitze ins Holz, sicherte sie mit Pech, nahm die Sehne aus dem Wasser zwischen die Zähne und umwickelte Pfeilspitze und Pfeil. Der Schmied sah mir zu und fragte viel. Ich lachte ihn aus. »Hast du noch nie einen Pfeil gebaut?«

»Nein«, sagte der Schmied. »Noch nie.«

Ich wollte es ihm nicht glauben, aber er blieb dabei. Im Warmland, so erzählte er mir, gingen die Jäger auf die Jagd, die Bauern ließen das Korn wachsen, die Hirten weideten das Vieh, und er, der Schmied, stand an der Glut und schmiedete. »So wie es jetzt auch zugeht in eurem Tal«, sagte er. »So ist es im Warmland schon immer.«

Ich schüttelte den Kopf. »Ein Mann muss doch wissen, wie man einen Pfeil baut.«

Der Schmied zuckte nur mit den Schultern. Aber er freute sich daran, mir bei der Arbeit zuzusehen. Als ich schließlich die Federn mit einer Schnur im Pech befestigte, nickte er. Er hielt den fertigen Pfeil in der Hand. Bewunderte, wie gerade er geworden war, dann schob er die Pfeilspitze über die Glut, damit die Lederschnur sich zusammenzog und sich so fest um die Spitze legte wie bei keinem anderen Pfeil.

Die schillernden Federn, die schwere Spitze, der gerade Schaft – der Pfeil war wunderschön.

»Ja, das will ich auch können. Mit Pfeil und Bogen schießen«, sagte er. »Zeigst du es mir?«

Ich sagte nichts, holte nur den Bogen, legte den Pfeil in die Sehne, zog durch und ließ meinen Pfeil in die Flusswiese fliegen. Er surrte gerade, drehte sich gleichmäßig in der Luft und prallte selbst nach seinem langen Flug so dumpf am Boden auf, dass ich es hören konnte.

Ein sehr guter Pfeil. Ein Pfeil, wie ich noch nie einen gehabt hatte. Als wir ihn fanden, war er bis zur Hälfte in die Erde gedrungen und hatte keinen Schaden genommen.

Wir gingen hinüber zum Hirten und tauschten ein Tier gegen einen Sonnenstein. Auch er bewunderte den Pfeil und zeigte auf ein Lamm, das im Frühling geboren worden war und einen Pfeilschuss entfernt stand.

Ich zielte und schoss. Das Surren endete in einem kurzen Blöken, dann war Stille.

Der Hirte nickte bewundernd. Der Pfeil hatte nicht nur das Blatt durchschlagen und das Herz durchbohrt, er war auch an der anderen Seite des Tieres wieder ausgetreten.

Sollte ich für diesen Pfeil die Zauberin um einen Jagdzauber bitten?

Der Schmied blickte spöttisch, als ich ihn das fragte.

»Der Pfeil ist gut. Er wird durch den Zauber nicht besser.«

Weißt du, wir lachten damals. Wir ahnten beide nichts. Wir wussten nur: Pfeile, die schlecht trafen, waren furchtbar. Jeder Mann, der von einem Pfeil in den Körper getroffen worden war, wurde mit einem Schnitt durch die Kehle getötet. Oder mit der Keule erschlagen. Ob Freund oder Feind. So war es schon immer. Niemand sollte erleben, wie die Füchse und Wölfe sich an seinen Füßen und Händen sättigten. Pfeile in Armen und Beinen, vielleicht auch in der Schulter – das konnte die Zauberin heilen, wenn das Blut drinnen blieb. Aber ein Treffer in den Körper, in den Kopf oder in den Hals – und dann auf den sicheren Tod warten müssen? Verbluten? Oder sich noch tagelang mit der bösen Wunde quälen? Nein, schnell sollte es gehen.

Ich habe meinen schönen Pfeil nur noch ein einziges Mal benutzt.

Abends saß die Sippe wieder am alten Feuer vor dem langen Haus. Die Brenngruben waren niedergebrannt. Der Schmied und die Zauberin waren unter uns, meine Große rührte Grütze und sah zu mir herüber. Mein Pfeil ging von Hand zu Hand, der Hirte erzählte, wie ich das Lamm geschossen hatte. Er nahm es aus, reichte dem Schmied die Leber und zerteilte das Fleisch. Als der Duft sich am Feuer ausbreitete, näherten sich Schritte. Die Zauberin erschrak, der Hirte griff eine Keule, ich fasste den Bogen. Es waren die beiden jungen Jäger aus Ummas Tal. Sie keuchten, ihr Gruß war kurz. Sie wiesen hinüber zu dem Feuer in Heos Bergen. »Das sind die Hundesöhne. Viele. Nur Kerr haben wir nicht gesehen. Wir wollten auch dort unter dem Felsen schlafen und erst morgen über die Flusswiese kommen. Aber sie waren vor uns da. Sie haben uns nicht gesehen.«

Inzwischen war es dunkel geworden. Die Frauen reichten den Jägern Fleisch und Grütze, aber die Männer beachteten sie kaum. Wir saßen am Feuer, und die Freude auf das Honigfest am nächsten Abend war weg. Wir hatten Angst.

15

Vielleicht griffen sie gar nicht an? Vielleicht waren die Hundesöhne nur auf der Suche nach Wild über den Berg gekommen? Vielleicht waren sie schon morgen nicht mehr da?

Der Duft aus den Honigfässern wehte vom langen Haus herüber, aber wir konnten kein Honigfest feiern, solange wir bedroht wurden. Wir überlegten, was wir tun konnten. Der Schmied hörte zu.

Er schwieg lange.

»Kerr sucht mich«, sagte er schließlich. »Die Hundesöhne sollen mich töten, weil ich ihm nicht zeigen will, wie man den Sonnenstein macht.«

»Kannst du ihnen nicht Heos Todesfluch schicken, Schmied?«, fragte der Hirte.

Ich musste lächeln. Ich hatte gelernt, dass der Schmied über die Glut laufen konnte. Ich wusste nicht, wie. Aber ich hatte auch gelernt, dass er seine Zauber nur für uns machte. Damit wir ihm glaubten. Ich sah ihn an. Er glaubte nicht an Heo und Ala, an Jagdzauber und bestimmt auch nicht an den Todesfluch. Was würde er sagen?

Der Schmied nickte. »Daran habe ich auch schon gedacht. Aber Heo hat Nein gesagt. Er gab mir diese Kraft, um mich zu retten, als ich allein war. Jetzt habe ich Freunde und Waffen aus Sonnenstein. Er sagte, ich muss es allein schaffen.«

»Du allein gegen so viele?«

»Ja. Ein Kampf ganz ohne Zauber. Heo hat mir meine Kräfte noch nicht zurückgegeben.«

Er schwieg wieder.

»Wir wollen dich nicht verlieren«, antwortete ich schließlich. »Die Hundesöhne bedrohen auch uns. Sie haben die Fischer getötet. Wir brauchen dich hier, Schmied.«

Die Zauberin lachte rau. »Warum geht ihr nicht hinüber und tötet sie?«

Sie hatte wohl schon viel vom Honig gekostet.

Wir schwiegen. Die Hundesöhne töten? Das konnten wir nicht. Wir konnten nicht über die Flusswiese gehen. Sie würden uns sehen, und so hungrig sie auch waren, sie konnten besser mit ihren Bogen schießen als wir. Wir schüttelten die Köpfe.

Aber die Zauberin sprach weiter – und jetzt schien sie gar nicht mehr berauscht zu sein. »Der Mond geht auf. Wenn ihr in der Nacht geht, dann seid ihr dort, wenn die Hundesöhne noch schlafen. Ihr könnt den Weg sehen.« In der Nacht hinüber zu Heos Seite? Die Zauberin war es, die uns immer wieder davor gewarnt hatte. Jetzt riet sie uns dazu? »Ich habe mit Heo gesprochen. Er wird bei euch sein. Er will die Hundesöhne nicht in seinen Bergen. Der Schmied ist ein guter Krieger. Er wird euch anführen. Mit ihm werdet ihr sie alle töten.«

Der Schmied wandte sich Ummas Jägern zu. »Haben sie Hunde?«

»Nein. Sonst hätten sie uns bestimmt bemerkt.«

»Wie viele waren es?«

»Wir haben vierzehn gesehen.«

Der Schmied blickte zur Zauberin hinüber. Die lächelte ihn an. »Sie wissen nicht, dass Ummas Jäger sie gesehen haben. Sie werden schlafen. Wenn ihr schnell seid, wird die Hälfte von ihnen nicht einmal aufwachen. Wenn ihr vierzehn tötet, dann werden Kerr und die anderen Männer im Südtal den Winter nicht überleben können.«

»Wir sollen schlafende Männer töten?«, fragte ich erschrocken.

Der Schmied lachte leise. »Willst du sie vorher wecken? Du weißt doch, wie schnell sie die Fischer getötet haben. Nein, die Zauberin hat recht: Wir erschlagen sie, bevor sie aufwachen. Sie sind aus ihrem Tal gekommen. Sie suchen mich und drei ihrer Männer. Sie wollen den Sonnenstein, sie wollen unsere Kinder, unsere Frauen. Sie wissen nicht, dass wir sie entdeckt haben. Vielleicht sind es mehr als vierzehn. Wir können viele von ihnen schnell töten. Und viele von uns werden leben.«

Natürlich hatten die Zauberin und der Schmied recht. Die Hundesöhne waren aus ihrem Tal herübergekommen in unser Tal. Sie spielten mit dem Tod. Sie hatten den Krieg begonnen. Wir wollten ihn beenden. Wir könnten sie in ihrem Tal verhungern lassen. Aber das würde lange dauern. Der Hunger, die Angst und die Gier hatten sie dazu getrieben, diesen Fehler zu machen. Wir konnten sie töten, bevor sie uns töteten. Das war gut.

Doch da war etwas, vor dem wir alle sehr viel Angst hatten: Niemand von uns wollte im Schlaf sterben. Deshalb wollte auch niemand, dass andere im Schlaf sterben mussten. Aber wie der Schmied schon sagte: Vorher wecken wollten wir sie auch nicht. Sie sollten schnell sterben. Kein Kampf, keine Flucht. Nur Tod. Schnell und sicher.

»Ich weiß nicht, ob ich einen schlafenden Mann töten kann«, sagte ich.

Die Zauberin blickte mich an. »Die Frauen der Fischer sind vor deine Füße gefallen. Du hast ihre Söhne gesehen. Du wirst die Hundesöhne erschlagen, bevor sie erwachen. Ihr alle werdet es tun. Ihr werdet sie schlachten wie Schafe: einen Schlag auf den Kopf, dann das Messer durch die Kehle.«

Ich nickte. So etwas hatte ich schon getan. Mit angeschossenen Ziegen. Es war leicht. Bei Tieren. Man musste nur entschlossen sein und die ganze Kraft hineinlegen.

Aber selbst wenn unser Überfall glückte – würden dann nicht die verbliebenen Männer im Südtal noch verzweifelter sein? Und hungriger? Und entschlossener?

Doch jetzt war keine Zeit mehr zum Reden. Die Männer am Feuer hatten sich entschieden. Der Schmied erhob sich, griff sich den scharfen Spieß.

»Wer kommt mit?«

Ummas Jäger sprangen als Erste auf. Dann ich. Dann noch sechs, der Gerber war dabei und der Hirte. Meine Söhne standen auf. Ich konnte ihnen nicht sagen, dass sie hierbleiben sollten. Auch die beiden Freunde des Steinschneiders erhoben sich.

»Ihr habt noch nie getötet«, sagte der Steinschneider verzweifelt.

Die beiden blickten zärtlich auf ihn hinunter. »Wir müssen mitgehen. Wir kommen wieder.«

Alle blickten den Schmied an. Doch der wies zu mir herüber. »Ich bin ein Schmied. Das ist eine Jagd. Hört auf ihn. Mein Gießer wird euch heute Nacht führen. Er ist ein guter Jäger. Er kann gut denken. Ihr wisst, dass er euer Jagdführer ist.«

Jetzt richteten sich alle Augen auf mich. Ich blickte den Schmied an. Er blickte zurück, gerade in meine Augen. Ich verstand ihn. Ich wollte mit ihm ins Warmland. Er musste leben.

Auch meine Söhne sahen mich an. Ich öffnete den Mund, ohne zu wissen, was ich sagen sollte. »Wir werden sie töten«, hörte ich mich sagen. »Wir wollen keine Angst mehr vor den Hundesöhnen haben.« Das klang entschlossener, als ich es war. Die Männer antworteten mir mit einem verhaltenen Schrei, so als hätten uns die Hundesöhne unter dem Felsen hören können. »Aber der Schmied soll hierbleiben. Wir brauchen ihn. Ohne ihn gibt es keinen Sonnenstein.«

Der Schmied schwieg. Die Männer verstanden nicht.

»Wenn die Hundesöhne den Schmied sehen und nur einer von ihnen fliehen kann, dann werden sie wiederkommen. Dann werden sie wissen, wo er ist.«

Die Zauberin starrte mich böse an. Der Schmied schüttelte den Kopf. »Ihr schafft es nicht ohne mich. Ich muss mitgehen.«

Jetzt widersprachen ihm die Männer. Jetzt waren sie es, die ihm sagten, dass er bleiben sollte. Sie redeten auf ihn ein. Der Schmied wehrte sich, doch er stimmte schließlich zu. Er wollte hierbleiben, Heo noch einmal um Hilfe anflehen und seine wenigen Kräfte sammeln, um den Hundesöhnen einen Fluch zu schicken, der sie zwar nicht töten, aber verwirren und lähmen könnte.

Erst heute verstehe ich diese Zauberei. Der Schmied hatte erreicht, was er wollte. Er hatte uns in den Kampf geschickt, und wir hatten ihn gebeten, nicht mitzukommen. Was auch immer die Zauberin mit ihrer Trommel, mit Süßrauchholz, Kräutern und Pilzen für uns tat, der Schmied war der größere Zauberer. Er konnte uns verzaubern, ohne dass wir es merkten. Ich habe das damals schon gesehen. Ich hätte immer noch weggehen können. Die Zauberin hätte ihn erschlagen können. Aber er hatte uns verzaubert, wir hatten es gesehen, und wir wollten ihm folgen.

Du kennst das? Dann ist der Schmied nicht der Einzige, der das kann?

Die Frauen gingen mit den Kindern vom Feuer weg, wir Männer aßen das Fleisch und die Fladen und berieten die nächtliche Jagd.

Wir beschlossen, sofort loszugehen und die Flusswiese in der Dunkelheit zu durchqueren. Dann wollten wir am Fuß der Berge warten, bis der Mond aufging. In seinem Licht konnten wir es wagen, auf unserem Pfad hinauf bis zur Schlucht der Frühlingssteine zu gehen. Die lag bereits über dem Felsen, unter dem die Hundesöhne ihr Feuer entfacht hatten. Wir konnten es bis auf den Felsen schaffen, ohne dass uns jemand bemerkte. Und dann wäre es zu spät für die Hundesöhne. Wir konnten nur hoffen, dass Ummas Jäger recht behielten. Wenn sie doch Hunde hätten, könnten sie gewarnt werden, sich schlafend stellen und uns töten. Sie könnten uns einfach von der Felswand stoßen.

Die Zauberin sang einen Jagdzauber und einen Schutzzauber. Der Schmied holte Holzkohle und malte uns schwarz an. Dann holten wir die Waffen: Keulen, Schwerter und große Messer. Nur die Freunde des Steinschneiders sollten ihre Bogen mitnehmen. Sie sollten auf dem Felsen bleiben und die erschießen, die uns entkamen. Uns würden die Bogen auf unserem Weg durch den nächtlichen Wald nur behindern.

Dann nahmen wir Männer uns an den Händen und machten uns in völliger Dunkelheit auf den Weg durch die Flusswiese. Wir konnten die schwarzen Gesichter unserer Nebenmänner kaum erkennen, aber der Pfad war zu ahnen. Ein paar Tiere raschelten durch das mannshohe Gras und flohen, sobald sie uns riechen konnten. Bis jetzt hatte die Wiese in der Nacht ihnen gehört.

Auch als wir durch den Fluss wateten, hielten wir uns an den Händen. Das Feuer der Hundesöhne war jetzt das einzige Licht, das uns auf unserem Weg helfen konnte. Der Felsen leuchtete, es waren keine Schatten zu sehen. Die Hundesöhne fühlten sich so sicher, dass sie schliefen. Wir erreichten den Aufstieg zur Schlucht, hockten uns unter einen Baum und warteten auf den Mond. Es war unsere letzte Rast, und jetzt waren wir dem Felsen schon so nah, dass die Hundesöhne einen lauten Fluch von uns hätten hören können. Kein Wind regte sich, der Wald war still und kühl. Wir saßen leise und flüsterten.

Die Söhne hatten Angst vor dem, was kam. Ich hatte auch noch nie einen Mann getötet. Trotzdem machte ich ihnen Mut: »Macht es wie beim Schlachten. Zuschlagen, zufassen, schnell schneiden. Aber ihr braucht mehr Kraft als bei den Ziegen.« Ich sah, dass die Söhne jetzt Angst vor mir bekamen, und machte ein paar Witze über das Honigfest. Wir alle hofften, dass wir es erleben würden.

Auf einmal waren sie da. Erst hörten wir es hecheln, dann spürte ich eine feuchte Schnauze an meinem Bein und blickte in zwei graue Augen. Die Wölfe. Das ganze Rudel mischte sich unter uns, geräuschlos. Wir wagten kaum zu atmen. Doch die Tiere blieben ruhig. Aber wo war die schöne Wölfin? War sie gestorben? Erst als der Mond aufging, sahen wir sie. Sie lag auf einem Stein, hatte den Kopf auf die Pfoten gelegt und blickte uns an, als würde sie wissen, wer unsere Beute sein sollte. Niemand von uns hatte an die Wölfe gedacht. Wenn sie anfingen zu heulen, würden die Hundesöhne nicht mehr schlafen. Aber es war ein Zauber zwischen uns und den Wölfen. Wir wussten, dass sie uns nicht verraten würden. Es war unsere gemeinsame Jagd. Die Wölfe würden keine Fehler machen.

Ich glaube heute, dass wir einen gemeinsamen Feind hatten. Die Hundesöhne hatten alles Wild aus dem Südtal vertrieben und auch die Wölfe immer wieder gehetzt. Sie waren es, die den alten grauen Wolf und eine junge Wölfin erschossen hatten. Wir hatten im vergangenen Jahr ihre verwesten Körper gefunden. Die Hundesöhne hatten ihnen ihre Pfeile durch beide Augen getrieben und sie daran in die Bäume gehängt. An dem Weg, der früher aus unserem Tal ins Südtal geführt hatte und der heute nur noch als Jagdpfad benutzt wurde. Die Hundesöhne hatten die Wölfe geschossen, obwohl sie sie nicht essen konnten. Die Wölfin und ihr Rudel spürten, dass wir die gleiche Beute verfolgten.

Wir erhoben uns leise und stiegen hinauf in die Schlucht der Frühlingssteine. Das Rudel begleitete uns. Leichtfüßig und schwanzwedelnd sprangen die Wölfe über die Frühlingssteine, die hier als Geröll in der Schlucht lagen und von uns nur auf allen vieren und mit größter Vorsicht betreten werden konnten. Lose Steine, die ins Tal polterten – das konnte für die Wachen der Hundesöhne nur bedeuten, dass sich Menschen näherten. Auf der Geröllfläche, die jetzt vom Mondlicht beschienen wurde, wären wir leichte Ziele für ihre Pfeile gewesen. Niemand wäre entkommen. Aber es gab nur diesen Weg für uns. Die Nacht war kühl, unser Atem weiß. Ich hatte keine Angst mehr. Die Wölfe waren auf unserer Seite. Es schien, als hatte Heo selbst sie zu uns geschickt.

Jetzt lag der Felsen schon ganz in unserer Nähe. Wir umgingen ihn und näherten uns durch die Bäume von oben. Hinter jedem Baum versteckten wir uns, wir verständigten uns durch unsere Jagdzeichen. Zuerst stellten sich die beiden Freunde des

Steinschneiders so auf, dass sie das Dach des Felsens gut sehen konnten. Jeder von ihnen hatte einen Pfeil auf der Sehne. Wir anderen schlichen zum Felsen, die Wölfe blieben jetzt hinter uns. Niemand war zu sehen. Konnte es sein, dass die Hundesöhne keine Wache aufgestellt hatten? Wir schlichen näher. Nichts. Niemand zu sehen.

Da knackte ein Ast. Unter dem Fuß des Hirten. Er erstarrte. Wir alle erstarrten. Auf dem Felsen erhob sich eine Gestalt, den Bogen im Anschlag. Der Mann zielte auf uns, wir waren ihm ganz nah, doch er sah uns nicht. Für ein paar Augenblicke standen wir uns dicht gegenüber. Dann huschte die Wölfin an uns vorüber, ließ sich im Mondlicht blicken und verschwand wieder im Wald. Der Hundesohn ließ den Bogen sinken. Ein Wolf. Wo Wölfe sind, können keine Menschen sein. Aber jetzt reichte ein Mann nicht mehr aus, um die Schlafenden zu bewachen. Er drehte sich um, wohl um einen der Männer zu wecken.

Da surrte der Pfeil, traf den Mann im Genick und hatte noch genug Wucht, um ihn vom Felsen zu schleudern. Ein Freund des Steinschneiders hatte nicht mehr warten können, aber er hatte gut gezielt. Ohne noch einen Laut von sich geben zu können, fiel der Hundesohn die Felswand hinunter und schlug ein paarmal dumpf auf den Felsen auf.

Unter dem Felsen blieb es ruhig. Wir teilten uns in zwei Gruppen und nahmen Keulen und Messer in die Hand. Eine Gruppe kletterte links, die andere rechts von dem Felsen hinunter zur Feuerstelle. Immer noch rührte sich nichts. Wir standen jetzt neben den schlafenden Hundesöhnen. Kerr schien nicht dabei zu sein. Sonst hätte ich ihn als Ersten getötet.

So teilten wir die Schlafenden mit Zeichen unter uns auf. Dann packte mein Sohn sein Schwert fester, ich nickte ihm zu, holte aus und hieb auf den ersten Schädel ein. Als der Hundesohn die Augen öffnete, packte ich ihn an der Nase, drehte seine Kehle nach vorn und zog mein neues Messer durch. Nur ein Schnitt. Dann Blut. Viel Blut. Kein Schrei.

Dreimal tat ich das. Dreimal tat es mein Sohn. Dann war der erste Hundesohn so weit aufgewacht, dass er schreien und aufspringen konnte. Da war mein zweiter Sohn schon neben mir und warf ihn die Felswand hinunter. Noch sechs Hundesöhne standen vor uns, mit erhobenen Keulen. Jetzt waren auch die anderen Männer aus unserer Sippe bei uns. Auf der einen Seite des Feuers standen die Hundesöhne, auf der anderen wir. Jetzt waren wir mehr Männer als sie.

Einen Augenblick war es still. Wir sahen ihre Angst, sie sahen unsere Schwerter aus Sonnenstein und die sechs, die neben dem Feuer verbluteten. Sie waren überrascht und unsicher. Sie ließen ihre Keulen sinken. Einer trat hervor mit einem ratlosen, fragenden Schulterzucken. Wir durften nicht zulassen, dass sie mit uns redeten. Wir waren hier, um sie zu töten. Ich schrie ihn an. Die Männer schrien mit. Die Hundesöhne erschraken und erhoben ihre Keulen wieder. Da waren wir schon bei ihnen.

Ich sprang zu dem Hundesohn, der mit uns reden wollte, und steckte mein Schwert in seinen Bauch. Ich hörte sein Keuchen und zog den Griff nach oben, sodass sein Bauch weit aufklaffte. Dann stieß ich ihn von mir weg. Er fiel ins Feuer, schrie und zappelte so sehr mit den Beinen, dass er das brennende Holz überall unter dem Felsen verteilte. Ich beugte mich ins Feuer und schnitt auch ihm die Kehle durch. Als ich mich wieder aufrichtete, blickte ich einem Hundesohn in die Augen. Er hatte Angst. Ein Pfeil schwirrte an meinem Ohr vorbei und traf ihn in den Hals. Doch er stand noch und griff nach dem Pfeil. Als er ihn mit einem Ruck herauszog, spritzte ihm das Blut aus der Wunde. Ich war wie erstarrt, sah, wie der schreiende, sterbende Mann die Keule hob. Ich war unfähig, mich zu wehren. Es war so weit. Ich würde sterben.

Da sprang ein alter Wolf aus dem Rudel unter unseren Beinen hindurch dem Hundesohn an die Kehle, seine Kiefer krampften, Blut drang aus seinem Gebiss. Der Mann drehte sich rasend, er versuchte, den Wolf mit einem Messer zu töten, doch im nächsten

Moment erstarben seine Schreie in einem Gurgeln. Da erst löste sich der Schrecken von mir, ich konnte mich wieder bewegen. Als der Hundesohn mir den Rücken zudrehte, schlug ich ihm tief ins Genick. Endlich fiel er zu Boden. Der Wolf trank das Blut. Aber ich hatte keine Kraft mehr. Der große Sohn warf den sterbenden Hundesohn in die Tiefe. Sein kleiner Bruder hatte einem Hundesohn mit einem Schwerthieb eine Wunde verpasst. Sie war nicht tief, hatte den Mann aber so sehr überrascht, dass er sich nicht wehrte, als der zweite Hieb ihm durch die Kehle fuhr und das Schwert im Genick stecken blieb. Mein Sohn hielt ihn mit der Waffe so lange auf Abstand, bis seine Glieder nur noch zitterten. Dann ließ er ihn auf den Boden sinken, stemmte seinen Fuß gegen den Kopf des Hundesohnes und zog das blutige Schwert aus seinen Knochen. Mit drei Tritten stieß er den erst halb toten Jäger in den Abgrund und sah ihm schwer atmend hinterher.

Blieben noch drei, die jetzt in ihrer Verzweiflung gemeinsam losliefen, den Hirten erreichten und sich mit ihm zusammen vom Felsen gestürzt hätten. Doch der trat rasch zur Seite, zwei Männer fielen mit lang gezogenem Schrei vom Felsen, den dritten empfing der Hirte mit seinem Beil. Der Hundesohn sackte sofort zusammen, doch er schob den Hirten noch bis zum Abgrund. Der Hirte blickte voller Angst auf mich, aber ich stand zu weit weg, um ihm helfen zu können. Der große Sohn erreichte den Hirten gerade noch rechtzeitig, hielt ihn an seiner Kleidung fest, sodass er sich drehen konnte und auch der letzte der Hundesöhne allein in die Schlucht stürzte. Still, das Beil im Bauch, die Augen auf mich gerichtet, im Fallen winkend, so als wollte er sich verabschieden.

Der Hirte sackte zusammen. Er zitterte, wimmerte. Ich kniete neben ihm und blickte mich um. Aus dem Körper im Feuer spritzte immer noch Blut, die Beine des sterbenden Hundesohnes schlugen heftig um sich. Dann war er endlich still.

Wir fielen erschöpft zu Boden und blieben lange so liegen,

inmitten eines Geruchs aus verbrannten Fellen und verkochendem Blut. Die Wölfe kamen nicht näher, das Feuer war zu groß. Auch der alte Wolf war wieder bei ihnen. Ich streckte mich auf dem Felsen aus und versuchte, ruhig zu atmen. Wir hatten es geschafft, wir waren alle am Leben geblieben, ich würde die Söhne zurückbringen.

Ich weiß nicht, wie lange ich so gelegen habe. Eine raue Zunge leckte mir das Gesicht. Es war die Wölfin, und was sie von mir ableckte, war das Blut der Hundesöhne. Ich musste lachen. Die Männer stimmten ein. So besudelt waren wir alle von dem vielen Blut, dass wir nur darüber lachen konnten. Froh, noch am Leben zu sein.

Am Morgen war es noch Blut, abends würde es Honig sein.

Wir betraten noch einmal die Schlafstätte der Hundesöhne. Wir durchsuchten die Felle der Männer und ihre Waffen. Messer, Klingen, Speere – alle aus Stein. Ich atmete erleichtert auf. »Sie haben den Sonnenstein noch nicht. Sie sind verloren. Noch einen Winter überleben sie nicht.«

»Können wir sie jetzt in ihrem Tal angreifen?«, fragte mein großer Sohn. »Mit Ummas Jägern sind wir viele. Wir könnten sie alle töten.«

Ich blickte ihn an. Und sah etwas in seinen Augen, das ich nie mehr sehen will: Mein Sohn war grausam. Das Töten hatte ihm gefallen, und er war dabei so kalt geblieben, dass er selbst jetzt still und stark unter uns stand, voller Blut, das Schwert in der Hand.

Er machte mir Angst. Ich wollte sie ihm nicht zeigen und winkte nur ab. »Wir würden Männer verlieren. Umma kann im nächsten Frühling allein ins Südtal gehen und ihre Siedlung abbrennen. Dort wird dann niemand mehr leben.«

Der Hirte schrie überrascht auf. Er hatte ein Fell beiseitegezogen, und dort lag ein Junge, schmal, knochig, kaum älter als mein kleiner Sohn. Er schlief. Wie konnte er schlafen? Wie konnte er diesen Kampf nicht gehört haben? Langsam erwachte er. Erst als er in unbekannte Gesichter blickte, sprang er auf. Er sah sich um, sah den Toten im Feuer und tat einen Schrei, kindlich, tierisch, ängstlich, erschrocken und traurig. Ich kannte diese Art der Sprache. Der Junge war taub.

Mein großer Sohn griff zum Schwert. Ich hielt seinen Arm fest. »Er ist aus dem Südtal«, sagte er. »Er ist ein Hundesohn.«

»Er ist ein Kind, er ist taub, und er kann deshalb auch nicht sprechen«, erklärte ich ihm. »Wir haben heute genug Männer getötet. Lass ihn. Wir nehmen ihn mit.«

Mein Sohn blickte mich wütend an. Aber er steckte sein Schwert zurück in die Scheide. Das Wolfsrudel verschwand im Wald. Vielleicht würde es am Fuß der Felswand nach den Toten suchen. Was sollten wir tun? Der Morgen dämmerte schon.

Wir stießen alle Toten in den Abgrund, suchten nach Holz und ließen das Feuer unter dem Felsen auflodern. Schließlich warfen wir unsere vom Blut verdreckte Kleidung hinein, die Flammen zehrten alles auf, eine riesige Rauchwolke stieg in den Himmel. Alles sollte verbrennen, der nächste heftige Gewitterregen würde die Schlafstelle wieder sauber waschen. Es gab kein Kleidungsstück, das nicht vom Blut verdreckt war. So waren wir auf dem Rückweg alle nackt. Bis auf den Jungen.

Auf der Flusswiese stürzten sich Fliegen und Stechmücken auf uns. Unsere blutverschmierten Gesichter lockten sie an. Wir rannten bis zum Fluss, so wurde uns etwas wärmer. Dort legten wir uns ins kalte Wasser, rieben uns mit Sand die Kruste von der Haut, und als die Frauen am Fluss ankamen, waren wir sauber. Aber wir froren wieder jämmerlich. Wir rannten weiter bis zu den Brenngruben, legten Holzkohle auf, bliesen die Glut gelb, und endlich wurde uns warm. Die Frauen und die Zauberin wollten alles wissen. Aber wir schwiegen, sahen uns nur an. Die Frauen konnten sich denken, warum wir unsere Kleidung verbrannt hatten. So brauchten wir von all dem Blut nicht viel zu erzählen.

Als die Sonne aufging, lagen wir Männer unter den Fellen

am Feuer und schliefen endlich. Ich sah Blut spritzen, hörte die Schreie, sogar der Geruch stieg wieder auf. Ich sah, wie meine Söhne mit Kraft und ohne Erregung die Kehlen der Hundesöhne durchgeschnitten hatten. Wie etwas, das getan werden musste. Meine Söhne hatten Männer getötet. Ich hatte sie gesehen und sie mich. Mit diesem Gedanken erwachte ich.

Die beiden saßen schon am Feuer, und jetzt wichen sie meinen Blicken aus. Sie hatten gekämpft, ihr Vater hatte nur drei wehrlose Männer geschlachtet. Aber was hätten wir tun sollen? Schließlich erhoben sie sich und kamen auf mich zu. »Kannst du schweigen darüber, was wir getan haben?«, fragte mich der Jüngste. Ich blickte überrascht auf. Ich hatte sie beide um das Gleiche bitten wollen. »Ich habe so viel Angst davor gehabt. Aber als ich es tat, hab ich nichts gefühlt.« Mein Jüngster weinte. Auch mir kamen die Tränen. Ich drückte ihn an mich, auch der Ältere legte seine Arme um uns, und wir weinten laut. »Sag nichts zu Lona und der Großen«, baten sie noch einmal.

»Ich hab einfach drei Männer geschlachtet wie Lämmer«, erwiderte ich. »Ich wollte nicht, dass ihr das seht.« Wir schrien einander an, heulten, weinten.

Lona und die Große sahen uns von Weitem zu. Die Große fragte etwas. Lona schüttelte nur den Kopf und brachte die Große ins Haus. Etwas war geschehen mit uns in dieser Nacht. Die Söhne waren schon lange keine Kinder mehr. Aber jetzt waren sie Männer geworden.

Nein, man muss nicht erst töten, bevor man zum Mann wird. Man muss nicht gekämpft haben. Ich bin einfach älter geworden. Aber wer einen Menschen getötet hat, der trägt selbst eine Wunde. Vielleicht wird sie eine Narbe, die manchmal schmerzt, so wie meine Narbe am Knie schmerzt, wenn am Ende des Sommers der Wind von den Eisriesen ins Tal fällt. Vielleicht bleibt die Wunde aber offen, wird heiß, gelb und eitrig, und man kratzt sie immer wieder auf. Dann kann man daran sterben. Lona und die Große haben mich nie gefragt, was wir getan haben in dieser Nacht. Aber vielleicht wissen sie es auch.

»Beru! Warum haben die Hundesöhne dich mitgenommen?« Der Schmied war herangekommen und begrüßte den fremden Jungen mit seinem Namen. Beru drehte sich erst um, als der Schmied ihm die Hand auf die Schulter legte. Er erschrak, als er den Schmied sah. Doch der trat freundlich auf ihn zu, und so wurde der Junge wieder ruhiger. Der Schmied blickte prüfend in die Runde.

»Habt ihr noch einen Gefangenen?«

»Alle anderen sind tot«, sagte mein großer Sohn stolz. »Es waren vierzehn.«

Der Schmied nickte langsam. Dann wandte er sich wieder zu Beru um, ging mit seinem Gesicht nah an ihn heran und sprach langsam und sehr deutlich. »Ich bin froh, dass du lebst.«

Beru zitterte. Doch der Schmied lächelte ihn an und strich ihm über den Kopf.

Dann wandte er sich zu uns. »Tut ihm nichts. Er wurde aus Ummas Tal geraubt, als er noch klein war. Als ich vor den Hundesöhnen floh, war er sehr krank vom Schimmel. Ich dachte, er wäre schon gestorben.«

Der Schmied hob den linken Arm des Jungen hoch. Seine Narbe war noch rot und frisch. »Beru kann nicht hören und nicht sprechen«, erklärte er und blickte mich fragend an. »Aber er ist einer von ihnen geworden. Was sollen wir mit ihm machen?«

Was wollte der Schmied wirklich? Wollte er, dass der Junge starb?

Ich schüttelte den Kopf, dieser Gedanke gefiel mir nicht. »Er kann Korn reiben, er kann die Glut hüten, er kann am Blasebalg arbeiten.«

Mein großer Sohn war nicht zufrieden. »Dann soll die Zauberin entscheiden«, forderte er und sah mich an.

Ich nickte ihm zu. »Hol die Zauberin.«

Die Zauberin winkte Beru freundlich zu sich heran. Sie legte ihn vor sich hin, sah ihm in die Augen, in Ohren, Nase, Mund. Beru bekam Angst und drehte sich hilfesuchend zu mir um. Ich beruhigte ihn mit einem Blick. Doch die Zauberin schrie den Jungen plötzlich an: »Du bist ein Hundesohn! Willst uns töten! Du hast nur Würmer für uns.« Sie kratzte Beru mit ihren Fingernägeln, dass sie hellrote Striemen auf der Haut des Jungen hinterließen. Der Junge wimmerte mit mehligen fremden Lauten.

Die Zauberin zog den Jungen auf die Füße und musterte ihn. Sein Haar war verlaust, seine Füße waren räudig. Aber er war hübsch, er hatte klare Augen und einen geraden Körper.

»Er kann bleiben«, entschied die Zauberin. »Aber er ist dein Sohn, Schmied. Wasch ihn, schere ihm die Haare ab, glätte seine Haut.«

Dann lachte sie wild und jung.

»Wir brauchen keine Angst mehr zu haben! Wir feiern heute das Honigfest! Niemand wird uns überfallen!«

Das Honigfest? Wenn ich die Augen schloss, dann sah ich Wölfe, Blut und sterbende Augen. Aber die Zauberin hatte recht. Schließlich waren wir auf diese Jagd gegangen, um miteinander ungestört das Honigfest feiern zu können. Der Honig stand bereit.

Der Schmied hatte über unser Honigfest viel gehört. Aber die Gespräche waren schnell beendet worden, meist mit einem Kichern. »Du wirst es schon sehen«, sagten wir jedes Mal.

16

Die Sonne schickte blutrote Strahlen in unser Tal, die Luft war heiß und feucht. Das lange Haus roch berauschend süß, doch niemand musste es betreten, um berauscht zu werden. Die Zauberin hatte auch noch Süßrauchholz ins Feuer gelegt, der Duft stieg mir in die Nase.

Ich sah Lona von Weitem. Sie stand neben der Großen, und ich blickte sie so lange an, bis sie sich zu mir umdrehte. Nach diesem Töten in der vergangenen Nacht hätte ich gern zwischen ihren Brüsten gelegen. Aber sie kam nicht näher, und ich ging nicht zu ihr. Jetzt war es also so weit: Ein Vater und eine Mutter waren mit ihrer Tochter beim Honigfest. Meine Söhne mussten sich noch ein Jahr gedulden. Ich hätte sie lieber dabeigehabt. Nach allem, was ich in der vergangenen Nacht über sie gelernt hatte.

Waren die Männer, denen ich die Kehle durchgeschnitten hatte, nicht auch einmal Väter gewesen? Brüder? Söhne? Mir fiel auch das Kind ein, das Lona im letzten Winter verloren hatte. Es war ein Honigfest-Kind gewesen. Ein Junge.

Die Zauberin trat zu mir und sah mir tief in die Augen. »Vergiss, was war. Sei heute froh.« Dann reichte sie mir die Kelle mit dem Honigsaft. »Das macht dich leicht.«

Ich kostete. Dann trank ich die Kelle leer, der Honig lief mir am Kinn herunter und auf die Kleidung. Die Zauberin füllte noch einmal nach, und ich trank auch die zweite Kelle in einem Zug leer. Ich fühlte, wie mir die süße Wärme in den Bauch floss. Ah! Das war etwas anderes als diese wirren roten Pilze mit ihren schaurigen Nachtgestalten. Und auch etwas anderes als die Rauschblätter, deren Rauch nur schläfrig machte. Dieser wunderbare Honigrausch teilte das Jahr: Jetzt würde es kühler werden, und wenn die Berge den Schnee noch lange festhielten, dann würden wir auch den nächsten Frühling erleben.

Den letzten Tropfen leckte ich aus der Kelle, schon fühlte ich, wie mein Blut heiß und dick wurde. Als ich die Augen öffnete, trat der Schmied aus dem Nebel. Er schob mich durch das Haus, und ich ließ mich auf die Felle fallen. Den ganzen Tag über waren Gäste aus dem Tal zu uns auf die Ebene gekommen. Sie sahen uns an, flüsterten sich zu, was sich in der letzten Nacht zugetragen hatte. Ich wollte mir noch eine Kelle Honig holen, doch die Zauberin schickte mich nach einem prüfenden Blick zurück. Dann griff sie nach ihrer Trommel, schickte die Frauen auf die eine Seite des Raumes, die Männer auf die andere. Der Tanz begann. Unter den langsamen Trommelklängen suchte sie die ersten Paare aus. Sie tat so, als hätte sie dabei die Augen geschlossen, aber das war nur ein Spiel. Sie holte sich die Jungen und Mädchen, die zum ersten Mal beim Honigfest dabei waren.

Alle wussten, was jetzt kam. Die älteren Kinder hatten es sich immer wieder vorgestellt, sie waren mit dem Gedanken an diesen Tanz eingeschlafen und aufgewacht. Auch meine Große stand mitten im Saal. Ihre Wangen glühten, doch nicht nur vom Honig. Ich fing einen Blick von Lona auf. Sie lachte und weinte. Die Zauberin trommelte lauter, aber nicht schneller. Zögernd nahm die Gruppe den Takt auf, die Umstehenden klatschten in die Hände, und die Zauberin begann, die Mädchen und Jungen zueinanderzuschieben und Paare zu bilden. Zu zweit standen sie dann nebeneinander und blickten mit glühenden Ohren zu Boden. Eine junge Frau, die ich nicht kannte, machte schließlich den Anfang. Sie zog den Jungen zu sich heran, küsste ihn, dann schob sie ihre Hände unter seine Kleider und streifte sie ihm ab. Die Männer murmelten bewundernd, die Frauen kreischten. Der Junge selbst erschrak, doch als auch er die junge Frau auszog, sie wild küsste und sie es fröhlich lachend und tanzend geschehen ließ, brach im langen Haus die Freude aus. Gleich drei Frauen zerrten an meinen Kleidern, und ich bemühte mich, alle drei Frauen ebenfalls auszuziehen. Der Schmied blickte mich überrascht an, als er plötzlich nackt neben mir stand.

»Das ist das Honigfest?«

»Ja, Schmied, das ist unser Honigfest!«

»Ich hatte an so etwas gedacht, aber ...« Eine Frau mit hellem Haar schob ihn auf ein Fell und legte sich auf ihn.

Ich sah Lona nicht, doch ich konnte nicht nach ihr suchen. Meine erste Frau an diesem Abend war schmal und jung und laut und roch wunderbar. Es ging sehr schnell.

Die Zauberin schob mit prüfenden Blicken fröhliche Menschen zueinander. Noch einmal Honigwein. Frauenhände in meinen Haaren, Küsse überall, meine Hände auf Brüsten und Hintern. Mein Schwanz, der in einer weißen, von rotem Haar umgebenen Spalte verschwand. Sie griff sich meinen Arsch, zog mich zu sich herein, immer wieder, immer gieriger. Ich zitterte vor Lust. Noch einmal Honigwein. Berauschende Gerüche aus Honig, Schweiß und Süßrauch und Erschöpfung. Heiße, klebrige, süße Haut. Frauenhände, die meinen Schwanz wieder aufrichteten und mich auf den Rücken drehten. Kleine dunkle Brüste über mir, lustvolle Worte und schöne dunkle, lachende Augen. Noch einmal Honigwein. Ein hitziger Biss in meinen Hals. Dann spürte ich die kühle Nacht, sah die Sterne, das Feuer und wieder die schwere weiße Frau mit dem roten Haar. Ich weiß nicht mehr ...

Am nächsten Morgen setzte ich mich auf und sah auf der anderen Seite des Feuers in das Gesicht des Schmiedes. Er musste eben erst erwacht sein, denn er rieb sich verwirrt und als hätte er Schmerzen seinen rotfleckigen Schwanz und blickte auf die zwei Frauen, die links und rechts ausgestreckt neben ihm lagen und tief schliefen. Dann stand er auf und legte grünes Holz gegen die Mücken auf das Feuer. Jetzt erst bemerkte er mich und lächelte verlegen.

»Sie macht das sehr gut!«

»Welche meinst du?«, fragte ich und lachte.

»Die Zauberin!«, antwortete er und lachte auch.

Ja, wir bekommen auch Kinder, die nicht im Frühling geboren werden. Aber die haben es schwer, weißt du? Den Winter über bleiben sie besser im Bauch. Wir sorgen uns im langen Haus um die schwangeren Frauen, und wenn der Frühling kommt, dann kommen auch die Kinder, und die Mütter haben gute Milch, weil sie gut essen können. Dann sind die Kinder im nächsten Winter schon stark. Die Zauberin kennt uns, sie weiß, welche Frau sie am Honigfest zu welchem Mann schiebt.

Ob die Söhne von mir sind? Und die Große? Ich verstehe nicht, was du meinst. »Von mir?« Lona und ich, wir sind zusammen. Die Kinder, die sie bekommt, sind unsere Kinder. Sie leben bei uns, wir sorgen für sie. Aber sie gehören einfach in unser Tal. Ich weiß heute, dass das im Warmland anders ist. Aber dort ist das Leben leichter.

Es war nur der erste Tag. Der Nebel im Kopf verflog unter dem Wasserfall. Ich sah beim Baden die weiße Frau mit dem roten Haar wieder. Sie war sehr dick und hatte grüne Augen. Sie kam aus dem großen Tal im Norden, ich konnte kaum verstehen, was sie sagte. Aber sie lachte sehr schön, ich musste immer ihr Haar anfassen, und wir klatschten noch einmal, gleich am Wasserfall. Ich schenkte ihr einen Sonnenstein-Schmuck.

Die Honigtöpfe waren leer, aber das Honigfest ging weiter. Draußen am Feuer, in den Häusern. Die Große kam zu mir, sie kaute ein Zahnholz. Lona blieb verschwunden. Ich war traurig darüber, doch ich fragte meine Große nicht nach ihr, und sie erzählte nichts.

Die Söhne sah ich in diesen Tagen nur von Weitem. Sie waren bei den anderen Jungs, die scheinbar ziellos zwischen den Häusern umhergingen. Ich wusste noch aus meiner Jugend, was sie dort taten: Sie versuchten, die Paare beim Klatschen zu belauschen oder ihnen gar zuzusehen, bevor sie selbst irgendwann beim Honigfest mitfeiern und mitklatschen durften. Alle wussten das und machten Witze darüber. Beru hatte sich zweimal neugierig neben ein klatschendes Paar gesetzt und mit großen Augen gestaunt. Dafür war er verscheucht worden. Jetzt hielten die Jungs ihn in ihrer Mitte und versuchten, ihm zu erklären, warum man nur von Weitem hinsehen und hinhören soll.

Ich bin mir sicher, dass die Söhne es schon in diesem Jahr ausprobiert haben. Ich habe sie nackt in der Sonne auf den Fellen gefunden. Sie hatten rote Schwänze, und sie rochen nach jungen Frauen. Die beiden würden mir eher noch einmal erzählen, wie sie die Hundesöhne getötet hatten. Aber nicht, was sie beim Honigfest getrieben hatten.

Während des Honigfests taten wir nur das Nötigste. Doch am vierten Tag war kein gebratenes Fleisch mehr da, auch das vorbereitete Mehl war zur Neige gegangen. Die Frauen holten Korn aus dem Speicher, und dann war es das Geräusch ihrer Reibsteine, das verkündete, dass das Honigfest zu Ende gegangen sein musste. Wir Männer griffen unsere Bogen und gingen zur Jagd. Die Köhler stapelten Holz und entfachten das nächste Feuer. Morgen musste das letzte Korn geerntet werden. Das wollten wir alle gemeinsam tun, denn die Schwüle blieb im Tal hängen – trotz des Regens, der abends niederging. Die Speicher waren fast voll, aber wenn der Winter zu lang werden würde, dann konnte es sein, dass es nicht für alle reichte. Das letzte Korn würde niemand mit uns gegen Sonnensteine tauschen.

Als wir die Holzkohle auf die Brenngruben legten, kamen mit der ersten Karre Frühlingssteine auch fünf von Ummas Jägern von der Schattenseite herüber. Sie wollten wissen, wie viele Hundesöhne wir getötet hatten. Als sie es hörten, freuten sie sich nicht so sehr, wie wir gedacht hatten.

»Wir glauben, dass jetzt noch fünfzehn übrig sind«, sagten die Männer.

Der Schmied nickte. »Die sterben im Winter.«

»So lange werden sie nicht warten. Sie werden angreifen müssen. Sie wissen, dass sie sonst nicht überleben können.«

»Sind die Fischer in Gefahr?«, fragte der Schmied besorgt.

Die Männer zuckten mit den Schultern. »Wir wissen es nicht. Aber fünfzehn verzweifelte Männer werden nicht einfach sterben. Sie werden kommen und um ihr Leben kämpfen.«

»Was wollt ihr tun?«, fragte der Schmied. »Die Fischer sind gut vorbereitet. Dort kommen sie nicht weit.«

»Helft ihr uns, die Hundesöhne in ihrem Tal zu töten?«

Wir antworteten mit Schweigen. Der Schmied sah mich an. Wenn die Brenngruben wieder glühten, wollten wir ins Warmland gehen. Wir hatten auf unserer nächtlichen Jagd vierzehn Hundesöhne getötet und vorher drei, denen es gelungen war, unter uns zu leben. Wir hatten einen von ihnen bei uns aufgenommen.

Die Männer gingen auseinander. Wir würden uns abends am Feuer wiedersehen. Zusammen mit den Frauen.

17

Am nächsten Morgen gingen die fünf Männer zurück zu Umma. Die Sippe im Nordtal würde sich selbst helfen müssen. Sie hatten von uns gute Messer bekommen, Speerspitzen aus Sonnenstein und zwei Schwerter. Aber keine Männer. Die Frauen hatten natürlich nicht gewollt, dass wir noch einmal zu den Hundesöhnen gingen, schon gar nicht zu ihnen ins Südtal. Zusammen mit der Zauberin hatten sie uns gebeten, hierzubleiben. Sie hatten an die drei Männer erinnert, die wir schon unter uns getötet hatten. Mit denen waren es siebzehn gewesen, siebzehn Hundesöhne, die wir allein getötet hatten. Der Schmied hatte den Frauen nur recht geben müssen. Schließlich hatten Ummas Männer enttäuscht genickt und sich am Feuer in die Felle gelegt. Beru hatte dabeigesessen. Er erinnerte sich nicht daran, dass er einst als Kind in Ummas Sippe geboren worden war. Und er verstand natürlich nicht, was wir sprachen. Aber er blickte den Schmied lange an, und es entging ihm auch nicht, dass ich sehr still war. Berus Blick beunruhigte mich. Er war so still und klug, dass er mir Angst machte.

Der Schmied wollte mit mir ins Warmland. Aber er sagte es auch am Feuer nicht. Er machte Ummas Männern Mut, er lachte über die letzten verhungernden Hundesöhne. Vor Kerr müsst ihr keine Angst mehr haben, sagte er. Dabei hatte er selbst Angst vor ihm, das wusste ich. Schließlich hatte er uns in den Kampf geschickt, war aber nicht mitgekommen. Und ich wusste, warum er wieder etwas anderes sagte als das, was er im Kopf hatte. Er wollte weg, schon morgen, er wollte nicht mehr warten.

Ich wollte mit ihm gehen. Ich wollte endlich das Warmland sehen. Kennst du das? Es gibt Dinge, die muss man einfach tun.

Leg noch Holz auf. Wir brauchen mehr Glut. Die Geschichte

ist noch nicht zu Ende, und von draußen dringt die Kälte durch das Holz.

Es war Mittag, als ich mich vom Feuer erhob und meine Schuhe vorbereitete. Ich strich die Sehne meines Bogens mit Fett ein, suchte nur die besten Pfeile aus, die Feuersteine, den Korb für die Glut, schnitt mir Felle zu einer Mütze zurecht. Immer gemeinsam mit dem Schmied, sodass es alle sehen konnten. Lona kam zu mir.

»Was tust du?«

Ich tat ein paar Stiche an der Mütze. Ich konnte Lona nicht ins Gesicht sehen.

»Ich geh mit dem Schmied ins Warmland. Morgen früh. Wir kommen erst im Frühling wieder.«

Lona stand wortlos auf. Sie sagte es unseren Söhnen und der Großen. Der Schmied hatte es der Zauberin gesagt. Die hatte nur genickt. Wir hatten uns geschworen, dass wir nicht mehr darüber reden würden. Mit niemandem. Niemand konnte wissen, ob wir im Frühling wirklich wiederkämen, nicht einmal wir selbst. Zu viele Gefahren lagen auf dem Weg, zu viele Verlockungen warteten im Warmland auf uns. Es gab in unserer Talsippe niemanden, der nicht gern das Warmland gesehen hätte, doch alle scheuten den drei Tage langen gefährlichen Weg dorthin. Hoch zu den schlafenden Eisriesen, zwischen ihnen hindurch, ganz nah am Südtal vorbei und an einem anderen Wolfsrudel, das uns nicht kannte.

Es war schon viele Jahre her, dass jemand diesen Weg gewagt hatte, damals war ich noch ein Kind. Ein Mann, jung und stark, war morgens aufgebrochen, mitten im Sommer. Nach fünf Tagen war er zurückgekehrt, auf schwarzen Füßen und mit Fieber im Blick. An unserem Feuer war er gestorben. Aber er hatte noch flüsternd erzählen können, was geschehen war. Ein Rudel der Bergwölfe hatte ihn aufgespürt, umkreist und war bei ihm geblieben: Der Mann war allein! Die Eisriesen hatten geschlafen, schon am ersten Tag war er weit nach oben gekommen. In einem flachen Tal hatte ihn der Schneefall überrascht. Nur kurz, aber so heftig, dass er durch und durch nass wurde. Dann waren die Eisriesen erwacht und hatten ihm ihre Kälte entgegengeschickt. Er lag frierend am Boden. Er wollte umkehren, doch es war zu spät. Das Rudel ließ ihn nicht zurück. Jetzt war er Beute. Immer wieder regnete es, er konnte nicht trocken werden. Erst am dritten Tag hatte er sich mit einem verzweifelten Schrei durch die Wölfe geschlagen, die hatten ihn schließlich hinunter ins Tal gehetzt und ihn erst aufgegeben, als unser Rudel sich zeigte. Da hatte die Kälte ihn schon vergiftet.

Seitdem hat die Zauberin diese Geschichte immer wieder am Feuer erzählt. Auch der Schmied hatte sie gehört und still genickt. Er kannte den Weg. Er war diesen Weg schon einmal gegangen, als er vom Warmland zu uns gekommen war. Er hatte es überlebt. Wir wollten es trotz aller Gefahren wagen, und es machte uns stark, dass wir uns von niemandem zum Hierbleiben überreden ließen.

Am Abend wollte ich zu Lona, doch ich hörte sie weinen. Deshalb ging ich nicht zu ihr hinein, sonst würde alles nur noch schwerer. Die Söhne saßen vor dem Haus. Sie fragten mich leise, ob sie mitkommen könnten. Doch sie kannten die Antwort. Vielleicht würde Lona ein Kind bekommen, vielleicht war auch die Große schwanger geworden. Vielleicht starb die Zauberin. Über all das hatte ich nachgedacht. Es war besser, die Söhne hier zu wissen.

Mein Entschluss stand fest. Es war der Vorschlag des Schmiedes, aber es war mein Entschluss. Ich wollte ins Warmland.

Der Schmied atmete ruhig in der Nacht am Feuer, ich wälzte mich hin und her. Sobald der Himmel über den Bergen heller wurde, war ich auf den Beinen und weckte den Schmied. Der Schmied legte ein Stück Glut in seinen Feuerkorb, wir schulterten die Tragen, nahmen die Stiefel über die Schulter, griffen uns

Bogen, Pfeile und Speere, verließen das Dorf und gingen den Fluss hinauf. Der Schmied wusste, wo wir die nächste Nacht verbringen würden. Bei einem Felsen, sagte er. Weit oben, dort, wo die letzten Bäume standen. Ich musste doch eingeschlafen sein, denn bei der ersten Rast fand ich in meiner Tasche drei Fladen, die nur von Lona sein konnten. Das würde uns die Jagd am ersten Tag ersparen. Jetzt sehnte ich mich nach ihr, ich hatte Lust, sie noch einmal zu sehen, mit ihr zu reden. Doch wir hatten im ersten Licht losgehen müssen. Die Sonne ließ zuerst die Gipfel der Sonnenseite leuchten, dann drängte sie den Schatten schnell weiter ins Tal, und bald erreichte uns ihre Wärme, sodass wir die Felle über die Trage hängen konnten. Wir kamen rasch voran. Der Fluss führte jetzt schon weniger Wasser, die Blätter der Bäume auf der Sonnenseite hatten sich bereits verfärbt.

Der Schmied sah nicht zurück. Sein Blick suchte die Gipfel, zwischen denen unser Weg hindurchführte. Ich drehte mich manchmal um und sah zurück ins Tal. Wenn ich das tat – immer nur für wenige Augenblicke –, blieb der Schmied auch stehen und sah mich über die Schulter hinweg prüfend an.

Ich habe das Tal aus dieser Richtung selten erblickt. Wer von unserer Talsippe nicht ins Warmland wollte, der hatte wenig Grund, diesen Weg zu nehmen. Felder, Weiden, Jagdgründe, Siedlungen, Fischer, Handelswiese – alles lag in nördlicher Richtung. In Richtung Süden lebte nur eine kleine Sippe auf den Ebenen über der Flusswiese, und die musste auch nach Norden wandern, wenn sie etwas benötigte. Weiter südlich gab es nur die hohen Berge, die Wölfe und die Eisriesen. Wer im Tal leben wollte, der musste nicht dort hinauf. Dort oben war es kalt und gefährlich. Von dort kam nur das Wasser.

Aber unser Tal sah von hier aus wirklich wunderschön aus.

Rauch stieg auf hinter dem Berg. Das musste der Platz sein, an dem unsere Talsippe lebte. Die Männer hatten wieder Holz auf die Brenngruben gelegt. Zu viel Holz, wie mir schien. Lona und die Große würden jetzt Korn reiben. Die Söhne würden am Blasebalg arbeiten. Die ersten Frühlingssteine kamen bei den Männern an. Ich allein wäre jetzt vielleicht umgekehrt, aber der Schmied wartete auf mich. Und das Warmland. Irgendein großes Tier raschelte hinter einem Busch. Ich griff den Bogen fester, meine Hand suchte nach einem Pfeil.

Der Schmied legte mir die Hand auf die Schulter. »Komm. Wir haben keine Zeit zum Jagen. Oder willst du auch noch einen Bock schleppen? Wir können erst am Abend rasten.«

Ich drehte mich um und sah ihn an. Mir war, als blickte er in mich hinein, als er sagte: »Es ist nur ein einziger Winter. Im Frühling sind wir wieder da.«

Heute weiß ich, dass es Beru war, der hinter dem Busch raschelte. Wenn er sich uns da schon gezeigt hätte, hätten wir ihn zurückgeschickt. Das wusste er. Beru musste Tränen in den Augen gehabt haben beim Zurückblicken. Ich weiß, dass er die Talsippe gern gerettet hätte.

Wir gingen weiter. Der Weg machte eine Biegung. Unser Tal verschwand vollends hinter einem bewaldeten Hang, sodass wir auch den Fluss nicht mehr sehen konnten. Wir aßen im Gehen zwei Fladen. Keine Rast bis zum Abend, so hatten wir es besprochen.

Nach dem Mittag wurde das Tal schmal, der Fluss drängte sich zwischen zwei Berghängen durch, einer fiel von Alas Talseite ab, der andere von Heos Seite. Dahinter vereinigten sich zwei Bäche zu dem Fluss, den ich kannte, und auch der Weg gabelte sich und führte durch zwei kleinere Täler weiter hinauf in die Berge.

Der Schmied nickte und wählte den rechten, den steileren Weg. Das letzte Haus stand auf einer kleinen Wiese unter der riesigen Felswand, ständig bedroht durch Fels- und Schneestürze. Von dort ging es auf einem Gämsenpfad weiter.

Hier konnte man nur im Sommer leben. Aber dann war es ein guter Ort: Die lang gestreckten Felder trugen viel Korn, und auch Gämsen gab es an den Berghängen reichlich. Eine Frau winkte vom Haus herüber und lud uns mit Gesten zum Essen ein. Sie wollte wohl Sonnenstein tauschen und etwas erfahren über die Sippe im Tal, die Fischer, über das Honigfest und Kerrs Hundesöhne. Wir lehnten winkend ab und gingen weiter. Sie sah uns noch lange nach.

Der Schmied wurde langsamer, er schien Schmerzen zu haben, in der Hüfte und in den Knien. Auf dieser langen Wanderung machte sich sein Alter bemerkbar.

»Lass uns ausruhen«, schlug ich vor.

Er schüttelte den Kopf. »Wir müssen heute bis zum Felsen kommen und Feuer machen, essen und früh schlafen. Morgen gehen wir vor Sonnenaufgang los, denn wir müssen bis zum Abend im Warmland sein. Wir können nicht zwischen den Eisriesen schlafen. Wenn es dort schneit, dann sind wir tot.«

Ich dachte an die Erzählung der Zauberin und nickte. Gegen die Wölfe würden wir uns wehren können. Aber zwischen den Eisriesen lag vielleicht Schnee. Dort war es so kalt, dass ein kurzer Regen ausreichte, um uns zu töten. Und wenn wir Schutz unter den Felsen suchten, verloren wir Zeit und mussten die Nacht in der eisigen Kälte verbringen. Wie auch immer wir uns dann entschieden, wenn wir am Morgen noch nicht erfroren wären, würden wir eine leichte Beute für die Wölfe sein.

So gingen wir beide immer weiter bergauf. Der Schmied ächzte. Ich wollte seine Trage nehmen, doch er lachte nur. »Spar deine Kräfte. Wenn du morgen Mittag noch laufen kannst, dann geb ich dir die Trage.« Ich bekam Angst. Er sah es und blickte mir in die Augen. »Wenn es nicht regnet, dann wird es nur anstrengend. Und kalt.«

Der Berghang endete plötzlich, an seinem Rand sahen wir den Felsüberhang, dessen Unterseite die Feuer der Jäger schwarz gefärbt hatte. Es war eines der Nachtlager, die sich die Jäger der umliegenden Sippen angelegt hatten. Dort konnte man schlafen, wenn die Jagd zu lang geworden oder erfolglos geblieben war. Manchmal trafen sich die jungen Männer hier auch nur, um sich ein paar rote Pilze zu teilen. Was dann geschah, mussten die Frauen nicht sehen. Aber dieses Lager sah aus, als hätten die Jäger schon lange nicht mehr hier geschlafen.

Der Schmied ließ sich dort nieder und atmete schwer. Er suchte schon nach Reisig für das Feuer, doch die Glut in seinem Korb war ausgegangen. Er würde neues Feuer schlagen müssen. Ich wollte mich endlich setzen, doch der Schmied ließ es nicht zu. »Jag uns zuerst was«, sagte er. »Weil meine Glut ausgegangen ist, wittern uns die Tiere nicht.« Er hatte recht. Das Lamm schoss ich hinter dem ersten Baum. Es war verwildert, die ganze Herde bestand aus Schafen, die noch nie einen Menschen zu Gesicht bekommen hatten. Früher hatten die Schafe bei der Sippe gelebt, doch in einem Frühjahr waren ein paar Tiere verschwunden. Seitdem gab es im Tal eine Herde wilder Schafe, die sich im Winter in der Nähe der Fischer aufhielt, über den Frühling das Tal hinaufwanderte und den Sommer in den Bergen verbrachte. Die Wölfe töteten hier oben viele von ihnen, und doch schaffte es erst der Winter, die Herde wieder ins Tal zurückzutreiben.

Als ich mit dem Lamm zum Feuer zurückkam, hörte ich den Schmied reden und Feuer schlagen. Er redete manchmal mit sich selbst, deshalb musste ich lächeln. Doch als ich unter dem Felsen stand, schlug ein anderer die Feuersteine, und der Schmied stand daneben, erzählte und zeigte ihm, wie man es richtig machte.

Es war Beru. Bestimmt hoffte er, dass wir ihn jetzt nicht zurückschicken, sondern mitnehmen würden ins Warmland. Obwohl Beru nichts hören konnte, redete der Schmied unaufhörlich auf ihn ein und erklärte ihm, wie er die Feuersteine zu halten hatte. Als schließlich die ersten Funken in den Zunder flogen und ihn zum Glühen brachten, musste Beru über den Schmied so lachen, dass er keinen Atem mehr hatte, um das Flämmchen groß zu blasen. Sein merkwürdiges Lachen steckte schließlich den Schmied an. Das Feuer erlosch wieder, und es tat mir so gut, den Schmied nach diesem Tag so herzhaft lachen zu hören, dass ich selbst mit einstimmte.

Schließlich schlug der Schmied das Feuer und zog es groß. Beru sah zu, und bald kroch der erste Rauch unter dem Felsen hervor. Dass ich ein Lamm geschossen hatte, hatte die Herde nicht in Unruhe versetzt. Aber dieser Geruch ließ die Schafe sofort von der Wiese in den Wald flüchten.

Ich nahm das Lamm aus, zog ihm das Fell ab, spießte das Fleisch auf Stöcke und legte sie ins Feuer. Beru machte sich sofort nützlich und briet die Stücke mit großem Geschick. Er hatte noch ein paar Fladen dabei, die er uns gab. So aßen wir schließlich, Beru sammelte in der Dämmerung Holz, und wir konnten nicht verstehen, woher der Junge nach dieser Wanderung noch die Kraft dafür nahm.

Wir waren jetzt zu dritt, Beru blieb bei uns. Der Schmied meinte, dass es für ihn im Warmland einfacher sein würde, seinen Platz zu finden. Er war stark, so einen guten Helfer würden sie dort bestimmt gut gebrauchen können. Zum Beispiel in einer Schmiede, die er gut kannte. Beru hatte eine Trage, Messer und Schuhe dabei. Es schien, als hätte er sich schon länger darauf vorbereitet, ins Warmland zu gehen. Er sammelte so viel Holz, dass die Felswand vom Feuer warm wurde, und als wir uns in die Felle legten, froren wir nicht. Beru stammelte seine merkwürdigen, nichts bedeutenden Worte in die Nacht. Ich wachte davon auf und hörte ihm ein wenig zu. Dann wurde er ruhiger, und auch ich schlief wieder ein.

Am Morgen löschten wir die Glut, aßen einen Fladen und folgten dem Bach in die Berge. Der Schmied ging jetzt langsam. Beru wollte ihm die Trage abnehmen, damit wir schneller vorankommen würden, doch er winkte beruhigend ab und bedeutete Beru, so langsam zu gehen wie er selbst. Mir hatte er gesagt, dass der Weg nicht weit war, aber sehr steil und steinig. Heute war es wichtig, vorsichtig zu gehen, sagte er. Das Atmen würde uns schwerfallen.

Bald hatten wir die letzten Bäume hinter uns gelassen, rechts und links standen die höchsten Berge eng zusammen, und die Eisriesen ließen uns ihren kalten Atem spüren. Ein paar Wölfe hatten uns gesehen, doch nicht verfolgt. Immer wieder verlockten diese hohen, schmerzhaft hell strahlenden Gipfel uns dazu, den Blick zu erheben. Dieser wunderbare Anblick ließ mir den Atem stocken. Aber die losen Steine, auf die wir traten, erinnerten Beru und mich daran, was der Schmied uns am Morgen gesagt hatte: »Blickt auf den Boden. Achtet auf eure Schritte.«

Auch der Schmied hob von Zeit zu Zeit den Kopf. Doch er sah nicht auf die Gipfel, sondern auf die Wolken. Sie zeigten uns die Gefahr an – den Regen. Noch konnten wir umkehren. Der Bach sprudelte uns entgegen, und dann wusste ich plötzlich, was der Schmied gemeint hatte, als er sagte, uns würde das Atmen schwerfallen. Selbst die kleinen Schritte kosteten jetzt viel Kraft. Die Sonne brannte auf der Haut, aber die Luft war kalt, und die Eisriesen, die jetzt rechts zu sehen waren, glänzten nicht mehr so schön in der Sonne. Sie waren bedrohlich nahe gerückt und blendeten uns so sehr, dass wir die Augen zukneifen mussten und nur noch auf unsere Füße achten konnten.

Der Schmied ging voran, Beru in der Mitte, ich am Schluss. Beru und ich hatten den Tritt des Schmiedes übernommen, wir atmeten jetzt genauso laut und schwer wie er. Es war Mittag, als wir eine Stelle erreichten, an der vier Täler aufeinandertrafen. Ein anderer Bach mündete in den, dem wir die ganze Zeit gefolgt waren. Unsere Füße waren kalt geworden. Der Schmied legte seine Trage ab und setzte sich schwer atmend daneben. Es dauerte lange, bis wir wieder richtig Atem hatten. Wir waren müde, doch Schlaf verbot uns der Schmied. Wir tranken Wasser, aßen Fleisch und die letzten Fladen. »Jetzt kommt das schwerste Stück«, sagte der Schmied. »Es wird noch kälter. Vielleicht müssen wir auch über den Schnee gehen. Wenn es jetzt regnet, können wir nicht mehr zurück.«

Er blickte zum Himmel. Es gab Wolken, aber sie waren klein und einzeln. »Es wird keinen Regen geben«, sagte der Schmied mit fester Stimme, aber so, dass ich nicht hören konnte, ob es so sein würde oder ob er es sich nur wünschte.

Jetzt erst zogen wir die Stiefel an. Sie machten den Tritt unsicher, aber sie wärmten die Füße. Inzwischen stach die Sonne so sehr, dass jeder Blick nach oben in den Augen schmerzte, ob nun zum Himmel oder zu der Reihe schneebedeckter Berge rechts neben uns. »Das ist der Pass ins Warmland. Zwischen diesen Bergen müssen wir hindurch«, sagte der Schmied und deutete links auf einen riesigen Schneegipfel und rechts auf eine Spitze, die ebenso hoch war, jedoch nur als schwarzer Felsen aus dem Schnee herausragte. Diese Berge waren ganz nah.

»Es kann nicht mehr weit sein«, sagte ich zum Schmied.

Der nickte lächelnd. »Ich weiß, dass es so aussieht.« Dann machte er ein paar Schritte und drehte sich um. »Der Berg lockt uns in die Irre. Bleibt zusammen, geht langsam und atmet ruhig.«

Vor uns lag eine Wand. Zu ihr ging es jetzt bergauf, steil, aber gleichmäßig. Der Schmied musste Schmerzen haben, so wie gestern. Aber er schritt voran. Die Kälte hatte jetzt unsere Körper gepackt, die Finger waren klamm, der Atem weiß, die Nase tropfte. Aber die Stiefel waren gut. Sie wärmten, und der Weg war nicht mehr so steinig.

Ich bekam dort Angst. Ich dachte an fremde Tiere und Wölfe, die sich uns in den Weg stellen konnten. Manchmal glaubte ich, dass die vielen Gipfel auf der anderen Seite mit uns mitliefen. Einmal ging ein Felssturz hinter uns nieder, aus der großen Wand, an der wir entlangschritten. Ich keuchte laut. Alle drei keuchten wir laut. Jetzt wäre ich gern zurückgegangen. Kennst du das? Kennst du die Berge? Niemand will dorthin. Dort oben wächst nichts. Dort ist kein Leben.

Als die Wand zurücktrat, reichte einer der Eisriesen bis fast an unseren Weg heran und ließ uns frieren. Das Gleißen der Sonne war jetzt unerträglich, unsere Oberschenkel schmerzten, und selbst Beru hatte jetzt ein hochrotes, gequältes Gesicht. Doch der Schmied wies freudig nach vorn. Dort sah ich Schnee und dahinter den Himmel. War der Schmied verrückt geworden? Er wurde schneller. »Nur noch über den Schnee!«, rief er, und auf einmal schien er viel mehr Atem zu haben als wir. Wir ließen ihn vorauseilen, Beru und ich konnten nicht so schnell. Wir hielten uns an der Hand und kniffen die Augen zusammen, so schmerzhaft gleißte der Schnee, und selbst als sich eine große Wolke vor die Sonne schob, blieb das Licht unerträglich. Es kam jetzt von allen Seiten, wir konnten ihm nicht ausweichen. Fast blind stolperten wir durch dieses Licht, Schritt für Schritt hinter den knirschenden Schritten und dem Keuchen des Schmiedes her. Hinter diesem Licht sollte das Warmland sein?

18

Wir stolperten die Felsen hinauf, griffen in den Schnee, um Halt zu finden, und rissen uns dabei an den harten Kanten die Hände blutig.

Dann war das Gleißen schlagartig zu Ende. Der Schmied schrie. Wir erschraken und öffneten die Augen. Der Schmied stand oben und schrie. Dann kniete er nieder, hob die Arme und weinte.

»Haben wir es geschafft, Schmied?«, fragte ich keuchend, als ich ihn endlich erreicht hatte.

Er nickte nur und schluchzte glücklich.

Beru war auch herangekommen und sah verwirrt auf den Schmied. Ich schüttelte den Kopf. Der Schmied musste krank geworden sein. Bald würde die Sonne verschwinden, und wir waren immer noch mitten im Schnee. Ich fasste den Schmied an der Schulter. »Wir müssen noch hinunter«, sagte ich. »Es ist immer noch zu kalt, um hier schlafen zu können.«

Der Schmied winkte ab und lachte. »Es wird dir schnell warm werden. Sieh doch! Dort ist kein Schnee mehr.« Er zeigte nach Süden. Es war immer noch hell, aber das Licht machte uns nicht mehr blind. Vor uns öffnete sich ein weites Tal mit sattgrünen Wiesen und einem Fluss in der Mitte. Hinter dem Tal sah ich runde bewaldete Berge, aus denen ein paar Felsen ragten, alles voller Wiesen und Täler. Wir konnten weit sehen, ganz weit. So weit hatte ich noch nie gesehen. Das Warmland lag zu meinen Füßen, und es schien, als könnte ich auch das Meer der lachenden Fische sehen und irgendwo dort hinten auch den rauchenden Berg. Einen Tag lang hatten wir kein Grün gesehen, und jetzt war plötzlich so viel davon da. Der Schnee war hinter dem Hang plötzlich verschwunden. Ein warmer Wind wehte aus dem Tal empor, sodass wir noch auf dem Grat die Mützen abnahmen. Im Warmland sollte alles besser sein, hatte der Schmied gesagt. Und wirklich, von hier aus war es das Schönste, das ich je gesehen hatte. Gerade wollte ich noch umkehren, jetzt wusste ich, dass es sich gelohnt hatte. Ich sah den Schmied an, der lachte immer noch, und mir stiegen jetzt auch die Tränen in die Augen. Beru schluchzte, wir legten uns die Arme um die Schultern und blickten still hinab. Unter uns zogen zwei Adler ihre Kreise.

Ich weiß, was du sagen willst. Dort oben hab ich den Schmied erschossen, den Mann, mit dem ich das Glück geteilt hatte, das Warmland von oben zu sehen. So wie die Adler. Selbst die Leute, die ihr ganzes Leben lang im Warmland leben durften, hatten das noch nie gesehen. Wie konnte ich das tun, fragst du. Ich werde es dir erzählen. Eins musst du mir glauben: Selbst als ich ihm den Kopf einschlug und er mir dabei in die Augen sah, liebte ich ihn. Aber er durfte nicht weiterleben.

Nimm dir einen Fladen. Draußen wird es hell. Soll ich dir lieber heute Abend weitererzählen? Nein? Gut, dann hör zu.

Beru wollte sich ausstrecken, doch der Schmied ließ es nicht zu. »Es dauert nicht mehr lange, und wir haben einen warmen Rastplatz auf einer Wiese an einem Fluss«, sagte er freudig zu mir. »Lass uns dort essen.«

Wie sollten wir dort hinunterkommen? Es ging steil bergab, so steil, dass ich keinen Weg sehen konnte. Doch der Schmied kletterte sicher zwischen zwei kleinen Felswänden hinunter. Wir folgten ihm – und richtig, schon nach wenigen Schritten begann ein Pfad, den die Schafe ausgetreten hatten. Es ging hinab ins Tal und wurde so schnell wärmer, dass der Schmied sich schon nach wenigen Schritten niedersetzte, um sich die Stiefel auszuziehen. Er warf sie einfach weg. »Wir brauchen sie nicht mehr. Wenn wir im Frühjahr zurückgehen, flechten wir uns neue.« Es ging so steil bergab, dass wir uns mit den Händen festhalten mussten, zuerst an Steinen, dann an Grasbüscheln und schon wenig später an den Wurzeln der Sträucher. Ein Plätschern klang zu uns herauf. Bald waren um uns herum viele Quellen, und schon nach wenigen Schritten konnten wir trinken. Selbst das Wasser schmeckte hier anders. So als käme es nicht von einem Eisriesen, sondern aus der vollen Erde.

Aus dem Plätschern wurde ein Rauschen. Im Talgrund flossen viele Quellen zu einem Bach zusammen. Der Schmied hatte wieder recht gehabt. Die Adler flogen jetzt weit über uns, und obwohl die Sonne nicht ins Tal schien, war es hier hell und warm. Am Bach fanden wir eine Feuerstelle, im Wald lag Holz, und heute hatte sogar die Glut im Korb des Schmiedes den Tag überlebt, sodass wir nach wenigen Augenblicken um ein knisterndes Feuer saßen und uns auf das warme Gras legten, das voller riesiger Springkäfer war. Die Knie schmerzten uns vom schnellen Abstieg. Aber wir mussten nicht mehr jagen. Beru lachte glücklich und mit vollem Mund. Im Warmland konnte er sich an Springkäfern satt essen. Er musste sich nur bücken.

Als es dunkel war, lagen wir erschöpft und froh am Feuer. Unzählige Leuchtkäfer schwirrten über die Wiese. Irgendwann in der Nacht erhellten Blitze den Bergkamm über uns, die Donner hörten wir nur leise. Genau über uns leuchtete ein riesiger Vollmond. Beru schlief weiter, er hörte ja nichts. Aber der Schmied und ich – wir waren aufgewacht, sahen uns an und dachten beide das Gleiche: Wenn dieses Gewitter uns auf dem Pass erreicht hätte, dann würden wir jetzt um unser Leben kämpfen.

Ich legte noch einmal grünes Holz auf das Feuer, damit die Mücken uns schlafen ließen. Wir hatten es geschafft. Was sollte uns jetzt noch geschehen?

Wir schliefen damals warm und zufrieden am Feuer ein, und nur einer von uns wusste, dass alles bereits geschehen war. Und der konnte es uns nicht sagen.

Die Klinge war gut. Sie war lange geschmiedet worden und glänzte in der Sonne. Sie war sehr nah. So nah, dass ich sehen konnte, wie gut die Schneide geschliffen war. Es war ein Schwert aus Sonnenstein, und seine Spitze war genau auf meinen Hals gerichtet. Die Frau, die das Schwert hielt, hatte meinen Bogen und meine Pfeile auf ihrem Rücken. Auch mein Messer fehlte. Ich erschrak. Aber sie blickte mich lächelnd an. Nicht wie jemand, der gleich zustoßen wollte. Vorsichtig blickte ich mich um. Beru schlief, er hatte nichts gehört. Auf der anderen Seite saß der Schmied. Er hatte auch ein Schwert vor der Brust, blickte mich ruhig an und schüttelte langsam den Kopf. »Tu nichts. Sie haben Angst, dass wir Hundesöhne sind.«

Die Frau sagte etwas zum Schmied. Er antwortete in der Sprache, in der ich ihn manchmal hatte singen hören. Er war hier zu Hause, redete wohl über Dinge, die er aus dem Warmland kannte, sodass die Frau und auch der Mann, der den Schmied bedrohte, ihre Waffen sinken ließen. Der Schmied deutete mit dem Kopf zu Beru hinüber und sagte etwas, das die beiden erschrecken ließ. Aber er beruhigte sie wieder mit seinen fremden Worten, stand vorsichtig auf, ging zu Beru hinüber und weckte ihn. Er bedeutete ihm, seine Narbe zu zeigen. Beru hatte Angst in den Augen. Er wusste, dass er die Narbe unter seinem linken Arm verbergen musste, doch der Schmied legte ihm beruhigend die Hand auf die Schulter. »Sie werden es herausfinden. Es ist besser, wir sagen es ihnen – und dass du schon lange zu uns gehörst.« Beru verstand, nickte und hob den linken Arm. Die Narbe war noch frisch.

Die Frau und der Mann sprachen aufgeregt miteinander. Der Schmied redete wieder lange und ruhig. Die Frau antwortete und winkte uns, aufzustehen und vor ihnen herzugehen. Der Pfad führte in den Wald, vorbei an einer Hütte. Dort musste das Paar geschlafen haben – nur einen Steinwurf entfernt von unserem Feuer. Wenn wir jetzt rasch gehandelt hätten, dann hätten wir ihnen entkommen können. Ich fragte den Schmied leise, ob wir nicht weglaufen sollten. Der schüttelte den Kopf. »Sie bringen uns zum großen Zure. Das ist gut. Du musst nur ruhig bleiben. Er wird uns genauso kratzen und schlagen, wie es die Zauberin bei mir getan hat. Zeig ihm, dass du Angst hast.«

»Und Beru?«

Der Schmied lächelte. »Beru hat schon Angst. Sie werden ihn leben lassen, glaub mir.« Ich legte Beru die Hand auf die Schulter. Er beruhigte sich.

Wir gingen durch den Wald, einen Pfad entlang am Rande des Flusses, der immer breiter wurde. Links und rechts stiegen die Berge sanft an, mit grünen Hängen. Die Flusswiesen standen voller Getreide. Die Frau und der Mann hatten irgendwann ihre Waffen sinken lassen. Der Schmied erzählte viel, und einige der Worte, die er sagte, kannte ich bereits. Ich musste mich nur daran gewöhnen, dass hier härter, kehliger gesprochen wurde, dann konnte ich schon vieles verstehen.

Der Weg wurde breiter, der Fluss auch. Schließlich öffnete sich der Wald zu einer Lichtung. Die Frau und der Mann setzten sich auf einen Baum, der am Ufer des Flusses gefällt worden war. Wir mussten uns auf den Boden hocken, zu dritt Rücken an Rücken. Inzwischen stand die Sonne über uns. Die zwei Fremden reichten uns einen merkwürdig dicken Fladen. Ich glaubte, er wäre schwer, aber er war leicht, und als ich hineinbiss, war er unter einer Kruste weich und sauer. Der Fladen schmeckte mir nicht. Aber der Schmied schien außer sich vor Glück, diesen Fladen essen zu dürfen. »Das ist Brot«, rief er mit vollem Mund. »Brot!«

Beru und ich sahen ihm angewidert zu und sagten nichts. Unsere Bewacher lachten. Sie sahen freundlich aus, auch wenn sie ihre Schwerter in der Nähe behielten und darauf achteten, dass wir keine Möglichkeit zu einer Flucht hatten.

Die Frau hatte ganz helle und gerade Zähne. So etwas hatte ich noch nie gesehen. Sie war groß und schlank, hatte schwarzes Haar, eine seidige dunkelbraune Haut und helle, neugierige

Augen. Solange sie das Schwert hielt, wagte ich es jedoch nicht, sie länger anzusehen. Der Mann war klein, flink und kräftig und trug einen hellen Bart. Seine Zähne sahen so aus wie unsere: schief und gelb. Die Kleidung unserer Bewacher war aus dem Fell, das sie selbst machten – so wie jenes, das die Zauberin einst weggeworfen hatte. Ein breiter Gürtel und eine große Nadel aus Sonnenstein hielten diese Kleider zusammen, die leicht am Körper herabfielen. Ihre Beine und Arme waren ganz glattgeschabt. Das Haar hielten sie mit geflochtenen Lederbändern zusammen, und aus Leder waren auch die Sohlen, die sie unter den Füßen trugen.

Die zwei waren jung, schon erwachsen, aber viel jünger als wir. Es störte mich, dass unsere Bewacher so jung waren. Es schien mir, als ob sie das auch störte, und deshalb versuchten sie, freundlich zu sein. Der Mann hieß Nuber, seine Frau Dula. Sie waren keine Wächter. Sie wollten heute Morgen nur ein paar Fallen überprüfen – und hatten uns schlafend auf der Wiese gefunden.

Wir gingen weiter. Der Weg wurde jetzt breiter. Die Berge traten auseinander, und erst weiter oben zeigten sich nackte Felsen, die aus den Wäldern herausragten. Rauch zog zu uns herüber. Der Fluss machte noch eine Biegung, um einen sattgrünen Berghang herum. Dann sahen wir sie – die Siedlung. Sie lag in einem weiten, grünen, sonnigen Tal, in dem es keine Bäume gab. Dafür gab es aber Felder mit Korn, Erbsen und Bohnen und mit Weiden für die Rinder.

Es war eine große, eine sehr große Siedlung. Viele breite Wege führten von den Berghängen zu ihr. Auf unserem Weg kamen uns zwei Wagen auf vier Rädern entgegen, viel größer als die, die manchmal auf unserer Händlerwiese am Talausgang ankamen und von Ziegen gezogen wurden. Vor diese Wagen waren Bullen gespannt. Die machten mir Angst. Der Schmied erklärte mir, dass man sie beschnitten hatte, denn sonst könnte man einen Bullen nicht vor einen Wagen spannen. Ich hatte trotzdem Angst. Bis ich sah, mit welcher Ruhe Nuber und Dula den Wagen auf den Wegen auswichen. Die starken Tiere zogen die Wagen weiter, als gäbe es uns gar nicht.

Ich weiß, warum du lächelst. Für dich ist das alles leicht zu verstehen. Für mich waren diese Tage damals schwer, es war schwer, das alles zu lernen. Ich ging eine Weile neben einem solchen Wagen her. Er hatte Getreideähren geladen, und diese eine Ladung hätte die Hälfte aller Speicher unserer Talsippe gefüllt. In unserem Tal gab es niemanden, der einen solchen Wagen hätte bauen können. Es gab keine Wege, auf denen er hätte fahren können. Und selbst wenn: Wozu hätte ein solcher Wagen durch unser Tal fahren sollen? Unsere Talsippe war klein. Wir hatten Angst vor dem Winter, dem Tod, dem Wald, dem Schimmel und dem Fieber, vor der Zauberin und vor den Flüchen Heos. Mit dieser Angst war ich groß geworden.

Dann war der Schmied gekommen. Wir hatten ihn gerettet, aber er musste die ganze Zeit gelacht haben über diese Menschen, die immer noch in Felle gekleidet waren, in ihrem engen Tal lebten und froh waren, wenn sie die Frühlingsräude überlebten. Ich fühlte mich wie ein Kind, ich sah diese Welt zum ersten Mal, und ich schämte mich für das Tal, in dem ich aufgewachsen war. Für vieles, was ich im Warmland sah, fehlten mir die Worte, ich lernte die neue Sprache deshalb so schnell, weil ich viel Neues kennenlernte: Ochse, Tuch, Aussatz.

Die Felder im Tal waren riesig, und ich fragte den Schmied, warum es hier keine Bäume gab. Er zeigte auf eine große Rauchfahne, die aus einem kleinen Nachbartal emporstieg. »Die Bäume werden gefällt, ihre Wurzeln aus dem Boden gerissen, die Stümpfe dort verbrannt. So sind diese Ebenen entstanden, durch die wir jetzt gehen. Die Menschen brauchen Platz für Felder, die großen Siedlungen brauchen Korn. Unter den Bäumen wächst kein Korn.« Hier hatten überall Bäume gestanden? Die Menschen hatten ganze Wälder verschwinden lassen? Ich konnte das damals nicht glauben. All das Neue machte mich müde.

Fast alle Menschen trugen hier Schmuck oder Waffen aus Sonnenstein – nur jene nicht, die neben den Wegen lagen, mit entstellten Gesichtern, Geschwüren und fauligen Händen. Nuber, Dula und auch der Schmied blickten diese Menschen gar nicht an. Als ich den Schmied fragte, woran diese Menschen leiden würden, sagte er es mir mit einer Gleichgültigkeit, die mich erschreckte. »Das ist Aussatz. Du kannst nichts tun. Diese Menschen sind tot.«

Er hatte sicher recht. Ein paar Tage lang sah ich immer wieder hin, angezogen von den grässlichen Formen, die diese Geschwüre bildeten. Doch die Aussätzigen stanken wirklich wie der Tod, und sobald sie einen Blick von mir auffangen konnten, kamen sie näher und versuchten, mit mir zu reden und zu betteln. So tat ich es bald wie alle anderen. Ich sah nicht hin. Ich vergaß sie bald. Und Beru tat es uns gleich.

Nuber und Dula brachten uns an diesem Tag in das Haus des großen Zure. Es stand zwischen ein paar riesigen Bäumen, war dreimal so groß wie das lange Haus der Zauberin, und ringsum standen weitere Häuser. In einem von ihnen wurden Stoffe gemacht, in einem anderen wurde geschlachtet, im nächsten wurde gegerbt. Überall liefen Menschen umher, allein auf dem Hof des Zure lebten so viele Menschen wie in unserem ganzen Tal. Hinter einem Zaun gab es einen großen Brennofen, den ich sofort am Geruch und an den Geräuschen der Blasebälge erkannte. Hier wurde Sonnenstein geschmolzen. Der Schmied hatte davon erzählt, dass es diese großen Brennöfen gab, doch ich hatte sie mir nicht vorstellen können. Jetzt sah ich sie, dazu Berge von Frühlingssteinen. Sie würden mit Ochsenkarren aus den Bergen herangefahren, erklärte mir der Schmied. »Diese Öfen gehen nie aus.«

Der große Zure war auf der Jagd. Ein Krieger hörte Dula zu, als sie berichtete, wie sie uns gefunden hatten. Dula versuchte zwar, uns in ihr Haus zu holen, doch sie erzählte auch, dass sie anfangs geglaubt hätten, wir wären Hundesöhne aus dem Südtal. Der Krieger ließ sich Berus Narbe zeigen, und auch wir mussten die Arme heben. Dann sperrte er uns in ein kleines Haus mit dreckigen Fellen und verschloss den Eingang mit einem Brett. Wir waren gefangen.

Durch die Ritzen zwischen den Balken fiel etwas Licht. Wir konnten nach draußen sehen. Dort arbeiteten alle bald wieder ruhig. Kinder spielten mit Puppen aus Ton, die Frauen wuschen Stoffe im Fluss, Korn wurde gerieben, Öl gepresst, die Krieger saßen am Feuer, aus der Schmiede klangen Hammerschläge, der Duft der Holzkohle lag über dem Platz. Der Boden war hart von den Füßen der vielen Menschen, und nur an den Häusern wuchs etwas Grün als Futter für die Ziegen. Es gab keine Aussätzigen auf dem Hof. Die Menschen waren schön und in Leder und Stoffe gekleidet. Alle trugen Schuhe, und nur die Krieger hatten Schwerter am Gürtel, und jeder von ihnen hatte einen großen Hund neben sich, der sehr gut gehorchte und selbst die Lämmer nahe an sich herankommen ließ und dabei ruhig blieb.

Nach einer Weile schien es mir, als drehte sich das ganze Leben auf dem Hof um die Schmiede, denn dort standen die Kinder herum und wurden fröhlich verjagt, wenn sie im Weg waren. Dort brachten die Frauen Wasser hin, dorthin wurde schließlich immer wieder Holzkohle getragen, und von dort holten die Frauen die Glut, um ihr Feuer für den Abend anzufachen.

Die Sonne malte bald lange Schatten auf den Boden. Der Krieger, der vor unserem Haus saß, holte uns schließlich noch einmal hinaus und zeigte uns den Balken, über den wir uns in den Fluss leeren konnten. Dann winkte er eine Frau heran, die Wasser für uns holte und dieses saure Brot. Beru und ich aßen es mit Widerwillen. Es war, als kaute man gar nichts. So ein großes Brot war genauso leicht wie einer unserer kleinen Fladen.

In einer Ecke raschelte es leise. Ein Tier hatte sich durch die Ritzen gezwängt und schlich sich zu uns. Eine Katze. Katzen kannte ich von der Jagd, wir schossen sie nicht, denn sie waren scheu und zu schnell. Diese Katze war anders, sie war anders gefleckt und sehr ruhig. Sie kam langsam näher, betrachtete uns, ließ sich vom Schmied locken und legte sich schließlich schnurrend auf Berus Beinen nieder. Er erschrak, doch der Schmied beruhigte ihn. Er zeigte Beru, dass man die Katze streicheln konnte, dass sie sich sogar auf den Rücken drehte, um auch am Bauch gekrault zu werden, und dass ihre Hiebe nur ein Spiel waren. Beru konnte das Schnurren nicht hören, doch er konnte es fühlen. Er wurde ruhig und lächelte. Ich war erstaunt und vergaß, dass wir eingesperrt waren.

»Niemand kann diesen Katzen etwas beibringen«, sagte der Schmied. »Sie leben mit den Menschen, sie kommen und gehen, wann sie wollen, und solange kein Hunger herrscht, lassen die Menschen sie leben.«

Das war also das Warmland. Der Schmied war zufrieden. Schon am ersten Tag waren wir dort hingekommen, wo er hingewollt hatte. Er kaute mit Genuss auf seinem Brot herum. Ich war müde und verzweifelt. Ich wollte zu Lona, ich sehnte mich nach den Söhnen und nach der Großen, ich vermisste die Zauberin, und ich vermisste das einfache Leben in meinem Tal.

Vielleicht würden wir morgen einfach sterben. Auch der Schmied konnte mich nicht beruhigen, wenn er sagte, wir müssten den Zure nicht fürchten. Nur der Zauberer des Zure dürfe ihn nicht wiedererkennen, sagte er. Der war sein Feind, sein einziger Feind im ganzen Warmland.

Unsere Bogen, Pfeile und Messer hatten Nuber und Dula mitgenommen. Sie hatten beim Abschied gesagt, dass sie morgen wiederkommen würden. Weinend schlief ich ein. Beru lag neben mir. Er schrie im Schlaf. Die Katze war verschwunden.

19

Die Tür wurde aufgestoßen. Ein Krieger zerrte mich an den Haaren hinaus und warf mich in den Staub. Als ich den Blick hob, stand ein Mann vor mir, der in glänzendes Leder gekleidet war. Der Zure. Er war nicht groß, er hatte schiefe braune Zähne und ebenso braunes Haar. Ihm fehlten die Finger seiner linken Hand, und auf der Wange trug er die Narbe eines Schwerthiebes. Sie war groß, aber sie entstellte ihn nicht.

Kaum hatte ich zu ihm aufgeblickt, wurde ich von einem Krieger mit dem Gesicht in den Staub gedrückt, wurde gepackt und getreten. Angst zeigen, dachte ich noch, dann wurde ich umgedreht und hatte im gleichen Augenblick ein Schwert an der Kehle. Innen war ich ganz kalt. Angst zeigen, dachte ich wieder. Doch genau das wollte mir nicht gelingen. Es war genau dieser Gedanke – Los, zeig Angst! –, der mich kalt werden ließ. Ich blickte dem Krieger in die Augen. Er erschrak. Dann trat er mir in die Magengrube. Mir wurde rot vor den Augen. Ich rang nach Luft. Mein Kopf war eingehüllt in Schmerz, doch ich konnte immer noch klar denken.

Als der Krieger mir wieder in die Augen blickte, war da immer noch keine Angst. »Du bist einer von den Hundesöhnen!«, schrie er mich an.

»Nein, ich bin aus einem anderen Tal.«

Er spricht meine Sprache, dachte ich noch. Dann traf mich wieder ein Schlag.

»Einer von Ummas Männern?«

»Nein, das andere Tal! Das Tal der Zauberin!«, schrie ich.

Nun stieg die Angst doch in mir hoch.

Er schlug mir ins Gesicht.

»Ich glaub dir nicht!«, schrie er. »Du bist Kerrs räudiger Hund! Ihr seid alle Hundesöhne!«

Ich sagte nichts. Ich weinte. Er sollte nur aufhören, mich zu schlagen. Doch er hörte nicht auf.

»Ich habe keine Narbe unter dem Arm. Ich bin ein Schmied«, sagte ich leise.

»Nein! In deinem Tal gibt es keinen Sonnenstein!«

»Doch! Wir haben ihn im Sommer gefunden.«

Er warf mich wieder in den Staub. Sein Schwert ritzte meinen Hals.

»Aufhören!«

Das galt nicht mir. Das kam von hinten, vom Zure. Und es galt dem Krieger. Der steckte sein Schwert in den Gürtel und ließ mich los.

Der große Zure stand vor mir. Er blickte mich von oben herab an und nickte. Dann ließ er Beru und den Schmied zu sich bringen.

Als er den Schmied erkannte, nickte er nur. Sie kannten sich. Doch ich war nicht sicher, ob es gut war, dass der Zure ihn kannte. Er nannte ihn bei einem Namen, den ich noch nie gehört hatte. Aber es sah aus, als wäre es dem Zure unangenehm, den Schmied hier zu sehen. Auch der Schmied blickte geradeaus und nickte dem Zure nur ein wenig zu.

Um uns herum sammelten sich Frauen und Männer, die ihre Arbeit unterbrochen hatten, um uns zuzuhören. Sie betrachteten unsere Felle mit Abscheu, und ich schämte mich wieder des engen, kleinen Tales, in dem ich aufgewachsen war und das ich nie verlassen hätte, wenn uns nicht der Schmied begegnet wäre. Ich hatte Nuber und Dula in der größer werdenden Gruppe entdeckt, und als der Schmied geendet hatte, wurden auch sie vor den großen Zure geholt. Sie standen mit gesenktem Blick vor ihm und beantworteten seine Fragen. Ich sah von der Seite, wie der Schmied angestrengt versuchte, ihre Worte zu verstehen, aber sie waren zu leise. Seine Hand zitterte leicht, er blickte mich von der Seite an und flüsterte mir zu: »Sie holen den Zauberer.«

Ich erschrak. »Hast du nicht gesagt, im Warmland gäbe es keine Zauberei?«

Ein leises Lachen antwortete mir. Er war erschöpft, vielleicht hatte er auch Angst, doch lachen konnte er trotzdem. »Sieh genau hin.«

Der Zure hob die Hand und sagte laut ein paar Worte. Dann rief die Menge den Zauberer, die Kinder riefen mit und versteckten sich hinter den Beinen ihrer Mütter. Aus einem gelb und blau bemalten Haus, dessen Eingang mit einem Bärenfell verhängt war, trat ein großer Mann, auf dem Kopf trug er den Schädel eines Bären, am Hals die Tatzen und die Reißzähne. In der Hand hielt er ein kurzes Beil mit einer riesigen Schneide. Die sah scharf aus und das Beil so schwer, dass man mit ihm mühelos einen Hals durchtrennen konnte. Das Beil glänzte nicht, es war fleckig von braunem Blut. Hinter dem Zauberer ging ein Junge mit einer großen Trommel. Zuerst nahm der Junge den Takt seiner Schritte auf, dann wurde er schneller. Der Zauberer mischte Rufe in die Klänge der Trommel, und der Schmied neben mir atmete auf. »Es ist ein junger Zauberer. Er kennt mich nicht.«

Die Rufe wurden zu einem Lied, in dem sich der Zauberer selbst als Bärentöter pries. Der Schmied flüsterte mir zu, wovon es handelte: Der alte Zauberer und der junge gehen zusammen zur großen Bärin, um sie zu befragen, wann der junge Zauberer das Amt des alten übernehmen soll. Die alte Bärin sagt nichts, sie holt nur aus und reißt dem alten Zauberer mit einem Hieb den Hals auf. Der junge Zauberer tötet die Bärin – mit einem Hieb seiner furchtbaren Waffe. »Die Flecken sollen vom Blut der Bärin sein«, sagte der Schmied. Dann lächelte er. Als ich ihn fragend anblickte, sagte er: »Ich glaube, es ist das Blut des alten Zauberers. Er war ein böser alter Mensch. Und die Bärin zu töten – das muss leicht gewesen sein. Sie war schon sehr alt.«

Inzwischen sang die Menge das Lied mit und wiegte sich im Takt der Trommel. Nur der Zure und die Krieger blieben starr stehen. Die Bärin sollte in den Zauberer kriechen und seine Hand lenken. Unmerklich für die Menge hatte der Zauberer in seinem Tanz kurz beim Zure innegehalten, gerade genug, um zwei Worte zu wechseln. Das Urteil über uns war gefällt. Der Zure hatte entschieden. Jetzt verstand ich den Schmied. Das war keine Zauberei. Hier wurde gezaubert und verflucht, was der Zure wollte. Wenn seine Entscheidungen falsch waren, dann war die Himmelsbärin schuld. Waren seine Entscheidungen richtig, dann konnte der Zauberer den Zure loben. Der Zauberer musste das Urteil des Zure mit seinem Tanz in das Urteil der Bärin verwandeln, die nach ihrem Tode vom Himmel herabblickte und über die Siedlung wachte.

Später erfuhr ich, dass diese Himmelsbärin auch aus Sternen bestand. Zwei dieser Sterne gehörten zu Heo. Da verstand ich, warum der Schmied gelacht hatte, als ich ihm Heo und Ala am Himmel gezeigt hatte. Jedes Tal hatte seine eigenen Geschichten erfunden. Sie endeten immer damit, dass jemand nach seinem Tod zu den Sternen emporstieg und von dort nach unten blickte. Weil er weit wanderte, bekam der Schmied viele dieser Geschichten zu hören, und die Sterne blieben immer dieselben.

In diesem Augenblick hatte ich mit meinem Leben abgeschlossen. Beru zitterte. Ich fasste ihn um die Schultern, und als ich ihn beruhigen konnte, beruhigte ich auch mich selbst. Der Zauberer tanzte auf uns zu, ich konnte das Weiße in seinen Augen sehen, sein Körper verkrampfte und schüttelte sich. Wenn er wirklich nur spielte, dass die Bärin in ihm war, dann spielte er es gut. Besser als unsere Zauberin. Was hatte der Zure zu ihm gesagt? Sollten wir alle drei leben? Sollten wir alle drei sterben? Oder sollte nur einer von uns getötet werden? Der Schmied hatte die Augen geschlossen. Wir konnten nichts weiter tun, als hier in der Mittagssonne zu stehen und auf den tödlichen Hieb zu warten.

Der Zauberer hob seine Waffe über den Kopf, die Trommel hörte mitten im rasenden Takt auf, die Leute erstarrten. Ich schloss die Augen.

Die Waffe fuhr nieder mit einem hässlichen Geräusch. Der Sonnenstein klirrte auf Stein. Die Klinge war tief in den Boden eingedrungen. Beru krallte sich an meiner Schulter fest und stöhnte laut in seiner Sprache. Der Schmied hatte die Augen schon wieder geöffnet und lächelte mich an. Die Leute schienen enttäuscht zu sein. Nur Nuber und Dula umarmten sich und weinten mit uns über unser Glück. Der Zauberer zog die Waffe aus dem Boden. Die Trommel setzte wieder ein, und er tanzte zurück zum Zure, wo ihm einer der Krieger Wasser ins Gesicht warf. Er tat, als erwachte er aus einem schlimmen Traum, und setzte sich erschöpft hinter dem Zure auf einen Baumstamm.

Der Zure erhob sich und sprach. Der Schmied übersetzte seine Worte.

»Die Bärin will, dass ihr lebt.«

Wir senkten die Köpfe.

»Ihr könnt bei uns bleiben oder weiterziehen.«

Jetzt zeigte der Zure auf den Schmied. »Doch du kommst am Abend an unser Feuer ins große Haus und erzählst uns von deinen Wegen.« Der Schmied verbeugte sich. Da setzte der Zure noch kalt hinzu: »Ich dachte, du wärst tot.«

Ich erstarrte. Ich hatte den Zure verstanden, ohne dass der Schmied etwas sagen musste. Der Schmied antwortete nicht.

Der Zure wandte sich ab. Die Menschen im Hof blickten uns jetzt freundlich an. Nuber und Dula traten auf uns zu und umarmten uns. Dabei hatten sie uns dem Zure ausgeliefert. Jetzt gaben sie uns unsere Messer und Bogen zurück, auch alle Pfeile waren noch im Köcher. Ich sah es gleich: Auch mein Pfeil mit der schönen Spitze war noch da. Nuber sah meinen Blick. Er legte seine Hand auf meine Schulter. »Ihr kommt mit uns«, bedeutete er mir, während er langsam sprach. Dula nickte froh. Zwei Kinder klammerten sich an ihre Beine und blickten uns ängstlich an. Wir mussten schrecklich aussehen in unseren Fellen, mit dem Staub auf der Haut und mit dem Dreck im Haar.

Ihr Haus lag ein wenig abseits, nicht auf dem Hof des Zure. Ein Bach aus dem Berg führte Wasser hinter dem Haus vorbei und mündete dann in den Fluss.

Wir wuschen uns ausgiebig, kauten ein Zahnholz und schabten uns die Haare ab. Am ganzen Körper. Das hatte ich noch nie getan. Es fühlte sich sehr sauber an. So sauber, dass es mich anwiderte, die alten Felle wieder anziehen zu müssen. Aber Dula hatte keine Kleidung aus dem schönen Stoff für uns. Nuber gab dem Schmied ein Tuch von sich, damit er nicht in seinen alten Fellen am Feuer des Zure sitzen musste. Dann ging der Schmied hinüber zum Hof.

Nuber schlachtete an diesem Abend eine Ziege für uns. Er briet sie am Spieß über dem Feuer und würzte sie mit Salz und trockenen Kräutern. Dula buk einfache Fladen für Beru und mich. Es war köstlich. Nuber goss uns einen Brei aus Korn in verzierte Schalen aus Sonnenstein. Er roch sauer und nach dem Brot, das ich nicht mochte. Aber er schmeckte gut, kitzelte die Zunge und machte den Kopf neblig wie beim Honigfest.

Heute weiß ich, dass es Bier war. Die Menschen im Warmland mussten nicht bis zum Honigfest warten, um sich benebeln zu können. Das Bier konnte sie das ganze Jahr über fröhlich machen. Sie hatten genug Getreide in den Speichern. Ich habe auch den Wein erst im Warmland kennengelernt. Die Pflanze, die sich Rebe nennt, wuchs überall dort, wo sie sich festhalten konnte und wo die Sonne schien: an Häusern und einzelnen Bäumen. Ich habe dort auch ganze sonnige Berghänge gesehen, auf denen die Weinpflanzen standen. Im Warmland gab es von allem genug: Korn, Wein, Wasser, Salz, Fleisch und Sonnenstein. Niemand musste hier Angst haben, in einem langen Winter den Hungertod zu sterben.

Als der Schmied in der Nacht zurückkehrte, war er benebelt und schweigsam. Er trug ein neues Schwert an seinem Gürtel. Das schien Nuber und Dula nicht zu gefallen. Er ging auch schon am Morgen eigene Wege. Er wollte nichts erzählen. Er schwieg und fing auch unsere Blicke nicht auf.

20

Zweimal rundete sich der Mond. In dieser Zeit habe ich so viel Neues gesehen. In unserem Tal war ich der beste Gießer gewesen, hier konnte ich noch vom Jüngsten in der Schmiede etwas lernen. Wer hier leben wollte, der brauchte Sonnenstein. Ich durfte bald in der Schmiede mitarbeiten. Viele wollten das, aber der Zure war vorsichtig. Nur wenige erhielten von ihm diese Erlaubnis. Beru hat mir geholfen. Er hatte nichts davon gehört, dass man die Erlaubnis brauchte, und war eines Tages einfach an den Blasebalg gegangen und hatte angefangen zu arbeiten. Ausdauernd und schweigsam. Das schien den Schmieden des Zure zu gefallen. Wir durften in der Schmiede bleiben, und als ich eines Tages einen Hammer nahm und über dem Amboss eine Schale aus dem Sonnenstein trieb, da fragte mich niemand, warum ich mit ihnen arbeitete. Ich machte mit und gehörte dazu.

In der Schmiede wurden nur wenige Schalen, Nadeln, Töpfe und Schmuck gemacht. Dafür viele Waffen. Sehr viele Waffen. Speere, Beile, Schwerter, Dolche. Nie wieder habe ich so gute Waffen gesehen. Neben der Schmiede wurden die Stiele an die Beile gebaut, die Griffe an die Schwertklingen, die Speere in die Spitzen. Der Topf mit dem Pech aus dem Holz des weißen Baums war immer heiß, die Feuer gingen nie aus. Mit Ochsenwagen wurde die Holzkohle für die Schmelzöfen und das Schmiedefeuer herangefahren. Im Wald mussten wohl zwanzig Männer nur damit beschäftigt sein, Bäume zu fällen und Holzkohle zu machen. Für die Frühlingssteine gab es sogar ein eigenes Haus. Wenn die Männer die Wagen entluden, dann machten sich viele Frauen daran, die Steine zu zerkleinern.

Vom Morgen bis zum Abend klangen ihre Schläge, und selbst als es tagelang regnete, arbeitete die Schmiede weiter, als ob nichts wäre. Alle waren bei der Arbeit von Dächern geschützt, und die Stoffkleidung trocknete am Feuer schnell wieder, wenn sie nass geworden war. Die Wege waren so hart, dass sie auch im Regen fest blieben, an ihren Rändern waren Gräben, in denen das Wasser schnell vom Weg abfließen konnte. Die Ochsen zogen auch bei Regen ruhig die Wagen mit der Holzkohle und den Frühlingssteinen. Sie brachten Korn in die Speicher am Hof des Zure, Speicher, die so groß waren, dass niemand Angst vor dem Winter zu haben brauchte. Die Fische kamen aus einem nahen See. Vor dem Hof, auf einer Wegkreuzung unter einem Baum, stand ein Herd, und der köstliche Rauch, nach dem ich mich schon früher so gesehnt hatte, zog am Mittag durch die Siedlung und weckte den Hunger. Und er lockte die Katzen zum Herd, die den Menschen so lange um die Beine strichen, bis eine Gräte mit einem Fischkopf für sie herunterfiel.

Um den Herd herum standen alle, die etwas tauschen wollten. Auch die Wagen der Ackerbauern, die in der Siedlung ihre Erbsen, ihr Korn und das Mehl tauschten. Oft gegen die Dinge, die sie selbst brauchten. Meist aber gegen Sonnenstein. Am Rand der Wegkreuzung standen die Händler mit ihren großen Ochsenwagen. Sie brachten Stoffe, Leder, Felle, Öl, Kämme, Farben, Schuhe, Muscheln, Feuersteine, Bernstein und vieles mehr. Sie sprachen viele Sprachen und erzählten abends am Feuer wunderbare Geschichten vom rauchenden Berg und von den großen lachenden Fischen. Sie nahmen vor allem Sonnenstein mit, Schmuck und Töpfe und Schalen und Messer. Nur selten ein Schwert oder ein Kriegerbeil.

Damals verstand ich nicht, warum die Schmiede so viele Waffen machten. Niemand brauchte sie. Alle Männer in der Siedlung hatten Waffen, manche hatten zwei Schwerter. Die Waffen wurden getauscht, und manche wurden wieder eingeschmolzen, damit aus drei Schwertern ein starkes Beil werden konnte. Sie wurden verziert und am Gürtel getragen, sie wurden bewundert, und wenn die Jungen zu Männern wurden, bekamen sie ein Schwert geschenkt. Die Mädchen bekamen Schmuck aus Sonnenstein.

An diesem Tauschplatz lebte auch ein Heiler. In seinem Häuschen trocknete er die Kräuter, die seine Frau und seine Kinder sammelten. Eidechsen, Käfer und Spinnen trocknete er ebenso, und wer zu ihm kam mit einer Krankheit oder einer Wunde, der erhielt gegen ein Stück Fleisch oder einen Topf ein Heilmittel. Bekannt war der Heiler jedoch für etwas anderes. Er konnte Schmerzen in den Gelenken heilen. Dazu verbrannte er die Rinde des weißen Baumes und vermischte die Kohle mit den zerstoßenen Samen des Rauschkrautes. Dann ritzte er mit einer Klinge aus Sonnenstein die Haut an dem Gelenk dreimal und rieb das Pulver in die Wunden. Übrig blieben drei schwarze Striche oder Kreuze, die immer sichtbar waren.

Der Heiler wusste nicht, warum ich lachend weiterging. Fast jeder Alte in der Siedlung des Zure war schon bei ihm gewesen und hatte sich diese Wunden ritzen lassen. Die Schmerzen waren nach einigen Tagen wieder da, aber die Striche blieben. So wusste der Heiler immer, wo er noch einmal ritzen und das Heilpulver wieder einreiben konnte. Hier also waren die Blitze in den Schmied gefahren, hier hatte er die Zauberkräfte her, von denen er der Talsippe am Feuer erzählt hatte. Heute denke ich: Wieder hätte ich schon damals wissen können, dass der Schmied unsere ganze Talsippe nur für sich benutzte. Er kannte sein Ziel, wir kannten sein Ziel nicht. Als ich ihm einmal erzählte, dass ich jetzt wüsste, woher er seine Blitzmale hatte, lachte er nur und zwinkerte mir zu. Ich lachte auch. Aber ich lachte damals über mein ganzes Tal, über mein ganzes Leben. Lona, die Zauberin, die Fischer – das lag auf der anderen Seite des Berges. Das war alles so klein geworden.

Der Schmied erzählte mir an diesem Abend auch, dass er nicht vom rauchenden Berg stammte, sondern aus einem der großen

Täler. Seine Eltern waren Bauern gewesen und hatten mit dem neuen Korn aus dem Süden alle Menschen seines Tales versorgt. In einem feuchten, kalten Herbst war ein Fluch ins Tal gefahren. Schwangere Frauen verloren die Kinder, die Menschen sahen Dinge, die nur sie sehen konnten, und starben unter Krämpfen. Der Schmied war in diesem Sommer als Junge mit anderen Kindern in die Berge geflohen und erst vor dem Winter wieder hinabgestiegen. Die Kinder der Toten waren zum Hof des alten Zure gegangen. Der ließ die Jungen auf seinem Hof leben, zum Spielen für seinen Sohn. Die Mädchen schickte er weg. So war der Schmied auf dem Hof geblieben und spielte mit dem Jungen, der heute der Zure ist. Ich weiß es nicht, aber ich glaube inzwischen, dass er mir an diesem Abend seine wirkliche Geschichte erzählt hat.

Ich lernte damals die Sprache des Warmlandes. Beru sah, was ich tat, und so holte er nach, was er als Kind nicht tun konnte. Er lernte auch eine Sprache. Wann immer ich von Nuber, Dula oder den Schmieden ein neues Wort lernte, legte er mir seine Hand an meine Kehle und fühlte meine Stimme mit der Hand. Dann legte er seine Hand an seine eigene Kehle und versuchte, seine Stimme ebenso schwingen zu lassen. Beru lernte nicht reden. Aber er schuf sich seine eigenen Worte. Die Leute, mit denen er lebte, begannen, ihn zu verstehen.

Der Zure ging oft in der Schmiede umher, sprach mit den Männern, ließ ihnen Bier, Brot und Fleisch bringen. An einigen Tagen brachte er eine Gussform mit, die er selbst in seinem Haus aufbewahrte. Aus ihr fielen nach dem Guss kleine Frauen aus Sonnenstein, die er zuerst für sich behielt und später an manchen Abenden unter den Männern verteilte. Die Männer nahmen sie lächelnd entgegen und dankten ihm fröhlich. Auch ich bekam schon nach wenigen Tagen in der Schmiede aus den Händen des Zure eine solche kleine Sonnenstein-Puppe. Ich blickte den Zure ratlos an – und er lachte.

Am Abend ging ich nicht in das Haus von Nuber und Dula zurück. Die Männer, die eine Sonnenstein-Puppe bekommen hatten, nahmen mich in ihre Mitte und gingen zu einem Haus, das am Fluss stand, zwischen dem Haus des Zauberers und dem großen Haus des Zure.

Der Eingang wurde nur einen Spaltbreit geöffnet, wir reichten die Sonnenstein-Frauen hindurch und wurden eingelassen. Die Frauen gaben uns Wein, blickten uns in die Augen, strichen mit den Händen über unsere Brust. Sie waren knapp bekleidet, und ihre Wangen und Lippen waren sehr rot. Manche von ihnen kannte ich, sie waren mir am Tage aufgefallen, weil sie nicht arbeiteten, kein Korn rieben, keine Stoffe webten. Ich sah nie Männer bei ihnen und keine Kinder, und manche von ihnen hatten bestimmt erst fünfzehn Sommer gesehen.

In der Mitte des Raumes stand ein großer Ofen, sodass wir alle die Kleider ablegen konnten. In zwei Feuerschalen wurde Rauschholz verbrannt, der süße Duft zog durch das Haus. Schließlich lag ich mit einer Frau auf den Fellen. Sie sagte Worte, die ich nicht verstand. Aber wie sie es sagte, das erhitzte mich. Ich dachte an Lona. Wie wir zum letzten Mal geklatscht hatten, als wir am Mittag allein gewesen waren, und daran, wie sie mich manchmal zur Zauberin geschickt hatte mit einem guten Stück Fleisch. Ich dachte an unseren Wasserfall. Bald sah ich nicht mehr, dass das Rot auf den Wangen und Lippen der Frau nur aufgemalt war. Ich schloss die Augen und überließ mich ihren eingeölten Händen.

So war das. Nicht nur die Schmiede bekamen diese Sonnenstein-Puppen. Auch viele andere, die auf dem Hof arbeiteten. Die Frauen in diesem Haus durften den Sonnenstein nur in dieser Form annehmen und auf dem Markt eintauschen. Sie zu etwas anderem einzuschmelzen hatte der Zure verboten. Im Tal hatten wir nur einmal im Jahr unser Honigfest gefeiert. Wir benebelten uns, wir klatschten miteinander, und im Frühling kamen die

Kinder. Hier konnte man sich das ganze Jahr über benebeln, das ganze Jahr über wurden Kinder geboren, und sehr viele überlebten auch. Und man konnte hier klatschen, ohne dass dabei Kinder gemacht wurden. Die Frauen mischten ein Pulver aus Sonnenstein ins Öl. Das verschloss die Bäuche der Frauen.

Als die Gipfel der hohen Berge sich mit Schnee bedeckten, konnte ich ihre Sprache sprechen. Es war etwas kühler geworden. Doch in unserem Tal konnte bereits Schnee liegen, und der Weg zurück war ganz sicher verschneit. Bis zum nächsten Frühjahr gab es kein Zurück mehr.

Beru war geschickt an den Blasebälgen. Auch er war einmal bei den Frauen gewesen. Fröhlich, aber verstört war er am Morgen zurückgekommen. Am nächsten Abend ging er wieder hin. Doch er stand schon bald weinend vor mir. Die schöne Frau, die ihm gestern noch solche besonderen Dinge gezeigt hatte, wollte heute nichts mehr von ihm wissen. Beru hatte keine Sonnenstein-Puppe mehr. Er glaubte, dass die Frau ihn wirklich begehren würde, und verstand nicht, dass sie ihn fortschickte. Ich konnte es ihm nicht erklären. Für so etwas fehlten uns beiden noch die Worte. Ich konnte ihm nur zeigen, dass mich das nicht überraschte. Und ihn trösten, so gut es ging. Ich wollte ihm eine meiner Sonnenstein-Puppen geben, doch er nahm sie nicht.

Der Schmied war jetzt oft beim Zure. Er schlief auf dem Hof bei einer Frau, die dort Stoffe webte und die er von früher kannte. Er ging seiner Wege und besuchte uns immer seltener. Oft war er viele Tage unterwegs. Der Zure schien ihn in andere Täler zu schicken. Beru und ich hatten am Haus von Nuber und Dula noch ein kleines Haus bauen können. Dort schliefen wir. Am Tage blieben wir auf dem Hof.

Auf dem Tauschplatz war immer viel davon zu hören, welche Täler miteinander im Krieg lagen und wer mit wem ein Bündnis geschlossen hatte, um ein drittes Tal besiegen zu können. Die Krieger überfielen die Händler, die Händler versuchten sich zu schützen, nahmen selbst Krieger auf ihren Wagen mit und tauschten Waffen aus Sonnenstein: Beile, Schwerter, Messer. Unsere Schmiede konnten allen helfen. Es schien mir, als wäre diese Siedlung der letzte friedliche Ort vor dem Meer der lachenden Fische.

21

Die Sonne verschwand jetzt schon früh hinter dem Berg, der Schnee hatte eines Tages den grünen Hang weiß gefärbt. Bis in die Täler war der Schnee noch nicht gekommen, doch von den Bergen fielen jetzt abends kalte Winde hinunter ins Warmland. Die Felle kamen zurück, denn selbst die dicht gewebten Tuche schützten nicht gegen den Wind. Erst trugen die Menschen wärmende Lederschuhe und Fellmützen, später auch Beinlinge, Überwürfe und Mäntel aus Fell. Ich dachte an Lona, die Große und die Söhne. Unser Tal war bestimmt schon zugeschneit. Sie würden jetzt im langen Haus bei der Zauberin auf den Fellen sitzen und nur hinausgehen, wenn sie Wasser holen mussten oder Holz für das Feuer.

Dass sie damals schon tot waren, erfuhr ich erst später. Oh, es war dumm von mir, dir das schon jetzt zu erzählen. Du solltest nicht vor der Zeit erschrecken. Aber wenn ich schon damals gewusst hätte, was mich bei meiner Heimkehr erwartete, dann hätte ich nicht weiterleben wollen. Aber ich hätte auch nie erfahren, wie der Schmied sie alle getötet hatte. Er würde jetzt noch leben. Warum er das getan hat, das weiß ich bis heute nicht.

Eines Abends war ein bunter Ochsenwagen auf dem Tauschplatz eingetroffen, mit wilden, fröhlichen Menschen. Obwohl sie keinen Sonnenstein hatten, wurden sie freudig begrüßt und zum Essen eingeladen. Auch Dula war hinausgelaufen, um mit den Geschichtenspielern am Feuer zu sitzen. Nuber blickte ihr lächelnd nach. »Setzt euch dazu«, riet er Beru und mir. »Die Geschichtenspieler sind erst zum dritten Mal hier, sie kommen immer vor dem Winter. Ich bin gespannt, was sie uns morgen erzählen werden.«

Sie erzählten die Geschichte schon abends am Feuer. Von Gestalten, die vom Himmel steigen, unten Mensch und oben Katze. Sie begegnen riesigen Adlern, auf denen Menschen reiten können. Ein Hirte steigt mit einem Adler zum Himmel und sucht dort für seine Frau ein Kraut, damit sie gebären kann. Dort oben wohnt die große, mächtige Frau, sie gibt ihm das Kraut.

Dann deuteten die Geschichtenspieler auf die Sterne und zeigten uns, wo die mächtige Zauberin wohnte, die uns von dort zusah und die, wenn sie wollte, die Ernte verdorren lassen konnte. Sie ist es, sagten sie, die jeden Tag einer Kuh ein Bündel Stroh an den Schwanz bindet. Das zündet sie jeden Tag an, und jeden Tag jagt die Kuh über den Himmel.

Dieser Stern in der Mitte, der Stern, um den sich alles dreht, das ist ihr Feuer, erzählten sie. Ich musste lachen, und Dula sah mich strafend an. Ich konnte ihr nicht sagen, warum ich lachen musste.

Am nächsten Morgen war auf dem Tauschplatz zwischen zwei Bäumen ein riesiges weißes Tuch gespannt. Ein Tuch, für das viele Tuchstreifen aneinandergenäht worden waren. Viel zu groß, um jemandes Kleidung sein zu können. Beru und ich verstanden es erst nicht. Doch dann sah ich die vielen Menschen aus der Siedlung hinter dem Tuch. Sie saßen und standen dort und blickten das Tuch an, das von der anderen Seite von der flachen Sonne beschienen wurde. Sogar den Zure, seine Kinder, seine Frauen und seine Krieger sah ich in der Menge. Dula und Nuber waren auch da. Sie riefen uns zu sich. Ich verstand immer noch nicht. Doch dann erklangen die Trommel und der Gesang – und plötzlich erhob sich der riesige Adler, so groß wie ein Mensch, mit kräftigen Flügeln. Mit seinem langen, scharfen Schnabel bedrohte er den Mann, der vor ihm kniete. Die Menge erstarrte.

Es waren nur die Schatten, die zu sehen waren. So hatte uns die Zauberin im Winter Geschichten erzählt, wenn die Sonne auf die

Schneefläche gefallen war und sie mit den Händen Schattenfiguren von Vögeln, Hunden und Adlern machen konnte. Wenn der Vollmond hell genug war oder wenn die Zauberin mit dem Holz vom weißen Baum ein helles Feuer entfachte, dann konnte sie auch im langen Haus die Schattenfiguren erscheinen lassen. Aber für uns Kinder war der Zauber schnell vorbei gewesen. Wir sahen immer, wie die Figuren gemacht wurden.

Das war hier anders. Ich konnte die Menschen nicht sehen, die hinter dem Tuch mit Adlermasken umhergingen und große geflochtene Adlerflügel schwangen. Wenn dann noch etwas Wind in das Tuch fuhr, dann sah es so aus, als ob der Adler durch die Luft flog. Natürlich wusste ich, wie diese Schatten zustande kamen. Ich konnte das aber auch vergessen und keinen Schatten sehen, sondern einen Menschen, der auf einem Adler in den Himmel flog. Und das tat ich.

Der Adler schlug mit seinem Schnabel wieder und wieder nach dem Mann. Der wich ihm geschickt aus und stürzte sich schließlich von hinten auf den Riesenvogel. Es gab einen Kampf, dann saß der Mann auf dem Adler, der ihm jetzt gehorchte. Sie flogen gemeinsam in den Himmel. Der Adler wollte den Mann abwerfen, doch der hielt sich immer wieder mit ganzer Kraft fest. Bis sie ganz oben im Himmel vor der Zauberin mit dem Katzenkörper standen, die ihm das Kraut des Gebärens reichte. Der Adler flog mit dem Mann wieder hinunter. Der Mann reichte das Kraut seiner Frau, und die bekam das Kind. Der Adler legte sich nieder, und als er wieder aufstand, hatte er sich in einen Mann verwandelt. Das Kind wuchs heran und wurde zu einem jungen Adler-Mann, der sich eine junge Frau nahm.

Die Trommel verstummte. Die Menschen waren still. Ich auch. So etwas hatte ich noch nie gesehen. Mir liefen die Tränen über das Gesicht. Es war ein Weinen und Lachen, es war ein Zauber. Dabei hatte ich nur eine Geschichte erzählt bekommen. Sie war nicht traurig gewesen, sondern schön, sie hatte ein gutes Ende. Sie erzählte von Dingen, die nicht sein konnten, denn selbst wenn es so große Adler irgendwo gab, so würden sie keine Menschen in den Himmel tragen.

Alle hatten geweint, auch die Alten. Ich blickte Beru an. Er lag auf dem Boden, das Gesicht versteckte er unter seinen Armen. Dann sah er mich an und lachte durch die Tränen hindurch. Da verstand ich, dass diese Bilder Beru noch viel mehr zum Weinen gebracht haben mussten als mich. Er hatte noch niemals eine Geschichte erzählt bekommen. Für ihn hatte es immer nur Bilder gegeben, die er verstehen konnte. Er hatte verstanden, was ein Zauberer abends am Feuer macht, warum die einen zuhören und einer erzählt. Aber er hatte nie erleben können, was das ist – eine Geschichte. Mit einem Anfang und einem Ende.

Ich setzte mich zu ihm auf den Boden. Dula kam heran. Sie ließ sich nieder und streichelte ihn.

Ich lächelte sie an. »Das war sehr gut.«

Sie nickte. Sie strich Beru über das Haar. »Die Geschichtenspieler ziehen schon morgen früh weiter. Sie haben Angst vor dem Zure.«

Ich verstand nicht. Der Zure hatte sich mit seinen Kindern die Geschichte auch angesehen. Auch sie hatten geweint.

»Er hat sie an sein Feuer ins große Haus eingeladen. Er will sie beschenken.«

»Warum sollten sie Angst vor Geschenken haben? Sie bekommen Sonnenstein, dann können sie tauschen.«

Dula schüttelte den Kopf.

»Wer vom Zure Geschenke bekommt, der ist nicht mehr – frei.«

Ich verstand immer noch nicht. Frei. So wie sie es sagte, schien es ein wichtiges Wort zu sein.

»Was ist frei? Erklär es mir.«

Dula dachte nach.

»Wenn sie Sonnenstein vom Zure nehmen, dann kann der Zure ihnen sagen, was sie tun sollen. Er wird sagen: Ihr habt Sonnenstein von mir bekommen. Spielt eine Geschichte, die erzählt, wie gut und stark ich bin. Oder nennt den, der in eurer Geschichte auf den Adler steigt, den großen Zure.«

Ich zuckte mit den Schultern.

»Es wäre dieselbe Geschichte.«

Dula lächelte.

»Nein. Wäre es nicht.«

Dann stand sie auf und ließ mich mit Beru zurück.

Frei. Das kann niemand anfassen.

War ich frei? Ich hatte vom Zure keine Geschenke genommen. Aber von Dula und Nuber. Sie hatten uns Kleider gegeben, sie hatten Beru und mich bei sich aufgenommen, ihr Essen mit uns geteilt. Wir hatten auf ihre Ratschläge gehört. Trotzdem konnte ich morgen mit Beru weggehen. Aber nicht ohne ihn.

Ich war nicht frei. Niemand war frei. Verstehst du, was das ist – frei? Ich kenne nur einen, der frei gewesen ist. Das war Nub, der alte Wolf. Die schöne Wölfin hatte ihn im Frühling aus dem Rudel vertrieben, er hatte bei der Hatz Fehler gemacht. Der alte Wolf lebte danach im Wald. Manchmal kam eine Wölfin zu ihm und ließ sich besteigen. Doch im Winter starb er. Da fehlte ihm die Wärme des Rudels. Nub war frei, solange er jederzeit etwas jagen konnte. Wer Hunger hat, der ist nicht frei. Der muss tun, was sein Bauch ihm sagt. Wer frei ist, der ist auch bald tot. Ich hatte Lona und die Kinder verlassen und war ins Warmland gegangen. War das frei? Ich hatte so etwas gefühlt, so etwas Großes, als wir jubelnd oben auf dem Berg gestanden hatten, in das Warmland sahen und unter uns die Adler flogen. Aber das war schnell vorbei gewesen. Die Katzen waren frei. Sie kamen und gingen, wann sie wollten. Sie lagen in der Sonne und fanden immer etwas zu fressen. Nachts stritten sie miteinander, und es klang, als ob ein Kind schreien würde. Aber sie brauchten nur einen halben Fisch, dann wurden sie wieder ruhig und lagen unnütz in der Sonne oder am Feuer.

Am Morgen zeigten die Männer der Geschichtenspieler einander ihre Schwerter, Beile und Messer. Die Frauen hatten Schmuck aus Sonnenstein bekommen, große glänzende Platten mit schönen Mustern und zwei Töpfe. Dula blickte mich traurig an. Die Geschichtenspieler packten ihren Wagen und holten den Ochsen von der Wiese. Er ließ sich träge vor den Wagen spannen, und ich musste lächeln. Er war noch nie frei gewesen, auch nicht, als er noch nicht beschnitten worden war.

Beru war heute nicht in die Schmiede gegangen. Er war schon früh bei den Geschichtenspielern aufgetaucht und hatte ihnen geholfen, den Wagen zu beladen. Er hatte die Schwerter in die Hand genommen und geschwungen, bis die Männer sie ihm lachend weggenommen hatten. Es war ein trüber Morgen, und die Frauen der Geschichtenspieler hatten die Geschenke des Zure unter den Fellen versteckt, die sie gegen die Kälte über ihre Stoffe geworfen hatten. Dula und Nuber standen neben mir.

»Beru will mitgehen«, sagte Dula.

Nuber blickte sie an. »Das glaubst du?«

Dula lachte leise. »Sieh doch hin.«

Ich erschrak. Jetzt sah ich es auch. Er streichelte den Ochsen, er strich über das große Wagenrad, und er zog das große weiße Tuch glatt, das zusammengerollt auf dem großen Wagen lag. Er blickte in die Ebene hinab, die sich weit nach Süden öffnete. Ja, Beru wollte mit den Geschichtenspielern weiter in den Süden ziehen. Ich wollte nicht, dass er mitging. Aber ich wollte auch nicht, dass er hier bei mir bleiben musste. Nuber und Dula blickten mich an. Sie mussten nichts sagen.

Ich trat zu Beru, legte seine Hand an meinen Hals.

»Willst du mitgehen?«

Ich glaube nicht, dass er meine Stimme verstand. Aber er verstand meinen Blick. Er zögerte. Zuerst nickte er. Dann schüttelte er den Kopf. Er deutete auf mich. Fragend legte er meine Hand an seine Kehle.

»Komm mit«, fühlte ich ihn sagen. Dula legte mir ihre Hand auf die Schulter. Sie lächelte. Sie hatte es verstanden, bevor ich es verstanden hatte.

»Du willst doch das Meer mit den lachenden Fischen sehen«, sagte sie. »Die Geschichtenspieler gehen weit nach Süden. Hier wird es kalt. Der Winter kommt. Geh mit Beru.«

Nuber sah mich an. »Und mit Nola. So heißt die schöne Frau.«

Er hatte es gesehen? Ich hatte mir Mühe gegeben, an der schönen Frau vorbeizusehen. Doch es war mir nicht gelungen. Sie hielt sich am Rande der Gruppe, aber gerade das schien der Grund dafür zu sein, dass die Blicke der Männer sie immer wieder suchten.

Nuber lächelte nur.

Ich brauchte nicht mehr nachzudenken. Der Schmied war weg, mein Tal lag bis zum Frühling unerreichbar hinter dem Berg, Beru würde nicht mit mir dorthin zurückkehren, und ich wollte das Warmland sehen, das ganze Warmland. Die Geschichtenspieler hatten sich rings um den Wagen aufgestellt, Nola und ihr Kind saßen oben. Ich fragte die Geschichtenspieler, ob Beru und ich mitkommen könnten. Sie waren nicht überrascht. Viele, die weite Wege durch das Warmland gehen mussten, gingen gern mit den Geschichtenspielern, denn die kannten viele Plätze, Wege und Menschen und wurden überall froh empfangen. Einige blieben für immer bei ihnen. Ich blickte mich nur zu Dula um. Sie nickte lächelnd.

Beru stieß einen seiner wilden, fremden Schreie aus. Ich holte mein Schwert, meinen Bogen und die Pfeile. Dula und Nuber füllten meine Trage mit trockenem Fleisch und Brot. Sie weinten beide, als ich mir die Trage auf den Rücken setzte. Nuber legte uns seine Hände auf die Schultern. Wir umarmten uns. Zum ersten Mal, seit sie uns auf der Wiese gefunden hatten. Dulas Haar roch wie frisches Gras.

Der Ochse zog an. Beru weinte, als er zurückblickte. Und er weinte, als er nach vorn blickte. Unser Weg führte am Fluss entlang, immer weiter in Richtung Süden.

22

Wir gingen langsam, aber stetig, und weil wir ohne Last neben dem Ochsenwagen laufen konnten, mussten wir keine Rast einlegen. Der Fluss versorgte uns mit Wasser, der Ochse trottete den Weg entlang, und ich erzählte den Geschichtenspielern von unserem Tal, von Umma, von Kerr mit seinen Hundesöhnen und vom Schmied, der uns gezeigt hatte, wie man Sonnenstein gießt, und der uns mitgenommen hatte über den Berg ins Warmland. Die Geschichtenspieler waren aus dem Süden gekommen und gingen jetzt dorthin zurück. Für sie und die meisten Händler führten die Wege nur bis zu den Bergen. Sie wussten, dass man mit kleinen Wagen durch die Berge gelangen konnte. Aber sie hatten aus den Bergen und aus dem Land hinter den Bergen noch nichts gehört. Sie wussten nicht, ob jemand sie und ihre Geschichten dort haben wollte, und so blieben sie südlich der Berge, dort, wo man sie kannte und wo man ihre Sprache sprach.

Die schöne Frau legte ihr Kind am Mittag zum Schlafen auf den Wagen zwischen die Felle und versuchte, mit Beru zu sprechen. Sie hatte gesehen, dass wir uns gegenseitig die Hände an die Kehlen legten, wenn wir miteinander sprachen. Sie versuchte es auch, und Beru war verlegen, als sie ihn am Hals berührte. Sie lachte, und als er dieses Lachen mit seinen Händen fühlte, errötete Beru noch mehr. Ich beneidete ihn in diesem Augenblick. Vielleicht konnte er schon riechen, wie ihr dunkles Haar duftete, vielleicht war er schon in diese schwarzen, tiefen, unergründlichen Augen hineingefallen, die selbst dann traurig blieben, wenn sie lachte.

Der Vater ihres Kindes war vor zwei Jahren getötet worden. Der Ochsenwagen der Geschichtenspieler war in den Krieg zwischen zwei Tälern geraten, die noch im Jahr zuvor gemeinsam am Feuer gesessen hatten. Die jungen Frauen des einen Tales hatten die jungen Männer des anderen Tales getroffen und miteinander Kinder gemacht. Diese Kinder und ihre Eltern waren die Ersten, die getötet worden waren. Irgendwann deutete Nola nach rechts, in ein Tal hinein.

»Seitdem gehen wir hier vorbei«, sagte sie nur. Beru schien sie zu verstehen.

»Woher kommt dieser Krieg?«, fragte ich sie.

Nola schüttelte den Kopf. Plötzlich hatten alle Männer Waffen gehabt, so als hätten sie sich lange auf den Krieg vorbereitet. Waffen aus Sonnenstein. Aber keine Messer, so wie man sie für die Jagd gebrauchen konnte. Sondern Waffen zum Kämpfen, Schwerter und Beile aus Sonnenstein.

»Wir hatten keine Waffen«, sagte Nola. »Die Krieger kamen, erschossen zwei von uns mit Pfeilen, und meinen Mann schlugen sie tot. Dann sahen sie, dass wir nicht die waren, die sie suchten. Da steckten sie ihre Schwerter ein und gingen.« Nola blickte in die Ferne. »Wir wissen bis heute nicht, zu welchem Tal sie gehörten.«

Ich nickte still.

»Jetzt haben wir Waffen«, sagte Nola. »Wenn die Krieger mich jetzt angreifen, werde ich mich wehren können.«

Ich nickte wieder still. Ich dachte an die Nacht, in der wir die vierzehn Hundesöhne getötet hatten. Und ich dachte daran, wie die Geschichtenspieler heute Morgen die Schwerter und Beile geschwungen hatten, die ihnen der Zure gestern geschenkt hatte. Sie fühlten sich stark, aber sie hatten nicht gelernt, wie man ein Schwert benutzen muss gegen einen Angreifer. Drei erfahrene Krieger hätten ausgereicht, um diese elf Männer der Geschichtenspieler zu töten. Ob sie nun Schwerter in der Hand hatten oder nicht.

Schon nach dem Mittag mündete unser Tal in ein viel größeres, mit einem viel größeren Fluss und einer viel größeren Siedlung. Sie lag inmitten großer abgeernteter Felder. Wir sahen viele

Bäche, die weit oben in den kahlen Bergen entspringen mussten, sich dann durch bewaldete Hänge schlängelten und schließlich langsam durch die Ebene flossen. Ich sah lange Bäche, die so gerade waren, dass bestimmt Menschen sie gegraben hatten. Sie brachten das Wasser zu den Feldern. Ich konnte nicht glauben, dass es je so viele Menschen gab, dass all das Korn gemahlen und gegessen wurde.

Vor der Siedlung war ein riesiger Kreis aus Holzpfählen errichtet worden, mit vier rot bemalten Eingängen, die mit sehr hohen Pfählen eingefasst worden waren. Ich konnte mir nicht vorstellen, wozu dieser runde Platz gut war. Auch die Geschichtenspieler konnten mir keine Antwort geben. Sie erzählten von der großen Meda, die über diese Siedlung herrschte, sie zeigten mit ausgebreiteten Armen auf die Sonne und auf die Pfähle, aber ich verstand sie nicht.

Auch die Siedlung war von einer solchen Wand aus Holzpfählen umgeben, an den Eingängen standen Krieger und durchsuchten alle Wagen. Musste sich eine solche Siedlung verteidigen? Gegen wen? Ich sah die Geschichtenspieler an. Sie wussten nicht, wer die Feinde waren. Aber es hatte Überfälle gegeben. Von Kriegern, die mit Steinäxten gekommen waren und so schnell zugeschlagen hatten, dass niemand sich wehren konnte. Sie hatten Männer, Frauen und Kinder getötet, Sonnenstein-Waffen erbeutet und waren schnell wieder verschwunden. Die Angreifer wussten, dass sie nicht gewinnen konnten, wenn sie sich im Kampf mit Steinäxten gegen Waffen aus Sonnenstein wehren mussten. Vor solchen Überfällen musste die Siedlung mit diesen Wänden geschützt werden, die Krieger bewachten jetzt die Eingänge. Die Bäume rund um die Siedlung wurden gefällt, damit sie Angreifern keine Deckung mehr boten. Seitdem hatte es keine Überfälle mehr gegeben.

Manche vermuteten, die Aussätzigen hätten sich auf diese Weise bewaffnet, um an Brot zu kommen. Aber die Aussätzigen würden nie Krieger sein können. Ein Aussätziger fand nicht nur sein eigenes Gesicht abstoßend und furchteinflößend, sondern auch das der anderen Aussätzigen. Außerdem waren sie von ihrer Krankheit geschwächt.

Als die Geschichtenspieler die Siedlung vor einem Jahr zum letzten Mal besucht hatten, hatte man dort gerade begonnen, Löcher in die Erde zu graben und Bäume zu fällen. Die Enden der Baumstämme wurden im Feuer verkohlt, damit sie nicht morsch wurden. So war übers Jahr der Ring aus Holzpfählen um die Siedlung gezogen worden.

Es war windstill, die Kälte sammelte sich im Tal, und so sammelte sich auch der Rauch über der Siedlung.

Wir näherten uns einem Eingang, der durch die Pfahlwand führte, doch bevor wir die Wachen erreichten, humpelten die Aussätzigen auf uns zu. Sie bettelten, und einer, dem die Geschwüre das Gesicht entstellt hatten, klagte uns sein Leid: Er sei noch vor drei Monden ein Steinschneider gewesen, dann sei der Aussatz über ihn gekommen, und die Krieger hätten ihn aus der Siedlung geworfen. Wir wandten uns ab, er folgte uns, und erst als die Krieger drohend ihre Schwerter aufblitzen ließen, ließ er von uns ab.

Die Krieger begrüßten den Wagen der Geschichtenspieler fröhlich und holten uns ohne Fragen in die Stadt. Erst als wir drinnen waren, fielen unseren Männern die Waffen ein, die sie auf dem Wagen versteckt hatten. »Wir hätten sie am Eingang abgeben müssen«, sagte Nola ängstlich.

Aber die Männer beruhigten sie. »Wir werden es niemandem sagen. So wie wir die Schwerter mit hereingebracht haben, so bringen wir sie auch wieder hinaus.«

Der Tauschplatz lag mitten in der Siedlung. Hier trafen drei Wege aufeinander, ein Bach floss durch die Siedlung und trug den Dreck hinaus in den Fluss. Auf dem Tauschplatz gab es Messer, Schmuck und Töpfe aus Sonnenstein. Waffen sah ich dort nicht. Nur Medas Krieger trugen Spieße und Schwerter aus Sonnenstein.

Zwei von ihnen bewachten den Eingang zum Hof der Meda. Er war größer als der Hof des Zure, es gab riesige Kornspeicher, ein Webhaus, ein Schlachthaus, ein Knochenhaus, ein Gerbhaus, aber eine Schmiede fehlte. Dafür gab es ein Dach, unter dem viele Mahlsteine lagen. Dort arbeiteten die Frauen den ganzen Tag, sodass es immer Mehl gab und der große Ofen, der mitten auf dem Hof stand, nie kalt wurde. Das Brot wurde am Backhaus an die Menschen der Siedlung verteilt. Neben dem Backhaus wurde in riesigen Tonkrügen Bier gemacht. Die beiden Düfte von frischem Brot und frischem Bier mischten sich in Medas Hof.

Einer der beiden Krieger musste den Geschichtenspielern ihren Hunger angesehen haben. Er ließ sich am Ofen einen Korb mit warmem Brot geben, riss eines auseinander und reichte es uns. Als die Leute sahen, mit welcher Lust die Geschichtenspieler in das köstliche Brot bissen, stand auch bald ein großer Krug mit Bier vor uns. Wir ließen es uns schmecken, die Leute blieben stehen, begrüßten die Geschichtenspieler fröhlich, und ihre Rufe drangen bis in Medas Haus. Etwas gebeugt, aber mit geraden, kräftigen Schritten kam Meda aus dem langen Haus, begrüßte die Geschichtenspieler und fragte sie, ob ihre Wege sicher gewesen waren. Vor allem ließ sie sich genau erzählen, was am Hof des Zure geschehen war.

Ihr Blick wanderte prüfend durch die Gruppe der Geschichtenspieler und blieb an Beru und mir hängen. Sie sah sofort, dass wir keine Geschichtenspieler waren, und winkte uns heran. Wir blickten zu Nola, doch die nickte uns zu und schob uns beide zu Meda. Sie sah aus wie unsere Zauberin, dunkelhäutig und mit schwarzem Haar, aber sie war nicht so klein. Sie trug ein buntes Kleid, hatte Muscheln und Sonnenstein-Platten im Haar, und um den Hals trug sie eine Kette aus dem braunen Stein, der brennen konnte und weit aus dem Norden hierhergetragen werden musste. Sie hatte gute Augen. Doch sie konnten auch gefährlich aufblitzen.

Meda stellte gute Fragen. Sie kannte das Tal meiner Zauberin nicht, aber sie hatte von dem Krieg gehört, den Ummas Sippe gegen Kerr und die Hundesöhne führte. Als ich erzählte, dass ich Schmied war und Sonnenstein schmelzen konnte, wurde ihr Gesicht böse. Sie winkte einen Krieger heran und zeigte auf uns. Sofort lag ich auf dem Boden, und mein linker Arm wurde emporgerissen.

Als Beru das sah, bekam er Angst. Nola half ihm. Sie wandte sich an Meda, kniete sich neben Beru und zog auch ihn zu sich herunter. Ich wurde wieder losgelassen. Nola winkte mich neben sich. Auch ich kniete nieder.

Es war mir unangenehm, mich so klein zu machen. Kennst du das von den Hunden? Dass einer sich klein macht und sich auf den Rücken dreht – zum Zeichen dafür, dass er sich ergibt? So kniete ich vor Meda. Wenn sie jetzt einem ihrer Krieger gesagt hätte, dass er mich töten solle, dann hätte er es tun können. Trotzdem war es etwas anderes als das, was der Schmied getan hatte, als er zum ersten Mal auf unsere Zauberin traf. Er hatte die Zauberin getäuscht. Wir hatten uns klein gemacht, ohne uns zu verstellen. Ich verstand, was Nola tat. Sie wollte Frieden.

»Große Meda«, sagte Nola. »Dieser Junge hier ist taub und stumm. Er wurde als kleiner Junge von den Hundesöhnen geraubt aus Ummas Sippe. Er trägt das Zeichen des Südtalles unter seinem linken Arm.« Nola schwieg. Meda blickte mich an.

»Er heißt Beru«, sagte ich.

»Zeig mir dein Zeichen, Beru«, sagte Meda mit Kälte in der Stimme. Ich nickte dem Jungen beruhigend zu. Er verstand und reckte zögernd den Arm in die Höhe. Der Krieger hob sein Schwert. Meda schüttelte den Kopf und drückte den Arm des Kriegers wieder nach unten.

Der Krieger war empört. »Meda! Er trägt das Zeichen!«

»Willst du einen Jungen töten?« Sie sagte das sehr laut. »Einen Jungen, der nicht hören und nicht sprechen kann?«

»Er trägt das Zeichen«, sagte der Krieger noch einmal.

»Sperr ihn in den Speicher«, sagte Meda. »Und ruf den Rat zusammen.« Dann wandte sie sich zum Gehen.

Überrascht stand ich auf.

War Meda nicht die Größte unter den Zauberinnen der Siedlung? Nola zog mich weg und erklärte es mir: »In dieser Siedlung bestimmen die Alten und Meda zusammen. Meda muss sich an das halten, was der Rat beschließt. Der Rat hat beschlossen, alle sofort zu töten, die das Zeichen der Hundesöhne tragen.«

»Weißt du, wie oft sie das schon getan haben?«

»Dreimal«, antwortete Meda und trat erneut an uns heran. Sie hatte uns zugehört. »Aber noch nie hat einer sein Zeichen selbst gezeigt. Und noch nie war einer so jung.«

Nola kniete nieder. Ich blieb stehen, ich wollte stehen bleiben. Meda sah mir in die Augen und lachte. Dann wandte sie sich ab. »Vor dem Rat solltest du knien, wenn der Junge leben soll!«, rief sie mir über die Schulter zu.

Beru musste über eine Leiter in einen großen Speicher klettern. Als der Speicher verschlossen wurde, hörte ich ihn wimmern. Ich bat den Krieger, zu Beru hinabsteigen zu dürfen. Kopfschüttelnd stellte der Krieger die Leiter noch einmal auf. Beru fiel mir um den Hals, er zitterte vor Angst. Ich legte seine Hand an meinen Hals und versuchte, ihm zu erklären, was jetzt geschah. Doch uns fehlten die Worte dafür.

Es dauerte nicht lange, und wir wurden aus dem Speicher geholt und zum Rat gebracht. Dreizehn Männer standen um Meda herum und sahen uns an. Manche waren in dicke Stoffe gekleidet, aber auch zwei Hirten und zwei Jäger in Fellkleidung waren dabei. Sie nahmen auf dreizehn Baumstümpfen Platz, sodass sie Meda anblicken mussten, als sie vor ihnen stand und mit ihnen redete.

Ich suchte nach Nola. Dort stand sie, mitten unter den anderen Geschichtenspielern. Ich musste meine Geschichte vor dem Rat erzählen, dann wurde Beru geholt. Er musste noch einmal seine Narbe zeigen, dann riefen die Männer ihm Fragen zu.

Ich blickte zu Meda. Sie verstand. »Der Junge kann nicht hören und kaum sprechen«, sagte sie laut. Sie deutete auf mich und sagte laut: »Ihm müsst ihr eure Fragen stellen. Er wird für den Jungen sprechen.«

»Das glaube ich nicht!«, rief einer der Hirten aus dem Rat. »Das ist eine Falle. Ihr wisst, was der Schmied über die Listen dieser Hundesöhne erzählt hat. Lasst euch nicht täuschen, hat er gesagt. Sie sind immer gefährlich.«

Der Schmied war hier gewesen? Unser Schmied? Ich fragte nicht nach. Das konnte nicht unser Schmied sein.

Beru begann zu weinen. Er kniete nieder und schluchzte. Der Hirte wandte sich ab. Einer der besser gekleideten Ratsmänner richtete jetzt seine Fragen an mich, ohne auf Beru zu achten. Ich erzählte, dass die Männer unseres Tales selbst vierzehn Jäger getötet und nur Beru am Leben gelassen hatten. Den Schmied erwähnte ich nicht. Sie betrachteten noch einmal meinen Arm, fragten nach meiner Zauberin, nach Umma und ihren Männern. Nach dem Sonnenstein in unserem Tal. Nach dem Zure und nach unserem Weg zwischen den Eisriesen hindurch. Die Sonne sank, die Feuer wurden entfacht.

»Morgen ist das Fest der Wintersonne«, sagte Meda laut. »Ich will das Fest nicht mit Blut feiern. Lasst uns morgen früh beschließen, und wenn der Junge Beru sterben soll, dann soll es nach dem Fest geschehen.«

Beru durfte sich entscheiden, ob er wieder in den Speicher klettern oder lieber gefesselt an einem Pfahl stehen wollte, bei den Kriegern auf dem Hof. Er entschied sich für den Pfahl.

Das Fest der Wintersonne kannte ich nicht. Nola erklärte es mir: »Das ist der kürzeste Tag des Jahres. Nach dieser Nacht werden die Tage wieder länger.«

Wir hatten uns im Tal auch immer nach der Zeit gesehnt, wenn im Winter die Tage wieder länger wurden und die Sonne immer ein Stück höher stieg. Wenn unsere Zauberin den Tag des Wintersonnenfestes gekannt hätte, dann hätten wir ihn auch gefeiert. Aber wir kannten ihn nicht. Und ich wusste auch nicht, wer Meda sagte, wann dieser Tag ist.

Nola lachte. »Du wirst es morgen sehen.«

Ihr Lachen erhitzte mich. Ich trat auf sie zu, und während ich noch nach Worten suchte, verstand sie mich schon. Dieses Lächeln traf mich wie ein Tritt. So lächelte man ein Kind an, das einen Fehler gemacht hatte. Dieses Lächeln sagte: Tu das nie wieder. Ich schloss die Augen. Als ich sie wieder öffnete, war Nola verschwunden.

Ich blieb die Nacht über bei Beru. Die Krieger hatten ihm nur die Füße zusammengebunden, sodass er nicht am Pfahl stehen musste. Wir schliefen beide unruhig.

23

Noch in der Kälte der Dunkelheit erwachte die Siedlung. Medas Krieger gingen zwischen den Häusern entlang und weckten die Menschen mit Rufen und Klopfen. In der Nacht hatte es geschneit, ein weißer Hauch lag über der Siedlung. Auf den Wegen brannten kleine Feuer, die die Menschen bis vor die Pfahlwand hinausgeleiteten, hin zu dem zweiten Kreis aus Holzpfählen. Die Menschen begrüßten sich müde und fröhlich, die Kinder hatten erwartungsvolle Augen und versuchten, sich mit dem wenigen Schnee zu bewerfen. Auch die Bewohner des Hofes machten sich auf den Weg zum Festplatz.

Beru wurden die Fußfesseln abgenommen und die Hände hinter dem Rücken zusammengebunden. Dann stieß ihn ein riesiger bärtiger Krieger in die Seite und bedeutete ihm, sich auf den Weg zum Festplatz zu machen. Der Krieger lächelte ihn freundlich an. »Geh schon. Es wird schon nicht so schlimm werden. Achte lieber auf den Weg, als mir ständig ins Gesicht zu sehen.« Er sagte diese Worte leise, zu sich selbst. Der Krieger wusste, dass Beru nicht hören konnte. Seine Stimme war tief, aber jung. Die riesige Gestalt und sein bärtiges Gesicht machten ihn älter. Seiner Sprache nach stammte er nicht aus dem Süden, sondern aus den Bergen, vielleicht aus einem unserer Nachbartäler.

Beru drehte sich immer wieder zweifelnd und ängstlich nach dem Krieger um. Wer verbarg sich unter dem Bart? Kannte Beru ihn? War die Freundlichkeit des Kriegers echt? Oder sollte ihn dieses Lächeln mit den Augen nur beruhigen? Schließlich fiel Berus Blick auf den riesigen Spieß. Er senkte die Augen. Wie konnte er Freundlichkeit erwarten von jemandem, der eine solche Waffe trug? Schweigend ließ er sich von dem Krieger durch die riesige Siedlung führen. Der lenkte ihn zuerst mit seinem Spieß. Dann winkte er mich zu sich heran und bedeutete mir,

Beru zu führen. So gelangten wir zu dritt aus der Siedlung hinaus und stellten uns zu den anderen in den Festkreis.

Als sich die Menschen in den Kreis drängten, färbte sich der Himmel im Osten schon rot. Ihr Atem war weiß, und es schien, als drängten sich die Leute in dem Festkreis zusammen wie Schafe. Sie sprachen laut miteinander und freuten sich mit den Kindern über den ersten Schnee. In unserem Tal war der erste Schnee kein freudiges Ereignis. Er bedeutete den Beginn der harten, entbehrungsreichen Zeit. Niemand konnte sicher sein, im Frühling noch zu leben. Aber hier im Warmland kam der Winter spät, und er war kurz. Die Menschen zogen sich wärmere Kleidung an, und zur Wintersonnenwende konnten sie sich schon wieder auf den Frühling freuen.

Der Krieger schickte mich nicht weg. Als er sah, dass Beru zitterte, deutete er auf meinen Fellüberwurf. »Willst du den Jungen frieren lassen? Gib ihm dein Fell.« Ich zog meinen Überwurf aus und reichte ihn Beru. Der sah mich fragend an. Wie sollte er das Fell überziehen mit seinen gefesselten Händen? Der Krieger seufzte und löste Berus Fesseln. Der Junge zog das Fell an und verschränkte die Arme wieder hinter dem Rücken, damit der Krieger ihm die Fesseln wieder anlegen konnte. Doch der stand vor ihm und lächelte. »Reich mir die Hände nach vorn, Kleiner.« Der Junge lächelte zurück, und der Krieger band ihm die Hände locker vor dem Körper zusammen. Dann sah uns der Krieger lange und ernst an. Er warf uns einen Blick zu, den ich noch nicht verstand.

Der Himmel im Osten war inzwischen hell geworden, die Sterne waren verschwunden. Die Menschen beruhigten sich, eine große Stille breitete sich auf dem Festplatz aus. Auch die Kinder wurden leise.

Der Himmel war wolkenlos. Der feste Stern stand dort, wo er immer steht. Heo und Ala umkreisten ihn. Eine schmale Mondsichel hing im Westen über einer Gruppe verschneiter Gipfel, die jetzt zu leuchten begannen, erst an den Spitzen, und dann zog sich das rote Leuchten so stark über den Schnee, dass die Augen zu schmerzen begannen. Dort blickte Meda hin, zusammen mit den vielen, vielen Menschen. Es waren so viele, dass es mir Angst machte. Ich sah die Geschichtenspieler beieinanderstehen. Nola war bei ihnen und winkte mir, näherzukommen. Doch ich schüttelte den Kopf.

Meda stieg auf den hohen Baumstumpf in der Mitte des Festplatzes. Sie hatte eine rote Fellmütze auf und stützte sich auf einen großen Stab, der eine Sonne an seiner Spitze hatte, glänzend und fein geschmiedet aus Sonnenstein. Die Männer des Rates standen um sie herum. Einer von ihnen schlug dreimal auf eine riesige Trommel, der Ton hallte dumpf zwischen den Pfahlwänden hin und her. Dann wurde es still. Selbst Beru war ergriffen. Er stand zwischen dem Krieger und mir, so als wären wir seine Brüder.

Meda drehte sich nach Osten um und zog die Blicke der Menschen auf sich. »Der große Mero rollt das Sonnenrad heute auf unserem Weg!«, rief sie. »Er wird uns noch ein Jahr beschützen und bei uns bleiben!« Dann hob sie ihren Stab ganz weit nach oben. Seine Spitze glühte auf. Die ersten Sonnenstrahlen leuchteten über die Berge und schienen nur die Sonne an Medas Stabspitze treffen zu wollen. »Mero, wir grüßen dich!«, rief Meda jetzt, und die Menge jubelte. Dann stieg die Sonne mit einem kräftigen Rot über dem Bergkamm empor – genau an der Stelle, wo die beiden großen Pfähle die anderen Pfeiler aus der Wand überragten und einen Eingang bildeten. Wieder ertönte Jubel.

Meda war die Erste, deren Gesicht von der Sonne angestrahlt wurde. Sie schien jetzt selbst zu leuchten. Auch als sie ihren Stab sinken ließ, glühte die Sonne aus Sonnenstein weiter, und ein großer Lichtfleck tanzte durch die fröhliche Menge. Es sah aus, als ob er jemanden suchte.

So war es auch. Der rot leuchtende, tanzende Fleck blieb bei Beru stehen und blendete ihn. Und auch den Krieger, der Beru an den Handfesseln hielt. Er ließ ihre Gesichter leuchten.

Mero, der große Sonnenmann, hatte Beru gesehen und ihm sein Licht geschenkt. Alle hatten es gesehen. Ich blickte zu Meda. Ich konnte nicht erkennen, ob sie es gewesen war, die den Lichtfleck auf Beru gelenkt hatte. Sie hatte das Gesicht nach oben gerichtet und die Augen geschlossen. So schien es.

Beru verstand nicht, was geschehen war. Er war nur von der Sonne geblendet. Er hatte die Hände vor sein Gesicht erhoben, dann wandte er sich ab und suchte meinen Blick. Ich lächelte ihn an. Es war ein gutes Zeichen, dass das Licht Meros ihn getroffen hatte. Dann fiel mir ein, was Meda mir gestern gesagt hatte: Vor dem Rat solltest du knien, wenn der Junge leben soll. Ich trat näher an Beru heran, kniete nieder und zog ihn zu mir herunter. In diesem Augenblick wich die Menge von uns zurück – und so knieten wir beide im Schatten der Berge, getroffen von einem Flecken Licht, der vom Sonnenmann kam und von Medas Stab zu uns gelenkt wurde – mit oder ohne ihren Willen.

Die Trommel erklang wieder. Meda stieg von dem Baumstamm herab und wies mit dem Stab auf Beru. Die Menge öffnete einen Weg für sie. Meda stellte sich vor Beru und rief: »Dieser Junge trägt das Zeichen der Hundesöhne aus dem Südtal. Der Rat hat beschlossen, dass sie alle getötet werden sollen, wenn wir sie finden, denn sie haben Krieg und Tod über Ummas Tal und dessen Siedlungen gebracht. Auch in unserem Land haben sie schon gewütet. Sie haben sich bei uns Waffen aus Sonnenstein verschafft. Der Schmied hat uns oft genug vor ihnen gewarnt, und drei von ihnen haben wir schon getötet!«

Sie schwieg. Die Menge sah sie finster an. Der Tod der drei Hundesöhne lag schon über ein Jahr zurück. Wollte Meda einen Jungen töten? Beru und ich knieten immer noch. Meda hob wieder ihren Stab. »Dieser Junge hat uns gestern selbst das Zeichen unter seinem Arm gezeigt. Das Licht des Sonnenmannes ist heute auf ihn gefallen. Der Junge ist taub, er kann nicht sprechen. Der Mann neben ihm gehört nicht zu Kerrs Hundesöhnen. Er hat ihn hergebracht, er soll für ihn sprechen.« Sie deutete mit dem

Stab auf mich. Ich sollte vor so vielen Menschen sprechen? Ich hatte Angst. Ich wusste nicht, was ich sagen sollte.

Schon wollte ich aufstehen. Doch Meda schüttelte den Kopf. So kniete ich weiter auf dem Boden, hob nur den Kopf, holte tief Luft und rief so laut ich konnte: »Das ist Beru. Er wurde im Tal Ummas von den Hundesöhnen geraubt, als er noch ein Kind war, und wuchs bei Kerr und seinen Männern im Südtal auf. Ich bin aus dem Nachbartal. Wir fanden ihn, als wir in einer Nacht vierzehn der Hundesöhne töten konnten, die unsere Talsippe überfallen wollten. Er ist taub und stumm. Ihr kennt den Schmied. Auch er wollte Beru am Leben lassen. Ich kann ein wenig mit Beru reden. Wir sprechen stumm miteinander, indem wir uns die Hände an den Hals halten und die Worte fühlen. Beru ist klug, stark und fleißig. Lasst uns hier leben oder weiterziehen. Aber ich bitte euch: Tötet ihn nicht.«

Die Menge blieb still. Ich blickte Beru von der Seite an. Er kniete mit gesenktem Kopf neben mir und hatte die Hände gefaltet. Zum einen, weil sie aneinandergefesselt waren. Zum anderen schien er Ruhe und Kraft zu schöpfen aus diesen ineinander verschränkten Fingern. Immer noch blieb die Menge still. Dann hob Beru den Kopf, atmete tief, stand auf und blickte mich ruhig an. Er war bereit. Bereit, den Tod zu empfangen oder weiterzuleben. Er lächelte.

Die Menge wurde unruhig. Sie stritten um Berus Leben. Die einen hielten alles für eine List und wollten ihn töten. Die anderen glaubten uns und wollten Beru leben lassen. Die einen fanden seine Ruhe stark, die anderen frech. Hatte er Meda verhext?

Die Männer des Rates waren herangetreten und berieten sich leise. Sie beachteten Meda nicht. Oder sie wollten sie nicht beachten. Schließlich gebot der Trommler des Rates mit einer Handbewegung Schweigen. »Der Rat versteht das Zeichen noch nicht, das Mero gesandt hat. Wollte er uns einen Verräter zeigen oder wollte er dem jungen Hundesohn helfen? Wir werden uns beraten und heute Abend entscheiden. Bei Sonnenuntergang wird unsere Entscheidung verkündet.«

Der bärtige Krieger packte Beru an der Schulter und schob ihn vor sich her. Ich konnte sehen, dass sein Gesicht unter dem Bart weiß geworden war vor Schreck und Wut. Seine Hand zitterte.

In Medas Hof band der Krieger Beru wieder an den Pfahl, so, dass er bequem sitzen und sich bewegen konnte. Dann fesselte er auch mich. Ich ließ es geschehen und blickte ihn nur fragend an.

»Wenn der Rat entscheidet, dass alles eine List ist, dann wirst du auch getötet.«

Ich erschrak. Natürlich konnte mich der Rat nicht am Leben lassen. Ob ich nun das Zeichen unter dem Arm trug oder nicht. Der Krieger nickte mir freundlich zu und ging.

Ich saß den ganzen Tag bei Beru. Er war ruhig. Er hatte keine Angst mehr. Die Ratsmitglieder betrachteten uns von Weitem, keiner von ihnen sprach mit uns. Nola brachte uns Wasser, Fleisch und Fladen. Sie hatte in der Siedlung einiges gehört. Meda und der Rat hatten Streit. Zu oft hatte Meda die Alten übergangen und selbst entschieden, was eigentlich der Rat entscheiden musste. Die Ratsmitglieder hatten ihre Helfer ausgeschickt. Die waren jetzt unterwegs in den Häusern, um herauszufinden, wie die Menschen dachten. Nola selbst hatte auch die Leute in der Siedlung befragt. Aber die meisten zuckten nur mit den Schultern: Das ist allein die Entscheidung des Rates. Ob dieser Beru nun lebt oder stirbt, was macht das für einen Unterschied? Nicht nur die Ratsmänner hatten gesehen, dass Meda mit ihrem Stab das Licht Meros auf Beru gelenkt hatte. Es war also nicht des großen Sonnenmannes Wille, dass Beru am Leben bleiben sollte, sondern Medas. Viele empörten sich darüber, dass Meda sich nicht nur dem Willen des Rates widersetzte, sondern auch Mero, den großen Sonnenmann, für sich benutzte. Andere lachten darüber. Der Rat hatte sich Medas Zaubereien einfach entzogen. Sollte sie sich doch etwas Neues einfallen lassen, um den Rat zu beeindrucken.

Als die Sonne sich dem Bergkamm im Süden näherte, war ich überzeugt, dass es nicht um Berus oder um mein Leben ging. Es ging darum, ob der Rat sich der starken Zauberin Meda entledigte oder ob Meda den Rat besiegen würde. Wir konnten nichts tun.

Beru verstand von alldem nichts. Er saß ruhig da, weinte und blickte zu den Bergen hinauf. Den Tag über aß er kaum etwas. Die Kälte schien ihn nicht zu stören. Um ihn herum taten die Menschen auf dem Hof ihre Arbeit. Ein alter Hund trottete heran und legte sich zu Berus Füßen. So saßen wir gefesselt auf Medas Hof. Um uns herum feierten die Menschen ihr Wintersonnenfest.

Die Alten des Rates versammelten sich nach dem Mittag im langen Haus. Uns bewachte jetzt ein anderer Krieger, er stand abseits, unterhielt sich mit den Frauen und blickte nur manchmal zu uns herüber. Unser bärtiger Krieger stand neben dem Eingang zum langen Haus.

Nola kam noch einmal mit einem anderen Geschichtenspieler. Sie brachten uns Brot und Fleisch. Ich blickte ihr verwundert entgegen, denn wir hatten genug zu essen, und das wusste sie. Als sie die beiden Brote neben uns niederlegte, begann sie zu flüstern, ohne uns anzusehen. »Der bärtige Krieger war bei uns. Er will euch helfen. Er kennt die Hundesöhne, und er kennt euch. Er steht jetzt am Eingang des langen Hauses, damit er die Entscheidung des Rates hören kann. Wenn er euch sagt, dass ihr fliehen müsst, dann folgt ihm. Im Brot sind Waffen. Wir werden hier keine Geschichte spielen. Unser Wagen fährt weiter in Richtung Süden, heute noch. Die Ratsmänner glauben uns, dass wir euch erst seit ein paar Tagen kennen.«

Ich verstand sie nicht. Sie blickte mich lange an und seufzte. »Ihr werdet euch retten müssen. Der Rat will euch und Meda tot sehen. Vertraut dem Krieger mit dem Bart.« Dann gingen sie. Ohne sich umzublicken.

Die Sonne verschwand erst hinter Wolken, dann hinter den Bergen. Eine graue Dämmerung legte sich über das Tal.

Wie sollte ich Beru das erklären? Doch das brauchte ich nicht.

Er griff sich ein Brot, wunderte sich über das Gewicht und fand eine Klinge aus Sonnenstein darin. Ich fand ein kleines Beil und setzte mich darauf. Unser Bewacher hatte nichts bemerkt, und er sah auch nicht, wie Beru vorsichtig die Fesseln durchschnitt. Bald schon kam der bärtige Krieger langsam auf uns zu. Er sprach mit unserem Bewacher, schickte ihn weg, stellte sich drohend neben uns auf und fragte dann leise und freundlich: »Sind eure Fesseln durchgeschnitten?«

»Ja«, antwortete ich. »Was passiert jetzt?«

»Meda stirbt gerade. Sie haben sie das Gift trinken lassen. Wenn sie tot ist, sollt auch ihr sterben.«

Beru begriff. Er blickte mich an. Ich sah, dass er leben wollte. Er griff nach der Klinge und sah den Krieger an. Der nickte ihm zu und lächelte. Dann sagte er: »Wenn wir jetzt fliehen, schaffen wir es bis zum Fluss. Dort im Wasser verlieren ihre Hunde unsere Spur, und in der Dunkelheit finden sie uns nicht wieder.«

»Warum tust du das?«, fragte ich ihn.

Der Krieger sah mich lange an. Dann atmete er tief.

»Das kann ich dir erst sagen, wenn wir zusammen am Feuer sitzen. Ich muss dir etwas über den Schmied erzählen.«

»Wo ist er?«

Der Krieger schüttelte den Kopf. »Wir müssen los. Raus aus der Siedlung. In den Fluss. Steht ruhig auf und geht vor mir her.«

Wir hielten die Hände auf dem Rücken, so als wären wir gefesselt. Niemand beachtete den Krieger und uns. Die wenigen Menschen, die jetzt noch auf dem Hof unterwegs waren, wichen uns aus, und nicht wenige von ihnen waren vom Wein benebelt, der an diesem Festtag reichlich geflossen war. Doch unter den Kleidern hatten wir die Waffen versteckt. Wir gingen ein paar Schritte in Richtung des langen Hauses. Dann wechselten wir die Richtung und verschwanden in einem schmalen Weg. Hinter uns blieb es ruhig. Aber noch waren wir nicht durch das Tor gekommen. Der Krieger mahnte uns, ruhig zu gehen. Wir mieden die großen Wege, drückten uns an den Wänden der Häuser entlang, und wenn der Krieger uns nicht geführt und beschützt hätte, wären wir nie bis zum Tor gekommen. Hinter uns wurde es unruhig. Wir hörten Rufe und schnelle Schritte. Hatten die Ratsmänner schon bemerkt, dass wir geflohen waren?

Wir näherten uns dem Ausgang der Pfahlwand, ohne zu wissen, ob die beiden Krieger der Nachtwache schon wussten, dass wir auf der Flucht waren. Nein. Sie saßen neben dem Ausgang auf dem Boden und erhoben sich ruhig, als sie den Bärtigen erkannten. Plötzlich erklang Geschrei hinter uns. Die Ratsherren und die Krieger hatten uns entdeckt. Noch verstanden die beiden Wachen nicht, was die Verfolger riefen. Sie griffen langsam nach ihren Schwertern, unschlüssig, ob sie den Bärtigen angreifen oder nur uns aufhalten sollten.

Diesen Augenblick nutzte der Bärtige aus. Er sprang nach vorn, stieß einen der Krieger in den Staub und hielt dem anderen sein Schwert an die Kehle.

»Lauft!«, schrie er.

Beru und ich liefen hinaus in die Dämmerung. Vorbei an den Aussätzigen, die sich erhoben hatten, um zu sehen, warum es Geschrei gab. Einer stellte sich uns in den Weg, es war der, der uns erzählt hatte, dass er früher Steinschneider gewesen war. Beru stieß ihn in den Schlamm und rannte weiter. Ich blickte über die Schulter und sah, dass auch unser bärtiger Krieger entkommen war. Mit dem blanken Schwert in der Hand rannte er uns nach.

»Lauft!«, rief er wieder.

Auf der Wiese rutschten wir im nassen Gras aus, sprangen wieder auf. In der Dämmerung sahen wir die Pfahlwand des verlassenen Festplatzes vor uns. Die ersten Pfeile surrten an uns vorbei. Der bärtige Krieger kam näher. »Hinter die Wand!«, rief er.

Die Verfolger konnten uns in der Dämmerung kaum sehen, doch der Aussätzige wies ihnen lächelnd die Richtung. Sie stießen ihn beiseite. Als wir durch den Eingang zum Festplatz rannten, schlugen zwei Pfeile dumpf in das Holz ein. Hinter den Pfählen hatten Beru und ich einen Augenblick Zeit zu verschnaufen, wir keuchten und warteten auf den bärtigen Krieger. Kurz bevor er den Eingang erreichte, surrten wieder Pfeile heran. Mit einem Schrei und einem Fluch erreichte uns der Krieger. Sein Gesicht war schmerzverzerrt. Sein Schwert hatte er verloren. Aus seiner Schulter ragte eine Pfeilspitze heraus. Er hielt sich an mir fest, keuchte und sah mir in die Augen. Sein Blick war ganz klar. Er lächelte. Dann sah er sich um.

»Dort hinaus. Bis zum Fluss schaffen wir es. Dann ist es dunkel.«

Wir rannten los. Unsere Verfolger hatten keine Hunde. Wir waren ihnen nur einen Pfeilschuss voraus. Aber wir waren schneller als sie, und auch die zweite Pfahlwand würde uns Schutz bieten. Der Krieger rannte mit uns mit, als hätte der Pfeil ihm Kraft gegeben. Er war schneller als wir, obwohl sein Arm schlaff herunterhing. Noch bevor die Krieger den Ausgang aus dem Festkreis erreicht hatten, verschwanden wir in den Büschen am Ufer, sprangen hinab und stolperten über die Steine in den Fluss. Es fiel mir schwer, still zu bleiben, als ich mich in das kalte Wasser stürzte. Die Verfolger hatten uns verloren, aber noch nicht aufgegeben. Das Wasser reichte uns bis zur Brust, sodass wir uns gefahrlos dem Strom überlassen konnten. Wir hätten sehr weit durch die Dunkelheit so weiterschwimmen können. Aber die Kälte zwang uns bald, den Fluss am anderen Ufer zu verlassen. Ein bewaldeter Berghang bot uns ein erstes Versteck. Beru und ich zitterten vor Kälte. Der Krieger war ebenso nass wie wir. Doch er schien die Kälte gar nicht zu spüren. Er blieb nur kurz stehen und lauschte in die Nacht. Kein Hundegebell. Dann trieb er uns weiter.

»Jetzt nicht nachlassen«, flüsterte er. »Wenn sie die Hunde holen und den Fluss durchqueren, dann finden sie uns noch.« Wir liefen und liefen. Ich blieb erschöpft zurück, doch Beru und der Krieger fassten mich an der Hand, damit wir uns nicht verloren. Kein Mond war am Himmel. Die Nacht und der Wald gaben uns Schutz. Die Dunkelheit verschluckte uns.

Der Bärtige hielt an.

»Still!«

Nur unser Keuchen war zu hören. Keine Hunde, keine Schritte, keine Rufe. Der Krieger nickte, ließ sich auf dem Waldboden nieder und ächzte. Er betastete die Wunde an seiner Schulter und den Pfeil, der aus ihr herausragte. Es blutete nur wenig. Dann hörte ich die Hunde. Die Verfolger waren noch weit weg, aber sie hatten unsere Spur gefunden. Ich machte Beru ein Zeichen. Er verstand. Es war noch nicht vorbei. Wir wollten wieder loslaufen, doch der Krieger blieb stehen.

»Still! Hört ihr das?«

Ein leises Plätschern. Ganz in der Nähe. Der Krieger lachte leise. »Jetzt haben wir es geschafft. Noch einmal finden sie unsere Spur nicht wieder.«

Wir folgten dem Plätschern und fanden den Bach. Er war breit, aber nur knietief. Unsere Füße schmerzten, als wir zum zweiten Mal ins eiskalte Wasser stiegen. Wir stützten uns gegenseitig, um in der Dunkelheit nicht auf den glatten Steinen auszurutschen. Wir gingen der Strömung entgegen, und erst als es zu steil wurde, verließen wir das Wasser wieder und versuchten, noch ein wenig weiter vom Ufer wegzukommen, tiefer in den Wald hinein. Doch es war zu dunkel. Wir sahen nichts mehr, wir fühlten nur riesige Wurzeln und ließen uns schließlich zwischen ihnen nieder. Hier würden wir bleiben müssen bis zum ersten Licht. Natürlich konnten wir kein Feuer machen. Und trockene Felle hatten wir nicht. Würden wir den Morgen erleben? Trotz der Kälte zogen wir unsere Kleider aus, wrangen das Wasser aus den Fellen und zogen sie wieder an.

»Zieh mir den Pfeil raus«, sagte der Krieger zu mir. Er war immer noch ganz klar. So riesig und stark wie er war, konnte es sein, dass er diese Verletzung wirklich überlebte. Ich tastete nach seiner Schulter. Sie war schon warm. Der Pfeil war neben dem rechten Schulterblatt eingedrungen und unter einem Brustknochen wieder ausgetreten.

Beru hatte seine Klinge verloren. Doch ich hatte mein Beil noch in der Hand. Der Krieger biss auf einen Riemen, und die Tränen schossen ihm in die Augen, als ich anfing, die Spitze anzusägen, bis ich sie schließlich abbrechen konnte. Jetzt nickte der Krieger mir zu, Beru hielt ihn fest, und ich zog den Pfeil mit einem Ruck aus seinem Rücken heraus. Er stöhnte auf.

»Zeig mir den Pfeil.« Er roch daran. Er schloss kurz die Augen. »Morgen bin ich tot«, sagte er nur und reichte mir den Pfeil. Ein übler Gestank von verwestem Fleisch stieg mir in die Nase. Der Krieger lehnte sich zurück.

»Kommt her. Wir müssen zusammenrücken, wenn ihr überleben wollt.« So gut es ging, legten wir uns zueinander in den Bogen einer riesigen Baumwurzel. Der bärtige Krieger legte sich in die Mitte, Beru und ich legten uns wie kleine Kinder an seine Seiten, den Kopf auf seinen Armen, die Beine über ihn. Wir starrten ins Dunkel, es war gleichgültig, ob wir die Augen schlossen oder nicht. Wir hatten keine Angst mehr.

Dann begann der Krieger zu erzählen.

»Ich bin ein Hundesohn. Mein Zeichen habe ich unter dem anderen Arm, so konnte ich es verbergen. Ich war noch ein Kind, als ich es bekam. Das war kurz nachdem Umma unser Tal verlassen hatte. Meine Mutter war tot, ich wollte nicht mit einer fremden Frau mitgehen, ich wollte bei meinem Vater bleiben und ein Hundesohn werden wie er. Das machte mich stolz. Als ich älter wurde, bin ich mit den Jägern gegangen. Wir haben Steinböcke gejagt, später dann Männer, Frauen und Kinder. Ich habe viele getötet. Aber wir Hundesöhne wurden auch immer weniger. Die einen starben im Winter, die anderen bei den Kämpfen.«

Er seufzte.

»Wir hungerten. Von Winter zu Winter wurde es schlimmer. Kerr war unser Jagdführer. Er tötete auch die Bärin. Sie war ganz nah herangekommen und hatte auch keine Angst, als Kerr den Pfeil auflegte und auf sie zielte. Ihr Fleisch war gut. Die kleinen Bären verhungerten irgendwo. Das Wild war schon lange aus dem Südtal verschwunden. Der nächste Winter wurde noch schlimmer. Damals meinten die ersten von uns, dass wir zurückmüssten zu den anderen. Wir würden in unserem Tal alle sterben, ohne Korn, ohne Wild und ohne Frauen. Doch Kerr erschlug zwei von ihnen, und wir aßen sie auf. Er war so wild und stark, dass er jeden erschlagen konnte. Alle hatten Angst vor ihm. Und dann, als im letzten Winter der Schnee schmolz, stand der Schmied an unserem Feuer und wollte mit Kerr sprechen. Er hätte ein Geschenk für ihn vom großen Zure aus dem Warmland.«

»Der Schmied? Meinst du wirklich unseren Schmied?«

Der Krieger nickte lange.

Dann sagte er leise: »Ja. Der Schmied, der deiner Talsippe den Sonnenstein brachte. Und den Tod.«

Ich war still. Der Krieger atmete schnell. Beru war eingeschlafen.

»Sie sind alle tot. Hörst du? Alle. Alle, die in deinem Dorf lebten, bei der Zauberin.«

Ich schüttelte den Kopf. Er spürte das.

»Du glaubst es nicht.« Er seufzte.

»Eine eurer Frauen hat Kerrs Freund getötet, den alten Hundesohn, der den Frauen gerne wehtat. Der Schmied und die Zauberin haben noch zwei Hundesöhne getötet, die sich unter eure Männer gemischt hatten.«

»Das stimmt.«

»Die vierzehn Hundesöhne, die ihr vor dem Honigfest getötet habt, waren aus dem Südtal geflohen. Sie wollten bei euch leben oder weiterziehen. Sie wollten weg von Kerr, sie wollten wieder Frauen und Kinder haben, sich satt essen und ruhig schlafen. Der Schmied wusste das. Aber er hat euch nichts davon gesagt. Damit ihr sie tötet.«

»Aber wir dachten ...«

»Ich weiß. Ihr dachtet, sie wollten euch überfallen, um an die Waffen aus Sonnenstein zu kommen. An die Brenngruben und an alles andere. Aber diese Männer waren keine Hundesöhne mehr. Sie wollten zu euch, um euch zu warnen. Und um euch zu helfen gegen die, die ein paar Tage später kamen.«

»Davon weiß ich nichts.«

Der Krieger atmete laut. Dann sagte er: »Sie kamen nachts über die Flusswiese, umgingen das Dorf und warteten im Wald über der Ebene auf den Morgen. Als die Ersten von euch aufwachten, stürmten sie ins Dorf. Sie hatten leichtes Spiel. Sie töteten erst die Männer und die Kinder, dann vergewaltigten sie die Frauen und töteten auch sie. Dann brannten sie alles nieder und ließen niemanden am Leben.«

Ich schwieg. Was hatte der Krieger gerade gesagt?

»Nein.« Ich schrie nicht. Ich sagte es ganz ruhig. Obwohl in mir auf einmal alles schwarz war und aus Stein.

»Doch. Deine Ebene gibt es nicht mehr. Dort lebt jetzt Kerr mit den letzten sieben Hundesöhnen. Sie haben alle getötet.«

»Lona, die Söhne, die Große?«

Der Krieger presste meinen Arm. Ich fror. Mir war übel. Trotzdem schlug ich ihn auf die Brust: »Und wo warst du? Du Hundesohn?«

Er stöhnte auf. »Ich konnte das nicht mehr. Als Kerr aus dem Wald heraus angriff, blieb ich liegen. Und dann machte ich mich auf den Weg über den Pass. Ich wollte nicht mehr. Ich kenne deine Frau und deine Kinder nicht. Aber ich habe später erfahren, dass die Hundesöhne alle getötet haben. Alle. Nicht einen ließ Kerr am Leben, nicht mal einen, der ihm hätte zeigen können, wie man Frühlingssteine zu Sonnensteinen macht. Er raste vor Wut, denn der Schmied war nicht mehr da. Wenn Kerr ihn gefunden hätte, hätte er ihn getötet. Alle aus deiner Siedlung sind tot.«

Ich wimmerte.

Dann flüsterte ich: »Ich war mit dem Schmied auf dem Weg zum Pass. Als wir uns einmal umdrehten, sahen wir Rauch aufsteigen. Ich dachte, das wären die neuen Feuer in den Brenngruben.«

Sie sollten alle tot sein? Die ganze Ebene? Der Hirte, der Gerber, der Steinschneider und seine Freunde? Die Frauen? Die Zauberin? Der Krieger atmete schneller. Seine Schulter fühlte sich jetzt glühend heiß an.

»Du musst den Schmied finden. Du musst ihn töten. Er geht durch die Täler und sagt den Menschen, dass sie Feinde haben. Erst bringt er den Streit. Dann gibt er den Menschen Waffen, und ihren Feinden gibt er die gleichen Waffen. Der Schmied ist der Scheißwurm, der Schimmel und die Räude. Wir werden alle sterben, wenn du ihn nicht tötest.«

»Warum hast du ihn nicht getötet, Krieger?«

»Ich hab ihn gejagt, ohne dass er mich bemerkte. Aber ich konnte ihn nie erreichen. Er weiß bis heute nicht, dass ich hinter ihm her bin. Deshalb auch der Bart. Wenn ich ihn scheren würde, dann würde er mich erkennen. Beru auch. Ich wurde Krieger bei Meda, weil ich gehört hatte, dass er auch in dieser Siedlung schon gewesen war. Meda hatte ihn vor einem Jahr weggejagt. Der Rat wollte die Geschenke des Schmiedes annehmen: Sonnenstein-Waffen aus der Schmiede des Zure, um sich gegen die Sippen zweier Täler wehren zu können. Ich war bei diesen Sippen. Sie sind Bauern, und die wenigen Jäger haben nur Waffen aus Stein. Aber sie haben Angst vor Medas Kriegern.«

Er stöhnte wieder vor Schmerz. »Jetzt ist Meda tot. Der Rat wird den Schmied empfangen und die Waffen des Zure annehmen. Vielleicht wird der Schmied der neue Zauberer. Dann wird es Krieg geben.«

»Wir haben vierzehn Männer getötet, die mit uns leben wollten?« Ich weinte. »Das kann ich nicht glauben«, sagte ich dennoch.

»Ich weiß«, antwortete der Krieger. »Aber morgen bin ich tot. Ich muss nicht mehr lügen.«

Seine Atemzüge wurden schneller. Das Fieber stieg in ihm auf.

»Warum habt ihr den Schmied verjagt?«

»Kerr mochte ihn nicht. Er wollte die Waffen aus Sonnenstein.

Aber er wollte nicht mit dem Schmied reden. Der Schmied war ihm zu stark. Er war nur einen Abend bei uns, deshalb kannte der Schmied nur wenige von uns. In dieser Nacht war er durch die Glut eines Feuers gegangen, einfach so. Kerr sollte das auch tun, doch er hatte Angst. Seine Männer begannen, den Schmied zu bewundern. In dieser Nacht sagten auch die vierzehn Männer zum ersten Mal, dass sie Kerr nicht mehr folgen und das Südtal verlassen wollten. Da hat Kerr den Schmied noch in der Nacht nackt in den Wald gejagt. Er war zu feige, ihn zu töten. Er hasste ihn. Aber er fürchtete ihn auch. Die Wölfe sollten das tun. Und sie hätten es auch fast geschafft.«

Die Kälte kroch aus dem Boden. Aber der Wald schützte uns wenigstens vor dem eiskalten Wind.

»Wir haben gesehen, wie ihr angefangen habt, Frühlingssteine zu sammeln. Da wussten wir, dass der Schmied bei euch sein musste. Kerr schickte drei Männer, um ihn zu töten. Aber dann wollten sie lieber bleiben, weil es bei euch immer Essen gab und Frauen. Bis ihr sie erkannt und getötet habt.«

Die Stimme des Kriegers wurde leiser. Seine Stirn glühte. Beru drängte sich im Schlaf an ihn. Er war inzwischen so heiß vom Fieber, dass auch ich mich an ihn schmiegte, um so viel wie möglich von seiner Wärme zu bekommen. Er stöhnte. Dann fing er noch einmal an zu reden. Seine Stimme war schwach.

»Seit mein Vater beim Überfall auf die Fischer gestorben war, wollte ich weggehen aus dem Südtal. Aber erst als Kerr und seine Männer euer Dorf überfielen, rannte ich weg. Ich wusste nicht, dass ich euch folgte, als ich über den Pass ins Warmland ging. Erst wollte ich den Schmied nur finden. Dann sah ich, dass überall dort, wo der Schmied war, wenig später Waffen aus Sonnenstein auftauchten und Kriege begannen. So war es schon seit Jahren. Überall, wo ein Tal brannte, war der Schmied gewesen. Das Südtal, Ummas Tal und euer Tal waren noch ohne Sonnenstein. Dort wollte der Schmied seine eigene Schmiede bauen.«

Dann schwieg er wieder lange, stöhnte mit jedem Atemzug.

»Ihr müsst ihn töten, hört ihr? Ihr dürft nicht mit ihm reden, ihr dürft ihn nicht fragen, warum er das getan hat. Wenn ihr ihn seht, dann tötet ihn. Wenn er redet, entkommt er euch wieder.«

Er atmete jetzt schwer und laut. Beru wachte auf. Der Krieger wollte aufstehen. Doch er sank zurück. Die tiefe Wolke, die so lange die Nachtkälte zurückgehalten hatte, brachte Schnee in dicken Flocken. Es wurde kalt, so kalt, dass ich sicher war, diese Nacht nicht zu überleben. Doch der Krieger lag zwischen Beru und mir, wir schmiegten uns an ihn, und sein fiebriger Körper gab uns die Wärme, die wir zum Überleben brauchten. Der Schnee brachte etwas Licht, wir sahen die Augen des Kriegers zum Himmel gerichtet, die Flocken schmolzen auf seinem Gesicht, sein Atem verließ ihn in weißen Stößen. Er formte Worte, er rief nach seinem Vater, er sah Dinge, die nur er sehen konnte.

Als es dämmerte, starb er. Ein letzter großer weißer Atem verließ pfeifend seinen Mund. Dann war er ruhig, seine Augen waren geschlossen. Beru lag neben ihm und weinte. Selbst als der Bärtige tot war, hatte er noch Wärme in sich. Erst als die Schneeflocken auf seinem Gesicht nicht mehr tauten, standen wir auf und sahen uns um. Wir hatten die Nacht zwischen den Wurzeln eines riesigen Baumes verbracht. Von hier konnte man ins Tal sehen, bis hinüber zu Medas Siedlung. Das war ein guter Platz für einen toten Krieger. So ließen wir ihn dort liegen, wo er gestorben war und wo er uns vor dem Erfrieren gerettet hatte. Wir nahmen mit, was wir brauchen konnten: Schuhe, Kleidung, auch eine Klinge fanden wir.

Dann machten wir uns auf den Weg zur Siedlung des Zure, zurück zu den Schmieden. Wir gingen zwischen den Bäumen, denn auf den Wegen waren auch jetzt im Schnee die Wagen unterwegs, und wir hatten Angst, dass wir den Kriegern aus der Siedlung begegnen könnten. Bis zum Mittag hatte die Sonne den feinen weißen Schnee wieder verschwinden lassen.

Mein Kopf war leer. Was sollte ich jetzt tun? Der Krieger hatte mir gesagt, dass meine Talsippe tot war. Lona und die Kinder tot! Ich hatte mich nach ihnen gesehnt, ohne zu ahnen, dass sie längst tot waren. Lona hatte Angst um mich gehabt, Angst, dass mir im Warmland etwas zustoßen könnte. Als die Söhne mich fragten, ob sie mitkommen könnten, sagte ich ihnen, das wäre zu gefährlich. Jetzt waren sie selbst getötet worden in dem kleinen Tal, in dem ich aufgewachsen war. Hatte sich der Krieger vielleicht doch geirrt? War doch jemand entkommen? Ich musste dorthin zurück. Ich würde den Schmied töten und dann in mein Tal zurückgehen. Mit Beru. Wenn wirklich alle von meiner Sippe tot waren, dann könnten wir bei den Fischern leben, an dem See, in dem die Berge nach unten zeigten. Oder zurückgehen ins Warmland, immer weiter, bis zu dem Meer mit den lachenden Fischen und zu dem rauchenden Berg.

24

Wir fanden einen Pfad, der am Berg durch den Wald führte. Es hatte aufgehört zu schneien, die Wolke war verschwunden. Beru hatte sich die Schuhe des Kriegers angezogen. Im Gürtel trug ich das kleine Beil, das Nola mir gegeben hatte. Der Weg war gut, die Sonne schien. Aber Beru und ich waren schwach. Wir mussten uns oft hinsetzen, und dann war es die Kälte, die uns wieder weitertrieb.

Ich versuchte nicht, Beru zu erklären, was der Krieger mir in der Nacht erzählt hatte. Ich hatte selbst noch keine Worte dafür. Ich konnte ihm nicht sagen, dass auf unserer Ebene jetzt Kerr und seine Hundesöhne lebten. Sie hatten die Schmiede, sie hatten Frühlingsstein, sie hatten Felder und Vieh, Wasser und einen Platz, den sie leicht gegen jeden Angreifer verteidigen konnten. Sie mussten nur herausfinden, wie man aus dem Frühlingsstein den Sonnenstein schmelzen konnte. Aber Kerr und seine Hundesöhne hatten in ihrem Rausch alle getötet, die es ihnen hätten zeigen können. Sogar die Frauen.

Am Abend fanden wir einen Felsen, der von Bäumen geschützt war, sodass wir es wagen konnten, ein Feuer anzuzünden.

In der Nacht bekam Beru Fieber. Er formte Worte in seiner Sprache, ich glaube, er rief nach dem Schmied. Seine Stirn war glühend heiß. Ich wusste, dass wir ein Haus suchen mussten, wir mussten zu Menschen, auch wenn dort vielleicht der Tod auf uns wartete. Ich schleppte Beru weiter, hinter uns hörte ich schon Wölfe. Wäre Beru gesund gewesen, hätten wir uns gut wehren können. Aber so waren wir beide in der nächsten Nacht leichte Beute für sie. Am Mittag kroch eine dunkle Wolke bedrohlich über die Berge. Sie würde endgültig den Winter bringen – und den Tod für uns. Doch sie brachte noch etwas anderes: Wind. Und mit dem Wind den Geruch eines Feuers.

»Feuer! Beru! Feuer! Riechst du den Rauch?« Beru sah mich mit glasigen Augen an. Er verstand nicht, warum ich mich freute. Dann roch er es auch und lächelte matt. Ich wechselte die Richtung, ich ging jetzt gegen den Wind, bis der Geruch stärker wurde und ich ahnte, dass das Feuer hinter dem nächsten Berghang brannte. Waren es Medas Krieger? Waren es Jäger? Oder war es ein Dorf?

Wir hatten Glück. Vor uns lag eine Siedlung. Die Häuser waren wie in meinem Tal auf einer Ebene an einem Berghang gebaut. Als ich Beru im letzten Licht zwischen die Häuser schleppte, öffnete sich die Wolke, und dicke Flocken fielen. Am langen Haus angekommen, begrüßte mich ein Freudenschrei. Es war Nola! Nola war hier und die Geschichtenspieler! Sie wollten, wie schon oft, hier den Winter verbringen.

Nola freute sich, uns lebend wiederzusehen. Aber sie begrüßte mich so, wie sie auch die Männer der Geschichtenspieler begrüßte. Als wären sie alle ihre jüngeren Brüder. Es war schwer, sie anzusehen und nicht daran zu denken, wie es wohl wäre, ihren Hals zu küssen.

Beru wurde gesund. Aber er blieb traurig. Er vermisste den Schmied. Schon wenige Tage später wurde es so kalt, dass das ganze Dorf zu den Geschichtenspielern ins lange Haus zog. Ich berichtete Nola, was mir der Krieger in seiner letzten Nacht erzählt hatte. Sie riet mir, es nicht weiterzuerzählen, bis ich die anderen Geschichten gehört hätte.

Jeden Abend am Feuer hörte ich etwas Neues. In einem Tal waren Häuser angezündet worden. Es hatte einen Überfall auf einen Ochsenwagen gegeben, drei Menschen waren gestorben. Ein Kind war von einem Pfeil getroffen worden. Nie wurde jemand gesehen. Aber immer fanden die Leute etwas, das ihnen sagte, wer es getan hatte. Der Pfeil hatte rot gefärbte Federn. Neben einer Frau mit durchschnittener Kehle lag eine Klinge mit einem Griff aus Ziegenleder. In den verbrannten Häusern fand man die roten Feuersteine, die von den Jägern der Bergsippe benutzt wurden.

In unserer Siedlung hier hatte jemand den Ochsen in den Wald getrieben und mitten im Bach getötet. Der Bach versorgte die Menschen mit Wasser. Er wäre vergiftet worden, und sicher hätte das einige Menschen im Dorf das Leben gekostet. Die Jäger hatten das tote Tier rechtzeitig gefunden – und neben ihm das blutverschmierte Schwert eines Händlers aus dem Nachbartal, mit dem sie bisher Korn gegen Sonnenstein-Schmuck getauscht hatten. Bevor sie ihn töteten, behauptete er weinend, dass ihm das Schwert ein paar Tage zuvor gestohlen worden war. Kurz vor dem Winter hatten die Menschen der Siedlung beim Zure Waffen eingetauscht. Sie würden nicht wehrlos sein, wenn im Frühjahr das Nachbartal zurückschlug.

Den Schmied kannten sie hier im Dorf alle. Er hatte ihnen lange zugehört, ihre Not ernst genommen und ihnen einen neuen Ochsen für ihren Wagen eingetauscht. Dann hatte er ihnen die Sonnenstein-Waffen gezeigt, die in der Schmiede des Zure gegossen worden waren: Beile, Schwerter, Speerspitzen. Er hatte sie davor gewarnt, im Frühjahr zuerst loszuschlagen. Es ist besser, erst miteinander zu reden, hatte er gesagt. Oder die Leute aus dem Nachbartal angreifen zu lassen. Die hatten doch nur Waffen aus Stein. Was konnten die schon anrichten?

Ich war mir nicht sicher, was ich zu erwarten hatte, wenn ich meine Geschichte erzählte. Sie mochten den Schmied, und ich wusste, warum. So wartete ich ab und tat es so, wie der Schmied es getan hatte, als er bei uns am Feuer gesessen hatte. Ich half dem Gerber, redete mit der Frau des Steinschneiders und schnitzte Puppen für die Kinder.

Die Menschen in der Siedlung wussten von Nola, dass meine Frau und meine Kinder gestorben waren. Aber der Tod war in diesem Tal nichts Trauriges. Sie sagten, dass Lona, die Große und die Söhne immer bei mir seien. In den Dingen, die ich bei mir hatte, in den Zweigen des Baumes, der auf dem Dorfplatz stand, oder in den Katzen, die durch das Dorf streunten und abends bei den Menschen am Feuer lagen. Als ein kleines Mädchen am Zahnfieber starb, sah ich nur ihre Mutter und den Vater weinen. Die anderen waren ganz ruhig und sagten mir, dass dieses Mädchen nur ihren Körper verlassen habe. Aber nicht, um zu verschwinden, sondern um weiter mit ihnen zu leben. Wie alle anderen Toten würde auch das Mädchen tagsüber zwischen ihnen umhergehen und nachts neben ihnen schlafen. Man kann sie nicht sehen, aber manchmal senden sie Zeichen. Sie verstecken Dinge und lassen sie an anderen Orten wieder auftauchen. Manchmal hört man sie flüstern, und an manchen Tagen kann man sie auch sehen, als Nebel, als Licht, als Schatten. Manchmal legen sie nachts ihre Hände auf die Körper der Menschen, und dann wird es warm. Das habe ich selbst einmal gespürt. Ich fror an den Füßen, und dann wurden sie plötzlich warm, so als ob Lona sie zwischen ihre Schenkel gesteckt hätte. So wie wir es früher immer getan hatten, erst ich bei ihr, dann sie bei mir.

Als ich damals Lonas Wärme an meinen Füßen spürte, wusste ich, dass der bärtige Krieger die Wahrheit gesagt hatte. Kerrs Hundesöhne hatten alle im Dorf getötet, aber Lona und die Kinder hatten mich hier gefunden, um weiter bei mir sein zu können. Ich konnte mit ihnen reden, sie antworteten mir in meinen Kopf hinein, und niemand im Dorf war erstaunt, wenn ich manchmal neben dem Feuer saß, Worte sagte und den Kopf schüttelte, so als säßen Lona und die Kinder für alle sichtbar bei mir. Sie machten das alle so im Dorf.

Heute glaube ich nicht mehr, dass die Leute im Dorf wirklich mit den Toten lebten. Aber es half mir damals, nicht immer zu weinen, wenn ich an Lona und meine Kinder denken musste. Kannst du das verstehen? Bestimmt half es den Leuten im Dorf auch dabei, ohne Angst an den eigenen Tod denken zu können.

Die Leute im Dorf waren freundlich zu mir und buken mir an manchen Tagen Fladen, weil sie gesehen hatten, dass ich ihr Brot nicht mochte. Der Schnee kam und ging. In den Nächten kam es vor, dass das Wasser gefror. Hier im Warmland musste man sich im Winter aber nicht in ein Haus einschließen.

Als die Tage länger wurden, war der Zorn des Dorfes auf das Nachbartal schon nicht mehr so stark. Bald trieb der Südwind die Kälte hinaus, und als die Sonne höher gestiegen war, begann die Erde nach Moos und Gras zu riechen. Der Frühling kam.

Eines Abends am Feuer baten mich die Leute aus dem Dorf, für immer bei ihnen zu bleiben, zusammen mit Beru. Wir könnten bei ihnen leben, ich würde in den Bergen jagen und ihnen helfen, gegen das Nachbartal zu kämpfen.

Da erst berichtete ich, was mir der bärtige Krieger in seiner letzten Nacht erzählt hatte. »Es gibt jemanden, der diesen Streit gemacht hat«, sagte ich. »Ihr kennt ihn gut und glaubt mir sicher nicht, wenn ich euch sage, wer es ist. Aber der Krieger hat es mir in seiner letzten Nacht erzählt, und ich habe ihm geglaubt, denn er wusste, dass er am nächsten Morgen sterben würde.« Erst als sie mir lachend versprachen, mich leben zu lassen, sagte ich es: »Der Krieger glaubte, dass es der Schmied ist.«

Totenstille. Das Knistern des Feuers wurde unerträglich. Ich blickte zu Boden. »Ich dachte mir, dass ihr mir nicht glauben werdet. Ich möchte nur, dass ich mit dem Schmied reden kann. Ich bin sicher, dass die Menschen im Nachbartal inzwischen auch von ihm Waffen aus Sonnenstein bekommen haben.«

Wildes Geschrei antwortete mir, sodass sogar Beru erschrak vor diesen Gesichtern, die gerade noch so freundlich gewesen waren. Der Schmied sei unser Freund, riefen sie empört. Er habe ihnen als Einziger wirklich geholfen. Es sei sicher, dass jemand aus dem Nachbartal sie habe vergiften wollen.

Sie hatten zwar versprochen, mich am Leben zu lassen. Aber wegschicken konnten sie mich. Ich sollte verschwinden, noch heute Abend. Mit Beru. Nola bekam Angst. Sie wollte aufstehen und zur Tür gehen, doch sie wurde festgehalten und beschimpft: »Du hast die beiden mitgebracht!«

Nola zitterte. Die wütenden Männer begannen, ihr die Kleidung vom Leib zu reißen, sie schloss die Augen und schrie. Für einen Augenblick war es ruhig. Das Weinen eines Kindes drang in diese Stille, und als sich alle umblickten, woher es kam, sahen sie den Jungen. Er hielt ein Messer in der Hand, ein Messer aus Sonnenstein, und er weinte vor Angst. »Ja, ich wollte es tun«, sagte er. »Morgen. Aber jetzt will ich das nicht mehr. Jetzt weiß ich, dass es falsch war, auf den Schmied zu hören.«

Die Leute verstanden nicht. Der Junge hatte schon zehn Sommer gesehen, er konnte jagen und den Ochsen führen. Unter den wütenden, fragenden Blicken begann der Junge zu zittern. Ich nickte ihm beruhigend zu, und er begann zu erzählen.

»Das Messer gab mir der Schmied. Es ist aus dem Nachbartal. Der Griff ist aus ihrem rot gegerbten Ziegenleder, seht ihr?«

Jetzt senkte er den Blick. Sein Vater war hinter ihn getreten und fasste ihm an die Schultern. Da streckte er sich und blickte wieder gerade in die Menge.

»Ich sollte unsere Speicher anzünden und dann in die Schmiede des Zure kommen. Das Messer sollte ich bei den Speichern liegen lassen. Er hat gesagt, er gibt mir ein richtig großes Beil dafür. Denn ich würde sicher einer seiner besten Krieger werden. Aber nur, wenn ich niemandem etwas davon erzähle.«

Der Junge verstummte. Wieder Totenstille. Das Feuer knisterte. Die Männer ließen Nola los, gaben ihr ihre Kleider zurück und blickten mich an.

»Ich weiß, ihr könnt es nicht glauben. Ich konnte es auch kaum glauben. Der Schmied war mein Freund, ich bin mit ihm über die Berge ins Warmland gekommen. Und jetzt ist meine ganze Sippe tot. Er wusste, dass sie sterben würden, und hat mir nichts gesagt.«

Erst jetzt erzählte ich meine ganze Geschichte.

Am nächsten Morgen ging ich mit ein paar Männern und Frauen ins Nachbartal. Wir näherten uns nackt und ohne Waffen dem verfeindeten Dorf. Sie holten uns in ihr langes Haus, gaben uns Kleidung und einen Platz am Feuer. Dann hörten sie uns an, und noch als wir sprachen, sank ein junger Krieger auf die Knie. Er erzählte weinend, dass er den Ochsen gestohlen, ihn in den Bach geführt und getötet hatte. Der Schmied hatte ihm dafür versprochen, dass er sein erster Krieger würde. Aber nur, wenn er zu niemandem etwas sage. Morgen wäre er zu den Schmieden des Zure gegangen. Dort sollte er auf den Schmied warten.

Auch den Menschen im Nachbartal hatte der Schmied Schwerter gezeigt, Klingen und Beile aus Sonnenstein. Und er hatte ihnen erzählt, dass unser Dorf nur Waffen aus Holz und Stein habe. Das Nachbartal war gut auf unseren Angriff vorbereitet gewesen. Viele unserer Männer wären im Frühjahr gestorben.

Schon am nächsten Tag kamen Menschen aus dem Nachbartal in unser Dorf. Sie brachten Felle mit und dankten mir, dass ich den Streit verhindert hatte. Sie wollten gern alles tun, um den Schmied zu töten. Denn solange er lebte, werde es keinen Frieden geben, sagten sie.

Wir beschlossen, unseren Speicher anzuzünden, der Schmied sollte glauben, dass der Junge in unserem Dorf alles so tat wie mit dem Schmied besprochen. Wir legten auch nasses Holz auf das Feuer. Die Rauchsäule sollte weit sichtbar sein.

Ein paar Tage später gingen wir alle gemeinsam zum Zure, alle Bewohner aus den beiden Dörfern. Nur die Geschichtenspieler waren nicht mitgekommen. Nola hatte mich zum Abschied an sich gedrückt, ich hatte an ihrem Haar riechen können. Es duftete wie eine ganze Sommerwiese. Als sie mich von sich wegschob, lächelte sie und strich mir durch das Haar wie einem Bruder. Wusste sie, dass wir uns nicht wiedersehen würden?

Der Zure war überrascht und neugierig, als so viele Leute mit ihm sprechen wollten. Er versammelte alle, die auf dem Hof waren, vor dem langen Haus. Auch die Schmiede unterbrachen ihre Arbeit. Dann wurde es still, und er sah mich erwartungsvoll an.

»Sprich!«

Ich bat ihn, dem Kind zuzuhören. Der Zure sah mich erstaunt an, aber er wandte sich dem Jungen zu, der nun stockend erzählte, was er für den Schmied hatte tun sollen und was der ihm dafür versprochen hatte. Auch der junge Krieger erzählte seine Geschichte. Als die Schmiede hörten, was dort vorgebracht wurde, meldeten sich noch drei weitere. Der eine hatte eines Nachts ein Haus angezündet, der zweite die Frau getötet und ihr Kind erfrieren lassen, der dritte hatte den Ochsenwagen mit den Pfeilen beschossen, die der Schmied ihm gegeben hatte. Allen hatte der Schmied versprochen, dass sie dafür Waffen aus Sonnenstein bekommen und gute Krieger werden würden.

Der Zure hörte mit unbewegtem Gesicht zu. Er schien nicht überrascht zu sein und stellte ruhig seine Fragen. Er überlegte kurz. Dann nickte er.

»Holt den Zauberer.«

Als der Zauberer herantrat, mit weißer Asche bemalt und dem Bärenschädel auf dem Kopf, holte der Zure ihn zu sich und sprach mit ihm. Nur wenige Worte. Der Zauberer schlug seine Trommel, der Tanz begann und wurde immer schneller, bis er schließlich zu Boden sank und sich in Krämpfen wand. Die Bärin war in ihn gekommen und flüsterte ihm ihr Urteil zu. Dann erwachte der Zauberer von seinem Tanz. Er sprach laut: »Die Bärin will diesen Mann nicht. Ihr Schmiede sollt ihn töten. Alle gemeinsam.«

Das war es auch, was die Schmiede wollten. Jeder von ihnen wollte zuschlagen. Der Schmied kam jeden Abend, besah sich die Waffen, die sie an diesem Tag gegossen hatten, und sagte an, was am nächsten Tag zu tun war. Heute würde er dies zum letzten Mal tun.

25

Als der Schmied sich zu uns in die Schmiede setzte und seine Felle ablegte, ahnte er nichts. Ich hielt mich mit dem Jungen aus meinem Dorf in der Ecke verborgen und wartete ab, bis die Eingänge von vier Schmieden gesichert waren. Der Schmied sprach alle freundlich an, doch die Antworten waren kurz. Zu kurz. Jetzt wurden seine Bewegungen unsicher. Er ordnete seine Felle, sein unruhiger Blick suchte nach einer Möglichkeit zur Flucht. Doch die Männer standen dicht um ihn herum und beobachteten ihn. Dann trat ich auf ihn zu. Sein Gesicht hellte sich auf.

Er erkannte sofort den Jungen neben mir, dann den Krieger.

Er wurde blass. In diesem Augenblick wusste er, dass es vorbei war. Er wollte zum Ausgang, doch die Männer traten ihm in den Weg und drehten ihm die Arme auf den Rücken. Als der Schmied aufstöhnte, ließen sie ein wenig nach. Der Schmied setzte sich.

»Ich habe nichts getan. Ich habe niemanden getötet, ich habe nichts angezündet.«

Ein unterdrückter Schrei der Männer war die Antwort. Er war leise, doch voller Zorn. Der Schmied zuckte zusammen. Dann fiel er in seine Felle und weinte. »Ich hab doch nichts getan. Ich hab doch nichts getan«, wimmerte er immer wieder. Ich wusste es: Er zeigte Angst, ohne sie zu haben. Er konnte auf nichts mehr hoffen. Keine List konnte ihm mehr helfen. Er lag jetzt genauso da wie damals im Sommer, als wir ihn fanden: nackt, zusammengekrümmt, zitternd. Und er wimmerte. Nur dass wir ihn diesmal nicht gehetzt hatten wie die Wölfe. Wir hatten ihm eine Falle gestellt. Und es gab niemanden, der ihn jetzt noch retten konnte.

Meine Jäger und ich, wir hätten ihn schon damals liegen lassen sollen. Jetzt mussten die Schmiede vollenden, was das Wolfsrudel damals nicht geschafft hatte. Der Ring der Männer zog sich fester um den Schmied. Er war an seinem Ende angekommen. Er vergrub sein Gesicht in den Fellen, weinte und wimmerte. Doch im nächsten Augenblick ertönte ein Schrei, und aus dem wimmernden Knäuel war ein Krieger geworden. Der Schmied war auf die Beine gesprungen, in seiner Hand blitzte ein Beil. Er musste es in seinen Fellen verborgen haben, ich hatte versäumt, sie zu untersuchen. Die Männer wichen zurück. Beru hatte seinen Schrei nicht hören können. Als der Schmied aufsprang und einen blindwütigen Hieb führte, stand Beru ihm am nächsten. Das Beil schlitzte Beru den Hals auf. Sein Blut spritzte auf die nackte Haut des Schmiedes. Beru begriff zuerst nicht, woher das Blut kam. Er drehte sich um. Dann griff er sich an den Hals. Jetzt verstand er. Er blickte den Schmied ratlos an. Dann mich. Ich wollte ihn halten, doch er fiel röchelnd vornüber. Sein Blut floss in Stößen über den Boden.

Die Männer waren wie erstarrt. Auch der Schmied. Doch er konnte als Erster wieder denken. Er schrie noch einmal, sprang über Beru hinweg und holte wieder aus. Er wollte sich zum Eingang durchkämpfen. Vielleicht hätte er es geschafft. Doch plötzlich stand der Zure in der Öffnung, und dies nutzten die Männer, um dem Schmied in die Knie zu treten und ihn zu Boden zu drücken. Er wollte das Beil nicht hergeben, hielt es mit beiden Händen fest. Die Männer traten ihm auf die Hände, bis ihm das Blut zwischen den Fingern hindurchschoss und er endlich losließ. Sie hätten den Schmied gleich dort erschlagen. Aber der Zure stand plötzlich bei ihnen. »Aufhören!«

Die Schmiede hörten auf zu schlagen, doch sie drückten ihn weiter zu Boden. Der Schmied fluchte wütend.

Der Zure nickte den Männern zu, sie drehten den Schmied um, zogen ihn an den Haaren, sodass er dem Zure in die Augen blicken musste.

»Ich habe nichts getan«, sagte der Schmied wieder. Ein eiskalter Blick des Zure war die Antwort. Da wusste er, dass ihm sein Weinen nichts mehr nützen würde.

»Du hast den Krieg ins Tal gebracht, Schmied«, sagte der Zure laut. »Auch wenn du niemanden getötet hast. Du hast dafür gesorgt, dass jede Siedlung im Tal ihren Feind bekommt.«

Der Zure stieg über den Schmied hinüber. Er wollte sehen, ob er Beru noch helfen konnte. Doch dann wandte er sich ab.

Beru lag ruhig auf meinen Knien. Er blickte mir in die Augen, sah mich weinen und hob die Hand, um mir die Tränen aus dem Gesicht zu wischen. Dann schloss er die Augen, seine Hand fiel. Ich spürte seinen letzten Herzschlag. Meine Tränen fielen auf sein Gesicht. Vielleicht hat er noch gehört, wie ich seinen Namen weinte. Der Zure und die Schmiede umstanden uns schweigend.

Der Schmied nutzte die Stille, um sich aus den Griffen zu lösen. Er wandte sich an den Zure: »Aber es waren die Waffen aus deiner …«

»Schweig, du Scheißwurm! Ich sollte dich töten! Jetzt!«

Die Männer schrien vor Freude und Zorn, rissen dem Schmied die Kleidung vom Leib und teilten sie unter sich auf.

»Fesselt ihn!«

Da war es still. Ich verstand nicht. »Großer Zure, wir …«

Der Zure packte den Schmied und zog ihn ganz nah zu sich heran.

»Fesselt ihn! Sperrt ihn bis morgen ein. Ich will wissen, wer ihm geholfen hat.«

Die Männer lösten sich aus der Erstarrung, die Krieger traten in die Schmiede und fesselten den nackten Schmied so, dass sie ihn hinaustragen mussten.

Es war vorbei.

Der Schmied wurde in das Haus gelegt, in dem auch ich und Beru eingesperrt worden waren, als wir mit Nuber und Dula an den Hof des Zure gekommen waren. Zwei Krieger bewachten ihn.

Er lag auf dem Rücken. Ich blickte ihn durch die Ritzen im Holz noch einmal an und dachte an Lona, an die Große und an die Söhne.

»Ich habe doch niemanden getötet«, sagte er leise, als er sah, dass da jemand war, der ihm zuhörte.

»Nein, Schmied. Aber wenn wir dich damals den Wölfen überlassen hätten, dann würde mein Dorf noch leben. Und viele andere.«

Er stemmte sich hoch, setzte sich auf und lehnte sich mit dem Rücken an die Wand.

»Du weißt es? Wer hat es dir gesagt?«

»Das sag ich dir morgen, Schmied. Wenn du stirbst.«

Er antwortete mir mit einem bitteren Lachen.

Das Blut sickerte aus seiner Hand, auch sein Rücken musste einige schwere Hiebe eingesteckt haben. Ich wandte mich ab. Morgen würde er sterben. Wenn es die Schmiede nicht tun sollten, dann musste es der junge Zauberer tun. Die Bärin würde seine Hand führen, und diesmal gab es keinen Zweifel, wie sie entscheiden würde. Ich ging zurück zu den Schmieden.

Der Zure stand mitten unter uns. Er hörte uns zu, sah uns an, so wie ein Vater seine Söhne ansieht. So nah war er uns noch nie gekommen. Schließlich rief er eine Frau herein und befahl ihr: »Hol Wein für meine Schmiede. Sie haben uns gerettet.«

Nach den ersten Bechern wurde mein Körper weich, in meinem Kopf kam der Schmied zu mir. Wie er mir erklärte, was eine Gussform ist. Wie wir nach der ersten Nacht des Honigfestes gemeinsam am Feuer aufwachten. Wie er mit unseren Kindern lachte, als er zum ersten Mal neben der Zauberin bei der Talsippe saß und uns seine Geschichten erzählte, die wir ihm damals alle geglaubt hatten. Weil wir ihm glauben wollten.

Ich ging noch einmal hinaus. Ich wollte zum Schmied. Durch die Ritzen im Holz sah ich, dass er gefesselt an die Wand gelehnt saß und ins Dunkel starrte. Ich setzte mich an die gleiche Stelle, wo er saß, Rücken an Rücken mit dem Schmied, zwischen uns nur ein wenig Holz. Ich nickte den beiden Wachen zu. Sie erhoben sich und setzten sich an eine Hauswand, sodass sie mich sehen konnten. Was der Schmied und ich redeten, konnten sie nicht hören.

»Wir hätten dich sterben lassen sollen, Schmied. Schon damals, als die Wölfe dich fast zu Tode gehetzt hatten.«

Wieder antwortete mir ein bitteres Lachen.

»Dann hättest du das Warmland nie gesehen. Du wärst verschimmelt in deinem Tal, bei deiner Lona und bei der Zauberin.«

»Sie sind alle tot! Weil du uns nicht gesagt hast, dass Kerr und die Hundesöhne die Talebene überfallen wollen. Wir hätten uns wehren können. Und du wusstest, dass die vierzehn Hundesöhne bei uns leben wollten. Aber wir haben sie einfach getötet. Im Schlaf habe ich drei von ihnen die Kehle durchgeschnitten.«

»Das hat euch die Zauberin gesagt. Sie sagte: Tötet diese Würmer, bevor sie uns töten.«

»Du sagst andere Dinge, als du denkst. Du bringst den Streit in die Täler, gibst den Menschen die Waffen aus der Schmiede des Zure. Und wenn der Kampf beginnt, bist du schon im nächsten Tal. Kannst du nicht einfach eine Frau haben und Kinder?«

»Ich soll in der Erde wühlen? Ernten? Steinböcke jagen?«

Er schwieg lange. Dann sagte er leise: »Mit der Schmiede in eurem Tal hätte ich genug Waffen bekommen, um den Zure besiegen zu können. Es waren bessere Waffen. Erinnerst du dich an den scharfen Spieß? Damit hätte ich alle Krieger des Zure besiegt.«

»Du allein?«

»Nein. Du hättest hier lernen können, wie man eine große Schmiede baut, wie man mit Männern reden muss, damit sie tun, was du willst. Mit dir wollte ich den Sonnenstein in eure Täler bringen und eine große Schmiede errichten, viel größer als die des Zure. Ich wusste, dass es in euren Bergen viel mehr Frühlingsstein gab als hier im Warmland. Du wärst mein erster Schmied geworden und Kerr mein erster Krieger. Mit seinen Hundesöhnen hätten wir die Krieger des Zure getötet oder sie zu uns geholt. Wo der Sonnenstein ist, da sind auch die Krieger. Der Zure hat sich immer sicher gefühlt mit den Bergen in seinem Rücken. Aber von dort hätten wir zugeschlagen. Er hätte mit seinen Beilen und Schwertern nichts tun können gegen unsere scharfen Spieße.«

Ich schwieg. Ich hatte den scharfen Spieß nur einmal bei ihm gesehen, an dem Abend, als er die beiden Hundesöhne tötete, die sich in unsere Schmiede eingeschlichen hatten. Er hatte recht. Zehn Männer, bewaffnet mit scharfen Spießen, hätten alle anderen Männer töten oder vertreiben können. Nie wäre ein Mann mit einem Schwert an so einen Krieger nahe genug herangekommen, um zuschlagen zu können. Ich hatte gesehen, wie schnell und sicher man tödliche Wunden in die Männer schlagen konnte, wenn man geschickt mit der Waffe war.

»Wo ist der scharfe Spieß jetzt, Schmied?«

Er lachte wieder. »Ich hab ihn eingeschmolzen. Zwei Töpfe, eine Schmuckschnecke und ein Messer sind daraus geworden. Es reicht, dass ich ihn im Kopf habe. Wenn meine Zeit gekommen ist, werde ich neue gießen. Für mich und meine Männer.«

Der Schmied schwieg lange.

Dann flüsterte er: »Du könntest auch einen bekommen. Schlag die Krieger tot und lass mich raus. Wir gehen zurück in dein Tal. Zusammen.«

Darauf hatte ich gewartet. Der Schmied würde nie aufgeben. Ich schrie auf, trat gegen die Wand. »Du bist ein stinkender, elender Wurm! Du musst sterben, und die Wölfe sollen dich fressen, bis nichts mehr von dir übrig ist.«

Er antwortete mir nur mit einem bösen Lachen.

Ich trat noch einmal gegen die Wand. Die Schmiede hatten Beru im Hof auf den Boden gelegt. Sein Gesicht war blass und ruhig, und die Wunde am Hals war kaum zu sehen. Ich ging zurück in die Schmiede. Jemand drückte mir einen Becher in die Hand. Ich betäubte meinen Zorn und die Trauer. Beru war nicht mehr bei mir. Er war tot. Ich war leer.

Eine Katze legte sich zu mir. Dann kam der Schlaf.

Am Morgen lagen die beiden Krieger tot am Eingang. Sie waren von hinten erschlagen worden, mit zwei gut geführten

Schwerthieben ins Genick. Dort, wo der Schmied gelegen hatte, lagen nur noch seine durchgeschnittenen Fesseln. Er musste gezaubert haben.

Zehn Krieger mit Hunden schickte der Zure los, alle kamen noch vor dem Mittag zurück. Sie hatten einen alten Hirten gefunden, der erwürgt und nackt vor seiner Schlafhütte lag. Jemand hatte seine Kleidung, seine Waffen und seine Schuhe mitgenommen. Niemand hatte den Schmied gesehen. Er war verschwunden.

26

Am Nachmittag öffnete ich eine Grube für Beru. Nuber und Dula legten ihn mit mir hinein. Er besaß nichts, was ich ihm hätte ins Grab legen können. In diesem Augenblick weinte ich nicht nur um ihn.

Noch am Abend suchte ich meine Waffen und die Feuersteine zusammen, holte die alten wärmenden Felle wieder hervor und machte mir Schuhe aus Bast und Gras. Dula nähte mir eine Mütze und einen Mantel aus Gras. Ich suchte meine Trage.

Der Schmied war stark. Es war so gekommen, wie der bärtige Krieger es mir vor seinem Tod gesagt hatte: Töte ihn. Wenn ihr ihn seht, dann tötet ihn. Wenn er redet, entkommt er euch wieder.

Der Schmied lebte immer noch. Aber wenn er leben wollte, dann musste er weit fliehen. Ich hatte nicht mehr genügend Zorn, um ihn weiter zu verfolgen. Ich war müde und allein. Nola blieb bei den Geschichtenspielern. Sie würden bald weiterziehen in den Süden.

Das große salzige Wasser mit den lachenden Fischen, der rauchende Berg, all das lockte mich nicht mehr. Ich wollte in mein Tal zurück. Auch wenn dort wirklich alle tot sein sollten, auch wenn der Weg über den Berg jetzt im Frühjahr zwischen den Eisriesen hindurch gefährlich war. Ich konnte keinen Tag länger im Warmland bleiben. Entweder gelang mir der Weg zurück in mein Tal, oder ich starb. Beides war gut für mich.

Ich machte mich am nächsten Morgen auf den Weg. Dula hatte Fladen für mich gebacken, und Nuber gab mir Trockenfleisch. Sie begleiteten mich zum Eingang, wo wir uns verabschiedeten.

Ich ging auf immer schmaler werdenden Wegen immer flussaufwärts hin zu den weiß leuchtenden Gipfeln. Bis zu der Wiese, auf der der Schmied, Beru und ich unsere erste Nacht im

Warmland verbracht hatten. Hier hatte Beru sich den Bauch mit Springkäfern vollgeschlagen.

Jetzt war es kühl zwischen den Bäumen, die Sonne hatte ihre Kraft verloren. Ich war froh, dass ich die Hütte wiederfand, die wir damals gesehen hatten. Sie stand leer und bot Schutz gegen die kalten und feuchten Winde, die in der Nacht vom Berg herabfielen.

Ich zündete kein Feuer an, die Felle waren warm genug, sodass ich hier die Nacht gut verbringen konnte. Der Vollmond ließ die Wolken leuchten. Ich konnte lange nicht einschlafen.

Ich erwachte erst, als die Sonne bereits ins Tal schien. Wenn ich heute noch über den Berg kommen wollte, dann musste ich mich beeilen. Solange es möglich war, wollte ich die Bastschuhe schonen. Dort oben auf dem Berg, so schien es mir, war noch Winter.

Der Weg war steil. Er wand sich am Hang hinauf, und die Schafe hatten sich in diesem Jahr noch nicht auf den Weg zu ihren Weidehängen gemacht. Ich ging ruhig, die Bäume wurden immer kleiner und verschwanden schließlich ganz. Erst auf dem Gipfel wollte ich eine Rast einlegen, mich noch einmal umdrehen und ins Warmland hinunterblicken.

Trotz der Kälte lief mir der Schweiß hinunter, die Felle wurden feucht. Dann kroch eine graue Wolke über den Berg, der Wind wurde schneidend, und bald fiel nasser Schnee auf mich. Ich zog die Schuhe an. Sie würden der Nässe nicht lange standhalten. Der Schnee hatte den Boden geglättet, meine Füße fanden keinen Halt.

Ich würde sterben dort oben. So nass in diese Kälte zu gehen, hinauf zu den Eisriesen, das konnte nur meinen Tod bedeuten. Die Wölfe würden mich finden, und ich konnte nur hoffen, dann schon tot zu sein. Ich setzte einen Fuß vor den anderen, atmete ruhig und dachte daran, mich schon jetzt einfach hinzulegen und zu erfrieren. Dazu musste ich nicht noch auf den Berg steigen. Ich hielt an, kauerte mich nieder und lehnte mich an eine Felswand.

Warum nicht hier auf den Tod warten? Das war ein Gedanke, der mich ruhig machte. Ich schloss die Augen.

Plötzlich polterten Steine an mir vorüber. Der Schreck riss mich hoch. War dort oben ein Tier? Ein Steinbock? Ich erhob mich und blickte den Berg hinauf. Der Weg war von hier nicht zu sehen.

Aber dann sah ich ihn. Nur für einen Augenblick. Aber der genügte. Dieser Gang, diese Gestalt gestützt auf einen Bogen: der Schmied.

Ich drückte mich flach an den Felsen. Hätte er mich gesehen, wäre alles vorbei gewesen. Von dort oben konnte er Steine und Felsen lostreten, und ich würde ihnen nicht ausweichen können. Nicht einmal fliehen konnte ich. Ich hätte mich hinter einem Felsen verstecken und dort warten müssen, bis er mich fand. Dann hätten wir uns wieder gegenübergestanden und geredet.

Aber der Schmied hatte mich nicht gesehen. Er war weit über mir, ich konnte ihn nicht einholen. Ich keuchte, die Kälte machte mich wieder lebendig. Eben wollte ich noch sterben. Jetzt wollte ich leben – um ihn endlich tot zu sehen. Der Zure hatte gesagt, dass sein Zauberer ihn töten sollte. Ich wusste nicht, wie der Schmied wieder entkommen war, aber wenn ich ihn erreichen sollte, dann wollte ich den Willen des Zure erfüllen. Solange der Schmied lebte, würden andere sterben. Damit sollte jetzt Schluss sein.

Ich zwang mich zur Ruhe, setzte wieder einen Fuß vor den anderen. Langsam, so wie es uns der Schmied gezeigt hatte. Langsam gehen, tief atmen. Die Kälte kroch mir durch die Felle und den Mantel. Die Füße blieben noch warm. Noch einmal sah ich ihn. Er hatte Felle, eine Mütze, einen Bogen, eine Trage, Schuhe. Von dem Hirten, den er erwürgt hatte.

Ich stieg weiter aufwärts. Die Sonne war nur ein heller Fleck in den Wolken, der Gipfel kam kaum näher. Doch der Gedanke an den Schmied ließ die Kraft in mir wachsen. Ich liebte ihn immer noch, er war ein großer Mann. Aber ich wollte ihn tot sehen.

Weiter in der Höhe, dort, wo es noch kälter war, blieb der Schnee auf dem Weg liegen, und ich konnte die Spuren des Schmiedes nutzen, um meine Schuhe zu schonen. Ich stieg in seine Tritte, und so hielt ich die Nässe von meinen Schuhen ab. Dann stand ich auf dem Berg. Kalter Wind strich hier oben über den Kamm und über den Eisriesen, der jetzt viel größer war als im letzten Sommer. Ich sah hinunter und wusste, dass ich diesen Tag nicht überleben würde. Dieses Unwetter, das da aus dem Norden heraufkam, musste auch der Schmied gesehen haben.

Er war den Weg ins Tal nicht weitergegangen. Seine Spuren führten zum Kamm. Es war leicht, ihnen zu folgen. Es dauerte nicht lange, da sah ich ihn. Er saß geschützt in einer Senke, über die der kalte Wind hinwegstrich. Sein Bogen, die Pfeile und eine Axt lagen neben ihm. Er aß Fleisch, er stärkte sich für den Abstieg. Es würde keinen Abstieg geben.

Ich legte meine Trage hinter einen Felsen und griff mir meinen Pfeil. Ich hatte nur noch diesen einen, den Pfeil, auf den ich stolz war. Das Lederband, das die Spitze hielt, hing in losen Schlaufen um die Pfeilspitze. Es hatte sich mit Nässe vollgesogen und sich wieder ausgedehnt. Ich schnitt das Band ab. Nur noch das Pech hielt jetzt die Spitze fest. Für einen Schuss musste das genügen. Auf diesem Pfeil lag der Jagdzauber. Ich musste lächeln: Glaubte ich noch an den Jagdzauber?

Ich schlich näher. Der Schmied machte es mir leicht, er drehte mir den Rücken zu und saß ruhig auf einem Stein. Jetzt war ich nah genug, um mir des Treffers sicher zu sein. Ich hätte ihn rufen können. Ich hätte ihn fragen können, wie er es geschafft hatte, sich aus dem Haus zu befreien. Doch ich hatte Angst. Nicht reden, hatte der Krieger gesagt. Ich zitterte, als ich den Bogen hob. Als ich ihn spannte, knarrte die nasse Sehne laut. Ich sah, wie der Schmied erschrak. Doch er blickte sich nicht um. Er legte nur sein Messer weg. Hatte er mich doch gesehen und mich erwartet? Weil er wusste, dass er in dieser Nacht erfrieren würde – und lieber einen schnellen Tod wollte? Ich fühlte, wie die Angst in mir weiter aufstieg und die Pfeilspitze leicht zu zittern begann.

»Wenn du ihn siehst, dann töte ihn.«

Ich ließ die Sehne los. Der Pfeil schlug dumpf in seiner Schulter ein. Der Schmied erhob sich ein wenig und stöhnte. Dann fiel er auf die Steine. Als ich zu ihm trat, erkannte er mich. Er lag auf der Seite und streckte mir die rechte Hand entgegen. Seine Lippen bewegten sich. Sagte er etwas? Verfluchte er mich? Ich blickte mich um, sah sein Beil. Doch ich nahm einen Stein und schlug ihm damit den Kopf ein. Seine Füße zitterten, sein Gesicht wurde blau. Dann wurden seine Augen zu Stein.

Der Schmied war tot. Der Wind fegte über die Senke hinweg, und ich weinte aus Trauer um den Schmied und aus Freude über die Rache.

Mir stand das Ende noch bevor, und ich wusste nicht, ob es die Wölfe sein würden oder die Kälte.

Seine Augen waren offen. Ich drehte ihn um. So lag er auf seinem Arm, mit dem Gesicht auf den Steinen. Meine Pfeilspitze wollte ich wiederhaben. Aber als ich zog, kam der Pfeil ganz leicht heraus – ohne Spitze. Einen Augenblick lang überlegte ich, ob ich den Schmied aufmachen sollte. Aber wozu sollte ich die Pfeilspitze benutzen am letzten Tag meines Lebens? Sollte ich sie den Wölfen entgegenwerfen, wenn sie mich hetzten? So ließ ich die Spitze im Schmied und bedeckte ihn mit Steinen.

Ich ließ alles bei ihm. Seine Trage, seine Schuhe, sein Sonnenstein-Beil. Sein Bogen steckte in einer kleinen Felsspalte. Ich zog ihn heraus. Er stammte vom Bogenbauer auf dem Hof des Zure. Aber er war nicht zu gebrauchen, er war nicht fertig gebaut, die Sehne fehlte. Warum hatte er ihn hier heraufgetragen? Wann wollte er die Pfeile fertig bauen, die in seinem Köcher steckten?

Niemals würde jemand diese Fragen beantworten können.

27

Ich bin an diesem Tag durch das Unwetter gelaufen, die Wölfe an meiner Seite glaubten, dass sie mich zu Tode hetzten. Aber sie halfen mir zu überleben. Mit dem letzten Licht erreichte ich den Felsüberhang. Dort brannte ein Feuer, das die Wölfe vertrieb. Ich legte mich zitternd zu den Jägern und schlief sofort ein. Als ich aufwachte, hatten sie mir Fleisch hingestellt. Ich aß, trank Wasser dazu und schlief weiter.

Sie stellten keine Fragen. Zwei Tage blieb ich bei ihnen. Dann ging ich in mein Tal zurück. Der Regen hatte den Schnee auf unserer Ebene tauen lassen. Jetzt ragten die schwarzen Reste der Häuser aus der Erde. Alle Häuser waren verbrannt, auch der Baum mit dem Bild von Heo und Ala. Nur die Schmiede war noch ganz und das lange Haus der Zauberin. Ich versteckte mich lange am Waldrand und wartete, doch es war nichts zu hören. So schlich ich langsam zum langen Haus hinüber und trat ein. Der Gestank traf mich wie ein Schlag. Die gefrorenen Körper der Toten tauten auf. Sie hatten rosige Gesichter und lagen da, als hätten sie Honig getrunken und wären dann schnell eingeschlafen.

Dieser Riese, der dort neben dem Tisch auf dem Rücken lag, das musste Kerr sein. Sein Mund stand offen, seine Augen waren schon eingetrocknet, die riesige Keule hielt er noch in seiner Hand. Er trug das Fell der Bärin aus dem Südtal, es mussten ihre Krallen und Zähne sein, die er als Schmuck um den Hals hatte. Da lag der Mann, vor dessen Zorn sich nicht nur die Hundesöhne gefürchtet hatten. Kerr hatte nie gelernt zu denken. Als Umma ihn verlassen hatte, waren ihm nur seine Kraft und sein Ruf als grausamer wilder Hund geblieben.

Die Hundesöhne aus dem Südtal hatten unsere Sippe getötet. Sich selbst konnten sie nicht helfen. Ein Blasebalg lag neben der

Feuerstelle. Die Männer hatten Holzkohle und Frühlingssteine ins Haus getragen. Sie hatten versucht, mit dem Feuer im langen Haus Sonnenstein zu schmelzen. Die Glut hatten sie mit einer Schicht aus Lehm abgedeckt. Als ich die Kruste eindrückte, sah ich, dass sie wirklich hinter das Geheimnis gekommen waren. In der Asche glänzte ein kleiner, roter, schmutziger Klumpen. Sonnenstein. Aber dann hatte irgendetwas die Männer getötet, schnell und alle miteinander. Ein Gift? Ein Fluch? Ich weiß es nicht.

Ich legte Feuer an das lange Haus. Der schwarze Rauch färbte den Abendhimmel noch dunkler. Ich rollte glimmendes Holz vom Haus bis zur Brenngrube und blieb zwei Tage dort. Unser Haus war verbrannt, ich fand keine Knochen, die von Lona, der Großen oder den Söhnen stammen konnten.

Unter dem Holz glänzte ein merkwürdig geformtes Stück. Als der Regen die Schwärze wegspülte, glänzte es rot. Tränen schossen mir in die Augen. Es war die Puppe, die der Schmied geformt hatte. Lona.

Epilog

Das war gestern. Hier ist die Puppe. Ist sie nicht schön? Sie erinnert mich nicht nur an Lona. Auch an den Schmied.

Ich hab mich immer nach Lona gesehnt.

Du hast mir die ganze Nacht zugehört. Draußen ist es schon hell. Bleib noch hier, bleib ganz ruhig. Die Wölfin ist draußen. Der Winter ist zurückgekommen, und ihr Rudel streunt hungrig durch mein Tal. Die Wölfin weiß, dass ich heute weggehen werde. Vorher werde ich noch diese Schmiede anzünden. Ich weiß nicht, wie du mich gefunden hast. Ich weiß nicht, wo du hergekommen bist. Ich weiß nicht, warum du mir so lange zugehört hast. Aber ich danke dir dafür.

Nachwort

Häufig passiert es, dass eine belletristisch angelegte Historie beim Schreiben zum Sachbuch gerät: Gern möchte der Autor historische Zusammenhänge erläutern, seine umfangreiche Recherche im Text unterbringen – und zerstört dabei die Geschichte. Zum Glück hat mein namenloser Protagonist alle Erläuterungen und Fußnoten verhindert. Er wollte nur seine Geschichte erzählen. In seiner simplen, direkten Sprache konnte er nur von dem berichten, was es meiner Meinung nach damals schon gegeben haben dürfte. Ich glaube, dass die Menschen der Frühzeit durchaus tiefgründig reflektieren konnten: Vor fünftausenddreihundert Jahren lebte Ötzi – das sind gerade hundertfünfzig Generationen der Menschheitsgeschichte. Aber ich denke auch, dass die Menschen der Jungsteinzeit einfach gute Geschichtenerzähler waren.

Diese Geschichte spielt in einer Zeit, in der es keine Schrift, keine Wochen und Stunden, keine Kilometer, keine Mauern, keine Städte, keine Könige, keine Gesetze, keine Moral, keine Schuld und keine Erlösung gab.

Und keine Stilebenen. Die Sprache dieser Menschen war weder höflich noch derb. So viele verschiedene Worte es heute gibt für eine so natürliche Sache wie Sex – vom derben »ficken« übers lustige »vögeln« bis zum heimlichen »miteinander schlafen« –, natürlich im ursprünglichen Sinn sind sie alle nicht. In diesem Fall habe ich mir lautmalerisch geholfen: Die Männer und Frauen der Jungsteinzeit klatschen miteinander. Wie zwei nackte Körper aneinanderklatschen. Ansonsten blieb mir nichts anderes übrig, als meinem Erzähler Wörter in den Mund zu legen, die in meinen Ohren ursprünglich genug klingen. Nichts anderes habe ich getan …

Ein kleines Sachregister

Den interessierten Leser möchte ich gern auf das kleine Sachbuch aufmerksam machen, das in diesem Thriller steckt: Wie schmilzt man aus dem Malachit **(Frühlingsstein)** das Kupfer **(Sonnenstein)**? Woran starben die Eltern des Schmiedes? Wie heißt der Strauch, aus dessen Zweigen die Menschen damals ihre Pfeile fertigten?

Malachit-Azurit-Erz ist von grüner und blauer Färbung und heute nur noch an wenigen Stellen an der Erdoberfläche zu finden. Vermengt mit dem Kasein und dem Lab aus dem Magen eines gesäugten Zickleins oder Kalbes konnte aus den Pigmenten eine intensive und haltbare Kasein-Farbe hergestellt werden. In den Alpen muss es in sehr viel früherer Zeit reichlich Malachit und Azurit gegeben haben. Um Kupfer daraus zu schmelzen, muss das Gestein auf über tausend Grad erhitzt werden. Diese Temperaturen erreicht man nur mit Holzkohle und Blasebälgen. Die eigentliche Herauslösung des Kupfers aus dem Mineral ist eine Reduktionsreaktion: Das Schmelzfeuer muss abgedeckt werden, damit kein Sauerstoff aus der Luft an das Erz gelangt. Dabei entsteht oft das giftige, geruchlose und schmerzfrei wirkende Kohlenmonoxid, für die tödliche Dosis genügen ein paar Atemzüge. Das Kohlenmonoxid verhindert die Gerinnung des Blutes, sodass die Toten eine rosige Gesichtsfarbe haben.

Nicht nur in technischer, sondern auch in medizinischer Hinsicht muss Kupfer in der Jungsteinzeit eine Entdeckung von außerordentlicher Tragweite gewesen sein: Es kann in verschiedenen Verbindungen Bakterien, Schimmelpilze und Viren töten. Und Spermien lähmen.

Das Theaterstück, das die **Geschichtenspieler** aufführen, ist eine frühe Fassung der Geschichte von dem Hirten, der mit einem Adler zum Himmel aufstieg. Es wurde wahrscheinlich um 2400 v. Chr. in sumerischer Keilschrift aufgeschrieben und wird auch im Gilgamesch-Epos erwähnt. Der Held heißt darin Etana und ist der König der Stadt Kisch.

Die Pfeile der Steinzeit wurden aus Zweigen eines Strauches gefertigt, der heute »Schneeball« genannt wird. Diese Zweige wachsen nicht nur besonders gleichmäßig, sie werden auch über dem Feuer elastisch und lassen sich dann geradebiegen. Die Steinspitze der Pfeile wurde mit einer gedrehten Schnur aus unterschiedlichen Pflanzenfasern und Birkenpech befestigt. Zur Befiederung dienten die Federn der Graugans.

Das leichte Holz der Birke (»Weißbaum«) enthält ätherische Öle, die mit heller Flamme verbrennen. Deshalb wurde das Holz weniger zum Heizen als vielmehr zur Beleuchtung genutzt.

Der Rauch war in der Steinzeit eine wichtige zivilisatorische Errungenschaft: Er desinfizierte Räume, er vertrieb die Mücken, er machte Lebensmittel und Tierhäute haltbar und schreckte Raubtiere ab.

Als **Rauschkraut** kommen grundsätzlich viele Pflanzen in Frage: Hanf, Fliegenpilze, Bilsenkraut, Schierling, Fingerhut oder Tollkirsche – all diese Pflanzen konnten schon vor tausenden von Jahren als Gift, zur Schmerzlinderung und als Rauschmittel verwendet werden.

Neue Sorten lösten in der Kupferzeit die Steinzeit-Getreide **Einkorn und Emmer** ab, und mit dem Roggen (archäologisch nachgewiesen um 1600 v. Chr.) könnte auch das Mutterkorn eingeschleppt worden sein – ein giftiger Pilz, der an den Ähren wächst und dessen Alkaloide-Mix je nach Dosis Halluzinationen, Krämpfe, Lähmungen oder den Tod bewirken kann.

Alkohol war in der Steinzeit kaum verfügbar, weil sich nirgendwo genügend konzentrierter Zucker fand – außer im Honig. Wein und Bier brauchten Jahrtausende, um sich als alkoholische Getränke vom Zweistromland (heute Iran) aus um das Mittelmeer herum auszubreiten.

Das **Sonnenobservatorium von Goseck** in Sachsen-Anhalt entstand vor rund sechstausendneunhundert Jahren. Diese Methode zur Bestimmung von Sommer- und Wintersonnenwende hatte also rund tausendfünfhundert Jahre Zeit, sich bis ins heutige Südtirol auszubreiten.

Sandgemälde: Die Tochter des Protagonisten zeichnet einen ganzen Tag lang Ornamente in den Sand. Der deutsch-französische Kunstpädagoge Arno Stern erforscht heute diese Art der kreativen Versenkung.

Unbewusste Heilkunst: Wenn Lona ihrem Mann die Hände wärmend auf den Rücken legt, dann ist das eine Form der menschlichen Zuwendung, die heute als Reiki aus Fernost nach Europa zurückkommt und in Kursen gelehrt wird.

Die Geschichte spielt natürlich im Ötztal mit dem Piburger See, das benachbarte Pitztal habe ich in das Nordtal und das Südtal geteilt. In den Tälern von Südtirol sind die verschiedenen Siedlungen des Warmlandes verortet. Eine genaue Ortsbestimmung war meinem namenlosen Protagonisten leider nicht möglich – er kann nicht wissen, wo viele tausend Jahre später die Städte Sölden, Meran und Bozen liegen werden.

Frank Schlößer